KB260719

내 이름은 이레네

IN MY HANDS: Memories of a Holocaust Rescuer
by Irene Gut Opdyke

내 이름은 이레네

이레네 구트 옵다이크 지음 | 송제훈 옮김

홀로코스트에

맞선

용기와 희생의

기록

연암서가

홀로코스트 또는 제2차 세계대전 중 유대인의 삶(과 죽음)을 그린 문학작품과 영화의 상당수가 실화를 토대로 하고 있음은 어찌 보면 당연한 일이라 여겨진다. 아무리 뛰어난 작가라도 당시 유대인들의 실제 경험보다 더 극적이고 충격적이며 감동적인 이야기를 지어내기는 쉽지 않을 것이기 때문이다.

여러 독자들도 그러하리라 생각되지만 이 책을 읽으면서 영화 '쉰들러 리스트'를 아주 자연스럽게 떠올렸다. 동시에 이 책이 영화화되지 않은 것이 의아하다는 생각도 들었다. 열일곱 살의 나이에 전쟁을 맞게 된 폴란드 소녀 이레네 구토브나의 이야기가 소설이었다 해도 나는 가상의 주인공에게 그토록 가혹한 시련을 겪게 만든 소설가의 잔인한 상상력에 경악을 했을 것 같다. 때문에 그녀의 용기와 희생은 의자에 등을 기대고 편하게 읽어낼 수 있는 교훈 대신에 몸서리쳐지는 경외심을 불러일으킨다. 이스라엘 정부가 일찍이 '쉰들러 리스트'의 실존 인물 오스카 쉰들러에게 그랬던 것처럼, 이 책의 저자이자 주인공인 이레네 구토브나에게 '열방의 의인(The Righteous Among the Nations)' 칭호와 국가최고훈장을 수여한 것은 열두 명의 유대인을 살리기 위한 그녀의 용기와 희생이 얼마나 고귀한 것인지 인정했기 때문이라 생각된다.

이레네 구토브나가 세상에 널리 알려지게 된 것은 교황 요한 바오로 2세의 특별 축복을 통해 가톨릭교회가 그녀의 영웅적 행위를 처음으로 인정한 1995년이었다. 이 책은 1999년에 발간되었고 이듬해 미국도서관협회(American Library Association)에 의해 '청소년을 위한 올해의 책'으로 선정되면서 많은 미국인들, 특히 청소년들에게 큰 영감을 불어넣어 주었다. 그녀의 이야기는 2007년 폴란드 정부가 제작한 다큐멘터리 영화 'A Life for a Life'에 소개되는 한편, 2009년 '이레나의 맹세(Irena's Vow)'라는 제목으로 브로드웨이의 연극 무대에도 올려졌다.

게토의 담장 아래에 음식을 가져다 놓는 사소한 행위에도 목숨을 걸어야 했던 엄혹한 시대를 우리는 쉽게 이해하지 못할 수도 있다. 그러나 자신에게 닥쳐온 가혹한 운명을 이겨냈을 뿐 아니라 온 세상을 휩쓴 전쟁의 광풍에 맞서 삶의 가치, 인간의 존

엄성 그리고 자신과 아무 상관없는 타인의 생명을 지키기 위해 모든 것을 바친 그녀의 삶은 타협과 이기주의가 처세의 방식이 된 우리에게 큰 울림을 줄 것이라 믿는다.

이 책의 원제는 〈In My Hands〉이며, 이레네 구토브나는 2003년, 캘리포니아의 오렌지 농장 근처에 있는 자신의 집에서 영면에 들었다.

2011년 여름

송제훈

---

* 원문에서는 주인공의 이름이 상황에 따라 다르게 쓰였다. 폴란드어와 러시아어 사용자들에게는 '이레네' 또는 '이레나'로, 독일어를 사용하는 인물들에게는 '이레네'로 불렸고 후일 미국에 건너간 뒤에는 '아이린'으로 불렸을 것이므로, 어쩌면 이 모든 이름들은 주인공의 파란만장했던 삶의 상징인지도 모른다. 그러나 일부 독자들이 혼란을 느낄 수도 있음을 고려해 편집 과정에서 이를 '이레네'로 통일했다.

차례

눈물

　밀밭에서 새 한 마리가 푸드덕 날아오르더니 태양을 향해 희미한 점 하나로 사라지는 듯했다. 그때 총소리가 들렸고 새는 털썩 땅바닥에 떨어졌다. 그런데 그것은 새가 아니었다. 그것은 새가 아니었으며, 그곳은 밀밭이 아니었다. 지금도 그것이 무엇이었는지, 그곳이 어디였는지 알 수 없다.

　그 전쟁에 대해 무슨 말을 할 수 있을까? 이 모든 일들을 어떻게 이야기할 수 있을까? 단숨에 모든 이야기들을 털어놓는다면—제일 먼저 이런 일이 있었고 그 다음엔 이런 일이, 그리고 이런 사람들이 죽었고 저런 사람들은 살아남았으며 그렇게 모든 일이 끝났다—아무도 내 말을 믿지 않을 것이다. 가끔은 그런 일들이 실제로 일어나는 것이 가능했을까 의심스러울 때가 있다. 그게 나였던가? 그 소녀가 나였던가? 내가 그곳에 정말 있었나? 그 일이 벌어지는 광경을 내가 직접 본 게 확실한가? 전쟁

중에는 모든 것이 기괴하고 비현실적이었다. 우리는 가면을 쓴 채 우리의 언어가 아닌 대사를 웅얼거려야 했다. 그 모든 것이 내게 일어난 일이다. 그럼에도 나는 그런 일들이 어떻게 일어났는지 아직도 이해하지 못하고 있다.

아무래도 천천히 이야기를 해야 할 것 같다. 천천히, 그리고 분명하고 생생하게. 맨 처음부터 시작해 보자. 그것은 아주 오래전의 일이니까.

먼 옛날 폴란드라는 나라가 있기도 전에 비스와 강 위로 쓰러진 나무들에서 수액이 흘러나왔다. 거대한 강은 나무를 북쪽 발트해로 실어 나르며 나무가 흘린 눈물을 바다와 섞어 놓았다. 그리고 아주 많은 시간이 흘렀다. 어부들은 그 옛날 나무들의 눈물을 찾기 위해 바닷가를 헤매고 다녔다. 나무의 눈물은 파도에 의해 진귀한 호박琥珀으로 빚어져 있었다. 태양을 한가운데 품고 있는 이 호박을 찾아 비잔티움, 로마, 러시아 그리고 이스라엘에서 상인들이 몰려들었다. 곧 이어 독일의 기사들이 폭풍처럼 밀려들어 폴란드를 호박 무역의 포로로 사로잡았다. 독일의 기사들 이외에는 누구도 이 보석을 가질 수 없었고, 호박을 몰래 빼돌린 폴란드인들은 말보르크의 숲에서 곧바로 처형되었다.

1939년 독일인들이 다시 폴란드에 쳐들어왔을 때, 이번에도 우리는 빼돌릴 것이 있었다. 하지만 이번엔 호박이 아니었다. 그것은 다른 종류의 눈물이었다.

1부

온힘을 다해 달렸으나

라일락 필 무렵

코지에니체는 폴란드 동부 지역의 작은 마을이다. 1921년 5월 이곳에서 봄 축제가 열린 날, 어머니는 친구들과 함께 종종걸음으로 강기슭을 걷고 있었다. 해질녘 산들바람에 라일락 향기가 실려 왔다. 갈대와 물망초를 헤치며 강가를 걷던 마을 처녀들은 숲속에서 들려오는 뻐꾸기의 노랫소리에 까르르 웃음을 터뜨렸다. 이슬이 내려앉은 이름 모를 풀잎들이 지나가는 처녀들의 발목을 부드럽게 어루만졌다. 어머니는 마리아 렝비에시라는 자신의 이름이 적힌 나무토막 한 개를 들고 있었다. 나무토막 위에는 짧은 초와 작은 화환 한 개도 놓여 있었다.

처녀들 모두가 나무토막을 하나씩 들고 있었다. 마리아와 친구들이 각자 자신의 초에 불을 붙이는 동안 자작나무 숲에서 뻐꾸기의 노랫소리가 다시 들렸다. 성냥과 밀랍의 냄새가 라일락 향기에 스며들었다. 처녀들은 움켜쥔 치마를 무릎까지 올린 채 각자의 조각배를 띄우기 위해 차가운 강물에 조심스레 발을 내디뎠다. 촛불을 밝힌 함대가 강물을 따라 까딱까딱 인사를 하며 조금씩 멀어져갔다.

강 아래쪽에 모여 있는 청년들 중에는 브와디스와브 구트도 있었다. 젊은 건축가이자 화학자인 그는 인근의 도자기 공장 신축 공사의 책임자로 일하고 있었다. 그는 혼자 멀찌감치 떨어져서 담배를 피우며 강기슭에서 서로 밀고 당기며 법석을 떨고 있는 청년들을 바라보았다.

구트는 처음에는 마을 청년들 틈에 낄 생각이 없었다. 우크라이나에 인접한 폴란드 시골 마을의 이 행사는 여러 세기를 이어온 풍습 같았다. 땅거미가 질 무렵 멀리 강물 위로 가볍게 흔들리는 촛불들이 시야에 들어오자 분위기는 고조되었다. 푸르른 버드나무의 길고 가느다란 손가락들 사이로 불빛들이 흔들리는 모습이 매혹적이었다. 구트는 담배를 끄고 5월 축제의 조각배들을 가까이서 보기 위해 물가로 내려갔다. 제비 몇 마리가 수면을 스치듯 날아올라 아치를 그리며 사라졌다.

마을 처녀들의 이름을 들먹이며 서로를 놀려대던 청년들은 각자 마음에 드는 아가씨의 조각배를 잡게 되기를 기대하며 바지를 걷고 강물 속으로 텀벙텀벙 들어갔다. 구트 역시 재빨리 구두끈을 풀고 양말을 벗은 다음 마을 청년들과 함께 무릎 위까지 오는 강물 속으로 들어갔다.

"타덱, 어느 배가 얀카의 것인지 알겠어?" 한 청년이 소리쳤다.

"그럼. 배 위에 파란색 종을 매달아두겠다고 얀카가 나한테 약속했거든." 어둠 속에서 다른 청년이 대답했다.

"마렉, 들었어? 파란색 종이 매달린 게 얀카의 배야. 얀카를 원하면 그 배를 잡으라고." 또 다른 목소리에 모두 웃음을 터뜨렸다.

구트는 무릎을 감아 흐르는 강물을 내려다보았다. 어둠이 깔린 숲에서 부엉이 울음소리가 들렸다. 차가운 밤공기와 고요히 다가오는 요정들의 불빛이 팔뚝에 소름을 돋게 했다. 조각배 하나가 다른 것들로부터 떨어져 물살의 먼 쪽으로 내려왔다. 그는 강바닥의 바위를 맨발로 조심스럽게 디디며 좀 더 깊은 쪽으로 들어갔다. 둥지에 내려앉는 새의 날개처럼 쭉 뻗은 그의 손끝으로 마리아 렝비에시의 촛불이 다가왔다.

나는 부모님의 인연이 처음 맞닿은 이 장면을 즐겨 그려본다. 제2차 세계대전이 일어나기 전 독립국 폴란드가 누리던 달콤하고 행복한 시절이었다. 정장 차림의 도시 청년을 강물 속으로 끌어들인 라일락 향기의 유혹과, 강기슭에서 하얀 드레스를 입은 채 무릎 위에 턱을 괴고 앉아 자신의 조각배를 잡게 될 청년을 상상하는 어머니의 모습이 눈앞에 그려진다. 두 분은 얼마 지나지 않아 결혼을 했고, 1922년 5월 5일 다시 라일락이 필 무렵 내가 태어났다.

코지에니체의 우리 집은 강에서 가까운 곳에 있었다. 내가 첫돌을 맞던 그해 봄, 열린 창문을 넘어 강물 소리가 내 귓전에까지 흘러들었다. 어머니가 집안일로 바쁜 사이 나는 집밖으로 나가 풀밭을 지나 아장아장 물가를 향했다. 우리가 키우던 개 미슈

카가 따라왔다. 나는 반짝이는 강물을 바라보며 뒤뚱뒤뚱 강가
에 다가섰다.

그때 미슈카가 기저귀 끝을 물고 나를 뒤쪽으로 잡아당기기
시작했다. 나는 강물을 바라보며 앞으로 나아가려고 용을 썼고
미슈카는 완강하게 뒤에서 버티고 있었다. 짖을 수가 없는 미슈
카와 힘겨운 줄다리기를 벌이면서 나는 조금씩 물가에 다가가고
있었다.

그 순간, 어머니의 귓가에 무언의 속삭임이 들렸다. 창밖을 내
다본 어머니는 비명을 지르며 집밖으로 뛰쳐나왔다. "이레네!"
턱까지 숨이 찬 어머니가 물가에서 나를 잡아챘다. 미슈카는 꼬
리를 흔들며 그 자리에 주저앉았다. 어머니는 미슈카를 연신 칭
찬하며 쓰다듬어주었다.

그 후 며칠 동안, 우리의 영웅적인 개 미슈카는 온 마을의 화
제가 되었다. 이웃사람들과 친구들, 성당 신자들이 미슈카와 나
를 보러 우리 집을 찾아왔다. 코지에니체의 유대교 회당 랍비도
미슈카와 나를 축복하러 방문했고, 우리 본당 신부님도 찾아와
어머니의 손을 잡았다. "하느님께서는 따님을 위한 계획을 가지
고 계십니다. 꼬마 이렌카가 장차 어떤 일을 하게 될지 잘 지켜
보십시다."

아버지는 신부님과 랍비님께 감사의 인사를 전하며 내게 거는
기대가 크다고 대답했다.

시간이 흘러 우리는 아버지의 직장을 따라 코지에니체에서 헤
움으로, 이어서 라돔과 수헤드누프로 이사를 했다. 이 시기 여동

생 넷이 각각 두 살 터울로 태어났다. 야니나, 마리시아, 브로니아, 브와지아 그리고 나까지 다섯 딸은 온 집안을 들썩이게 만들었다. 새로 키우게 된 암캐 랄카도 우리 식구였다.

막내 여동생 브와지아가 태어날 무렵, 우리는 크라쿠프 북서쪽의 쳉스토호바로 이주했다. 이곳에서 나는 폴란드의 수호성인으로 야스나 구라(빛의 언덕) 수도원에 모셔져 있는 검은 성모(Black Madonna)의 발치에서 몇 년을 살았다. 성 바바라 성당 바로 옆에 위치한 우리 집에서는 세 방향으로 뻗은 야스나 구라의 도로가 한 눈에 들어왔다. 매년 성모승천 대축일이 되면 폴란드 전역에서 몰려든 순례자들이 이 수도원을 찾았다. 무릎걸음으로

구트 자매들, 1933년, 쳉스토호바의 집에서. 왼쪽에서 오른쪽으로 이레네, 야니나, 마리시아, 브로니아, 브와지아.

수도원까지 올라가는 순례자들을 위해 내 바로 아래 동생 야니나는 집 앞에서 레모네이드와 물을 대접했다.

우리는 상처 입은 동물을 돌보는 일에 각별한 관심을 기울였다. 고양이, 개, 토끼, 새 등 작은 환자들을 품에 안고 돌아와 어머니의 보살핌을 받게 했고, 다행히 생기를 되찾은 동물들을 놓아주거나 집을 마련해 주었다. 우리는 끝내 회복하지 못하고 생명을 다한 동물들에게는 성 바바라 성당의 그림자가 드리운 우리 집 뒷마당에서 엄숙한 장례를 치러 주었다. 둥지에서 떨어진 새 한 마리를 우리가 집에 가져왔을 때 어머니는 그 새를 키우시기도 했다. 그 새는 우리 집 주변을 맴돌다 어머니가 휘파람을 불면 열린 창문을 통해 집 안으로 날아 들어오기도 했다. 어느 해 가을에는 황새들이 이동을 시작할 무렵 날개를 다쳐 날지 못하고 있는 어린 황새 한 마리를 발견한 일이 있었다. 우리는 땅바닥에서 파드득대고 있는 녀석을 코트에 조심스럽게 감싸서 부리에 쪼이지 않도록 조심을 하며 집으로 들고 왔다.

"엄마, 이것 좀 보세요." 야니나와 마리시아와 함께 나는 야윈 황새를 안고 주방으로 들어갔다.

어머니는 가정부 마그다와 함께 피클을 만들 양배추를 썰고 있었다. 어머니가 앞치마에 손을 닦으며 뒤를 돌아보았다. 동그란 눈을 끔뻑거리며 노란 부리로 의자를 톡톡 쪼아대는 새끼 새를 발견한 어머니의 눈이 휘둥그레졌다. 실내에 들어오니 녀석에게서 고약한 냄새가 났다. 우리가 숨을 죽이고 지켜보는 동안 어머니는 어린 황새의 다친 날개를 조심스럽게 접어 천천히 붕대를 감기 시작했다.

"뭐라고 부를지 이름은 정했니?" 마그다가 우리에게 물었다.

"보체크에요. 엄마, 우리가 보체크 키워도 되죠?" 마리시아가 말했다.

"글쎄다, 이번 겨울에는 보체크가 친구들을 따라 남쪽으로 가지 못하겠네." 어머니가 대답했다. "그렇다고 황새를 집 안에서 키울 수는 없어. 위험하기도 하고 또 황새가 야생의 본능을 잃어버리면 안 되니까. 봄에 친구들이 오면 되돌려 보내게 그때까지 지하실에 두는 게 좋겠다."

"제가 개구리를 잡아다 줄게요." 야니나가 말했다.

"저도요. 많이 먹고 튼튼해지라고 물고기도 잡아다줄 거예요." 나도 거들었다.

"겨울이 오고 물이 꽁꽁 얼면 쥐를 잡아다 줘야 할 걸." 어머니가 말했다.

우리는 쥐라는 말에 얼굴을 찡그렸다. 보체크는 어머니의 제안이 마음에 들었는지 고개를 까딱이며 다 감아진 붕대를 부리로 콕콕 건드려 보았다.

브로니아와 브와지아가 문을 빼꼼 열고 주방 안을 들여다보다가 보체크에 시선이 고정되더니 뒷걸음을 치며 문을 닫았다.

우리는 보체크를 지하실로 옮겨 따뜻한 보금자리와 먹이를 마련해 주었다. 겨울이 다가오자 많은 새들이 추위를 피해 남쪽으로 날아갔다. 그리고 눈이 왔다.

폴란드의 겨울은 무척 길고 춥지만 우리 가족은 늘 따뜻하고 행복했다. 저녁식사를 마치면 우리는 피아노 주위에 둘러앉아 아버지의 반주에 맞춰 노래를 불렀다.

어머니는 밤에 친구들을 집에 초대하기도 했다. 어머니와 동네 아주머니들은 식탁에 둘러앉아 오리와 거위의 깃털에서 솜털을 빗겨내어 베갯속을 채워 넣으며 유령 이야기를 주고받았다. 창 밖에서 날리는 부드러운 눈송이처럼 가벼운 솜털이 날리는 집 안에서 야니나와 나는 재채기 소리가 나지 않게 무릎에 얼굴을 파묻고 계단 밑에 몰래 숨어 어머니와 친구들의 이야기를 엿듣곤 했다.

겨울은 곧 성탄의 때이기도 했다. 우리는 식탁에 건초를 펼쳐 놓고 구유를 만들어 그 위에 하얀 천을 덮었다. 성탄절 전날은 고기와 야채로 속을 채운 파이와 빵, 쿠키, 절인 생선, 감자 그리고 양배추 요리 등을 준비하느라 온종일 분주했다. 저녁이 되면 바닐라와 계피, 버섯 향이 가득한 거실에서 우리는 웃고 떠들며 캐럴을 불렀다.

밤이 깊어지면 우리는 두터운 외투와 모자로 단단히 무장하고 야스나 구라 수도원을 향했다. 부츠 아래로 뽀드득 뽀드득 눈 밟히는 소리가 났다. 나는 오래 전 폴란드 영토 대부분을 점령한 스웨덴 침략군에 맞서 야스나 구라의 요새에서 최후의 항전을 벌인 폴란드인들에게 발현하셨던 성모님이 우리 앞에 다시 발현하시는 상상을 했다. 성모님의 발현은 요새를 지키던 폴란드인들을 적의 포위공격으로부터 지켜내고 적을 물러나게 만들었다고 전해진다.

나는 얼어붙은 하늘의 반짝이는 별들을 올려보았다. 성모님이 내 앞에 발현하시지는 않았다. 하지만 수도원 창문으로 쏟아져 들어오는 별빛은 그 자체로 경이로웠다. 우리는 수많은 순례자들과 함께 성가를 부르며 언덕 중턱의 성당으로 천천히 올라갔다. 성당 내부의 높고 둥근 천장으로 성가와 기도 소리가 메아리쳐 울려 퍼졌다. 성상聖像들 앞에 놓인 수백 개의 초에서 불빛이 가볍게 흔들렸다. 제대 뒤로 열려진 문 안쪽에 쳉스토호바의 검은 성모 성화가 보였다.

나는 성화와 성상을 바라볼 때 항상 경외심을 느꼈다. 검은 성모 성화는 작은 그림 한 점에 불과했고 오랜 세월을 거치며 색도 많이 바랬다. 하지만, 성모자聖母子가 그려진 그 성화는 기적의 힘을 가지고 있다고 믿어졌다. 전례용 향의 냄새와 라틴어로 기도하는 신부님의 목소리가 가득한 성탄 전야의 성당에서 검은 성모 성화가 기적의 힘으로 폴란드를 지켜 줄 것이라고 믿는 것은 지극히 자연스러운 일이었다. 나는 그러한 수호성인이 계시는 한 폴란드는 결코 쓰러지지 않을 거라 믿었다.

1930년대 초의 일이었다. 그러한 믿음을 가지고 있는 것이 아직 가능한 때였다.

폭풍 전야

1934년 독일 대통령 파울 폰 힌덴부르크가 사망했다. 그해 8월 아돌프 히틀러가 총통이라는 칭호를 얻으며 독일의 수상이자 대통령이 되었다. 하지만 나는 정치에 전혀 관심이 없었다. 종종 히틀러와 그의 광적인 동맹국들의 움직임에 대해 아버지가 담배와 보드카를 사이에 두고 친구들과 이야기를 나눌 때에도 나는 전혀 주의를 기울이지 않았다.

우리는 코즈워바 구라의 작은 마을로 이주해서 살았다. 오버슐레지엔이라는 이름으로 더 잘 알려진 그곳은 독일과의 국경에서 고작 6킬로미터밖에 떨어지지 않았고 주민들의 상당수는 독일계였다. 우리는 학교에서 독일어를 배웠고 거리의 표지판이나 이웃사람들의 대화에서 독일어가 사용되는 환경에 곧 익숙해졌다. 사람들은 아무런 제약 없이 국경을 오갔다. 접경 지역의 작은 시골마을 사람들은 자신이 독일인인지 폴란드인인지에 대한 분명한 자각조차 없었다. 수 세기에 걸쳐 국경선은 너무나 자주 바뀌었기 때문에 그곳 사람들에게는 통치 세력이 베를린에 있든 바르샤바에 있든 별다른 차이가 없었다.

우리 가족의 성姓이 구트Gut였기 때문에 많은 사람들은 우리가 독일계라고 생각했다. 하지만 부모님은 뼛속까지 뚜렷한 정체성을 가지고 있었다. 우리는 폴란드인이었다. 나는 그 점을 자랑스럽게 여기도록 교육을 받았다. 우리는 학교에서 수 세기 동안 끊임없이 외침에 시달린 조국 폴란드의 비극적인 역사에 대해 배웠다. 서쪽에서는 독일, 북쪽에서는 스웨덴과 리투아니아, 동쪽에서는 타타르와 러시아 그리고 남쪽에서는 헝가리의 침략이 이어졌다. 그럴 때마다 폴란드는 늘 스스로를 지키기 위해 외침에 맞서 싸웠다. 수 세기에 걸쳐 폴란드의 국경은 자주 바뀌었을 뿐만 아니라 강대국에 의해 완전히 사라진 적도 있었다. 아름답고 풍요로운 땅 폴란드는 그 이름의 어원이 "밭"을 뜻하듯 유럽에서 가장 풍요로운 농토를 가지고 있었다. 주변국들은 하나같이 그 수확물을 탐냈다. 우리 폴란드인들은 우리가 탐욕스러운 손들에 둘러싸여 있음을 잘 알고 있었다. 그러한 인식이 우리의 국토와 정체성을 지키고자 하는 의지를 더욱 강하게 해주었다.

하지만 나는 10대였고 정치는 내게 너무 어려웠다. 그때까지만 해도 가족의 저녁식사 시간에 그런 이야기가 화제로 등장하는 경우도 없었다. 10대 소녀들에게 그것은 적당한 이야깃거리가 아니었다. 게다가 나는 다른 할 일도 많았다. 학교에서 나는 무용단의 일원이었다. 우리는 폴란드 서부와 남부의 여러 축제

를 순회하며 폴란드 민속무용을
공연했다.

무용단에서 공연을 하며 관객
들의 시선을 사로잡는 느낌에 매
료된 나는 학교 연극부 활동도 시
작했다. 가끔 영화배우가 되는 상
상도 해보았지만 영화배우가 되
기에는 스스로가 너무 평범하게
느껴졌다. 몸은 마른 편인데다 얼
굴도 창백했기 때문이다. 나는 종
종 성냥을 태워 남은 재로 눈썹을
그렸고 빨간색 종이에 침을 발라

15세 때 랄카와 함께한 이레네,
1937년, 코즈워바 구라.

그것을 볼과 입술에 찍어 보기도 했다. 동생들이 성장함에 따라,
비록 나이는 내가 제일 많지만 외모는 야니나가 가장 돋보인다
는 사실이 분명해졌다. 야니나는 나보다 키가 크고 우아했다. 야
니나는 어느 곳을 가든 사람들의 시선을 한 몸에 받았고 나는 그
런 동생의 그림자에 묻힌 미운 오리 새끼였다.

그렇다고 특별히 고민하지는 않았다. 그 시절 나는 남자애들
에게 별로 관심이 없었다. 나는 머리를 기르지 않았고 나무에 오
르거나 말 타기를 좋아했으며 일기장에는 직접 쓴 모험 이야기
가 가득했다. 상상의 세계에서 나는 영웅적인 투쟁의 주인공이
되어 다른 사람들의 목숨을 구하기 위해 나를 희생했다. 나는 단
순한 로맨스보다 훨씬 높은 뜻을 품었다.

어느 해 성탄절, 나는 이러한 상상이 현실이 될 수 있음을 믿게 되었다. 할머니께서 우리에게 오래된 풍습 한 가지를 가르쳐주셨다. 우리는 양초를 녹인 다음 그것을 차가운 물이 담긴 그릇에 부었다. 촛농은 찬 물에 떨어지는 순간 제각기 다른 모양으로 굳어 버렸고, 우리는 굳은 촛농을 꺼내 그것을 전등 앞에 비춰서 벽에 비치는 그림자의 모양으로 우리의 미래를 읽었다. 내 차례가 되어 내가 떨어뜨린 굳은 촛농을 전등 앞에 가져다댔고 우리는 벽에 비치는 그림자를 자세히 살펴보았다. 우리는 그림자의 모양이 큰 배의 모양을 닮았다는 결론을 내렸다. 뱃머리에 십자가가 있는 배였다. 동생들은 모두 입을 다물었지만 나는 짜릿한 기분이 들었다. 나는 모험의 운명을 타고난 것이었다. 정의로운 모험이 내 앞에 놓여 있었다.

그런데 그 시절 코즈워바 구라에서는 정의로운 모험 같은 게 있을 것 같지 않았다. 어머니는 우리의 에너지를 유익한—재미는 없더라도—곳에 사용하라고 권하셨다. 동생들과 나는 가난하고 병든 사람들을 위해 음식 바구니를 준비하는 어머니를 도왔다. 우리는 유리 제품과 도자기를 생산하는 아버지의 공장에서 불합격품을 찾기 위해 폐기물 더미를 뒤졌다. 그리고는 잘게 부순 색유리로 액자의 테두리를 장식해서 내다파는 사람들에게 우리가 모은 유리와 도자기 조각들을 가져다주었다. 우리가 행한 모든 자선행위에서 부모님은 우리의 모범이 되었다. 두 분은 모든 이들에게 관대하고 친절했다. 마을 외곽의 숲에서 천막생활을 하며 이질적인 옷차림과 언어로 주민들을 불편하게 했던 집시들조차 예외가 아니었다. 상처 입은 동물들과 불행한 일을 당한 이웃들, 병든 이방인들. 어머니와 아버지는 이 모든 이들을 받아들이셨다.

부모님의 격려 속에 나는 적십자의 자원봉사 간호조무사로 활동하기 시작했다. 봉사단원의 모임에서 우리는 붕대 감는 법 등 각종 응급처치 방법과 예기치 않은 응급상황에 대처하는 요령을 배웠다. 우리는 꽃과 과일을 들고 병원의 환자들을 찾아가기도 했다. 병원을 방문하면서 나는 병든 이들을 위해 헌신하는 수녀님들의 모습에 깊은 인상을 받았다. 시간이 지나면서 나는 수녀가 되겠다고 결심했다. 나를 매혹시킨 것은 그분들의 종교적인 삶이 아니라 목적의식과 헌신성이었다.

아버지는 내가 처음 그 얘기를 꺼냈을 때 적잖이 놀라셨다. 아버지는 내게 간호사가 되기 위한 교육을 먼저 받아 보는 게 어떻겠느냐고 물으셨다. 만약 그 일이 내게 잘 맞으면 그때 가서 수녀원에 입회해도 되지 않겠느냐는 것이었다. 나는 라돔에 있는 성 마리아병원 부속 간호학교에 등록을 했다. 집에서 2백 킬로미터나 떨어져 있었지만 그곳은 폴란드에서 가장 좋은 간호학교였다.

1938년 나는 라돔에서 공부를 시작했다. 라돔은 군수공장, 제철공장, 도자기공장, 피혁공장 등이 들어선 산업의 중심지였다. 나는 같은 학교 학생들이 묵고 있는 하숙집에 기거하며 학업에 몰두했다. 집이 그리웠고 낯선 도시에 혼자 있는 것이 싫었지만 그 때문에 외로움을 잊기 위해서라도 더욱 책에 파묻혔다. 그곳의 학생들 대부분은 공부에 모든 것을 걸지는 않았기 때문에 저녁이면 극장이나 무도회를 찾아 외출을 했다. 하지만 나는 내가 해야 할 일에 대한 책임감을 무겁게 받아들였다. 게다가 성격도 사교적이지 않았기 때문에 친구들과 어울리는 것을 그리 좋아하지 않았다. 라돔에는 이모 한 분이 계셨다. 나는 가끔 헬렌 이모 댁에서 저녁식사를 함께 했을 뿐, 학교나 병원에 있지 않지 않을 때는 대부분의 시간을 내 방에서 해부학과 화학을 공부하며 보냈다. 내게는 수석을 하겠다는 욕심과 부모님께 자랑스러운 딸이 되겠다는 바람이 있었다.

병원에서 간호 실습을 하는 동안 나는 책에서 익히지 못한 많은 것을 배웠다. 그 중 한 가지는 남자 환자들이 간호사들을 놀리기 좋아한다는 것이었다. 남자 병실을 들어가는 것이 겁이 날 정도였다. 윙크나 능글맞은 웃음은 물론이고 목욕을 시켜달라는 말로 내 얼굴을 화끈거리게 해놓고는 그 모습을 보며 웃고 놀리는 일이 예사였다. 나는 고작 열여섯 살이었다. 나를 깜짝 놀라게 하거나 얼굴을 숯불처럼 달아오르게 만드는 일은 그리 어려운 게 아니었다.

저녁이 되면 하숙집의 친구들은 떠들썩한 웃음소리를 남기고 외출을 했다. 나는 혼자 있는 것이 좋았다. 내 방의 창가에서는 어깨동무를 한 대학생들이 애국적인 내용의 노래를 부르면서 가로등 아래를 지나가는 모습이 보였다. 나는 히틀러가 폴란드를 위협하고 있다는 사실을 인식하기 시작했다. 제1차 세계대전 이후 유럽의 질서를 확정한 베르사유 조약에 의해 독일은 영토의 상당 부분을 잃었다. 이제 히틀러는 그 땅을 되찾고 독일의 힘을 온 세상에 다시 보여 주겠노라 다짐하고 있었다.

그런데 독일이 잃어버린 그 땅의 대부분은 폴란드에 속해 있었다. 많은 독일계 이주민들이 그곳에 정착하고 있었으며 특히 우리 가족이 살고 있던 서부 지역에는 독일계 주민이 적지 않았다. 하지만 그것만으로는 그 땅을 독일의 영토라 할 수 없었다. 히틀러는 독일인들이 주인이 되는 땅을 원했고 그에게는 폴란드가 바로 그 땅이었다.

"이레네, 집으로 돌아오는 게 좋겠다." 부모님의 편지가 도착했다. "모두들 전쟁이 임박했다고 얘기하고 있다. 네가 집에서 멀리 떨어져 있다는 사실이 두렵구나. 이럴 때일수록 가족은 함께 있어야 한다."

하지만 나는 부모님의 말씀을 듣지 않았다. 만일 전쟁이 일어난다면 나는 폴란드를 위해 할 수 있는 일을 하고자 했다. 만일 전쟁이 일어난다면 조국은 숙련된 간호사들을 필요로 할 것이었다. 나는 부모님께 답장을 써서 라돔에 머물겠다는 뜻을 분명히 밝혔다. 나는 편지에서, 내가 해야 할 일을 알고 있으며 만일 히틀러가 쳐들어온다면 우리는 그에 맞서 싸울 것이고 그 자를 베를린까지 쫓아버리겠다고 적었다. 뿐만 아니라 우리는 독일과 소비에트 연방이 뼈다귀 한 개를 사이에 두고 으르렁거리는 두 마리의 개와 같다는 사실을 잘 알고 있었다. 만일 한쪽이 폴란드를 향해 어떤 행동을 취한다면 그것은 상대방에게 적대적인 행위로 해석될 수밖에 없었다. 독일과 소비에트 연방 사이의 상호

간호학교 시절의 이레네, 1939년, 라돔.

불신과 증오가 우리의 안전판이었다.

1학년을 마치고 방학을 맞아 집에 갔을 때 코즈워바 구라는 완전히 다른 세상이 되어 있었다. 많은 이웃들이 독일인이 되어 있었다. 그들은 스스로 폴란드사람임을 거부하고 독일어만 사용했으며 히틀러와 국가사회주의 독일노동당, 즉 나치를 공공연하게 찬양했다. 어떤 상점들은—많지는 않았지만—이전에 결코 보지 못했던 문구를 붙여 놓고 있었다. "유대인의 물건을 사지 맙시다."라든가 "유대인 없는 폴란드가 자유 폴란드이다!"라는 등의 낯선 문구가 이따금 보이기 시작했다.

나는 어리둥절했다. 집에서 나는 단 한 번도 어떤 민족을 차별하는 이야기를 들어본 적이 없었다. 우리는 많은 유대인 친구들이 있었지만 그들을 "유대인 친구"라고 부르지 않았다. 종교를 기준으로 사람들을 차별한다는 것은 상상조차 해보지 못한 일이었다. 하지만 불과 6킬로미터 떨어진 곳에서 히틀러가 저지르고 있는 짓이 바로 그러했다.

그럼에도 우리는 사태가 악화될 것이라고는 생각하지 않았다. 그럴 이유가 있었겠는가? 우리에게 독일은 문명의 중심지였다.

그 땅은 수많은 시인과 음악가들, 철학자와 과학자들의 고향이었다. 우리는 독일이 합리적인 문명국가라고 믿었다.

독일이 우리와 생각이 같지 않을 거라고 어찌 알았겠는가? 그들이 우리를 얼마나 우습게 여기고 있었는지 우리가 어찌 알았겠는가? 여러 세기에 걸친 영예로운 위업에도 불구하고, 쇼팽과 코페르니쿠스와 아름다운 성당들과 수많은 영웅들의 존재에도 불구하고, 이 모든 것에도 불구하고 독일은 폴란드를 슬라브족 미개인의 땅으로 여기고 있었다.

히틀러는 우리를 파멸시키기를 원했다.

전격전

내가 라돔으로 돌아가던 8월에는 그 누구도 알 수 없었지만, 그해 여름이 내가 가족들과 행복하게 보낸 마지막 시간이 되고 말았다. 같은 달 24일, 독일과 소비에트 연방은 몰로토프-리벤트로프 조약(독-소 상호불가침조약)을 발표하며 전 세계를 놀라게 했다. 사람들은 거리와 카페에 삼삼오오 모여 이 뉴스가 폴란드에 의미하는 바가 무엇인지를 이야기했다. 우리는 두 나라 사이에 무방비로 놓여 있었다. 과연 그들이 폴란드를 양분해서 집어삼키려 들까? 향후 정세에 대한 이야기 말고는 다른 화제가 없었다.

불안이 고조되었다. 무더위는 절정에 달하고 있었다. 나는 세숫대야에 물을 담아 책상 위에 올려놓고 후텁지근한 방에서 공부를 하며 얼굴과 팔의 땀을 씻어냈다. 지나가는 트럭과 자동차에서 나오는 소음과 매연이 열려 있는 창으로 들어왔다. 8월 하순이 되면서 우리는 모두 하늘만 쳐다봤다. 가뭄이 계속되었다. 거리엔 먼지가 자욱했다. 도시 외곽의 방목지에서는 지친 말들이 말라붙은 땅을 할퀴고 있었다. 폭풍우가 밀려오기 직전의 숨 막히는 가뭄이었다.

9월 1일, 폭풍우가 몰아쳤다. 그러나 그것은 우리가 기대했던 단비가 아니었다. 나는 공터를 가로질러 병원을 향해 걸어가고 있었다. 그때 웅 하는 낮은 소음이 들리기 시작했다. 나는 한 손으로 머리에 쓰고 있던 적십자 모자를 붙잡고 하늘을 올려다보았다. 하늘에 떠 있는 폭격기들을 발견하기도 전에 거대한 폭발음이 들리기 시작했다. 라돔의 상공을 독일 폭격기가 새까맣게 뒤덮고 있었다. 폭발음에 귀를 틀어막았지만 땅이 요동치는 느낌이 온몸에 전해졌다. 내가 서 있던 공터 건너편의 건물 전면부가 폭탄을 맞아 싹둑 베어져 나갔다. 도시 전체에 먼지와 연기가 해일처럼 일어났다. 나는 겁에 질려 그 자리에 얼어붙은 듯 서 있었다. 허공을 찢는 폭탄의 날카로운 소리와 지상을 때리는 폭발음이 공중을 메우고 있었다. 사이렌 소리가 사방에서 울부짖고 있었다.

"엎드려, 이 멍청아." 누군가 내게 소리쳤다. "죽으려고 작정했어?"

누군가 팔을 붙잡고 나를 도랑으로 끌어내렸다. 멍한 상태에서 나는 내 옆에 있는 사람이 누구인지 쳐다보았다. 성 마리아 병원에 근무하는 그리보브스키 박사였다. 폭격기들이 상공을 지나는 동안 우리는 도랑에서 몸을 웅크리고 있었다. 폭탄이 떨어질 때마다 강한 충격으로 몸이 들썩했다. 흙덩어리가 비 오듯 머리 위에 쏟아졌다. 날카로운 벽돌 조각이 뺨을 할퀴었다. 겁먹은 말의 울음소리가 가까이에서 들렸다. 이어서 유리창 깨지는 소리와 전속력으로 질주하는 자동차 엔진의 굉음이 들렸다. 그 동안에도 폭격기의 소음은 그치지 않았다.

"따라와!" 그리보브스키 박사가 소리쳤다. "병원이 비상상황일 거야."

우리는 공터를 가로질러 달렸다. 땅바닥에 나뒹구는 벽돌 조각과 폭탄에 파인 구덩이들을 피해 우리는 필사적으로 거리를 달렸다. 온 도시가 화염에 휩싸여 있었다. 아이들을 찾아 미친 듯이 뛰어다니는 사람들과 피를 흘리는 사람들로 거리는 아비규환이었다. 먼지와 눈물로 범벅이 된 어린아이 하나가 벌거벗은 채 계단에 앉아 있었다. 아이의 뒤로 주택이 있었던 자리엔 아무것도 남아 있지 않았다. 경적을 울려대며 무서운 속도로 달려오던 트럭 한 대가 가로등을 들이받고 전복되었다. 군수공장 쪽에서 엄청난 폭발음이 들렸다. 비틀거리며 거리를 달리다가 나는 양 손에 피를 흘리는 여자를 발견했다. 무슨 말이든 건네려 했지만 입이 떨어지지 않았다. 개 한 마리가 허공을 향해 짖어대고 있었다.

"계속 달려!" 그리보브스키 박사가 소리쳤다. 사이렌이 미친 듯이 비명을 질러대고 있었다. 어느 순간부터인가 나 역시 울부짖고 있었다.

성 마리아 병원은 혼돈 그 자체였다. 폭발의 진동에 의해 병동안에도 먼지가 이슬비처럼 날렸고 전등은 심하게 흔들리며 벽면에 어지러운 그림자를 던졌다. 의사와 간호사들은 신음하는 부상자들을 오가며 소리를 질러댔다. 수녀들도 다급하게 병상을 오갔다. 온 사방이 부상자였다. 침대에, 의자에, 바닥에, 그리고 벽에 간신히 몸을 기대고 있거나 계단까지 빽빽하게 메운 부상자들로 병원은 발 디딜 틈이 없었다. 나는 황급히 수술실로 들어갔다. 바닥이 미끄러웠다. 수술실 바닥이 온통 피로 번들거리고 있었다. 갑자기 이 모든 상황이 비현실적으로 느껴졌다. 사랑하는 가족의 평온한 품에 있다가 다음 순간 나는 피비린내 나는 도시에 내던져져 폭탄이 낙하하는 소름끼치는 소리에 몸을 웅크리고 있었다. 이것은 현실일 리가 없었다!

"이레네 구토브나, 여기 좀 도와줘!" 누군가 소리쳤다.

이제 성 마리아 병원이 내게는 세상의 전부였다. 나는 옷을 입은 채 잠을 잤고 폭발음이 들릴 때마다 소스라치게 놀라며 세면대 아래나 청소도구함 안으로 몸을 피했다. 응급상황이 끝없이 이어졌다. 식량은 바닥나고 의약품도 떨어졌다. 깨끗한 시트 따위는 없었으며 전기도 더 이상 들어오지 않았다. 그럼에도 부상자는 계속 들어왔다. 민간인들에 이어 군인들도 들어왔다. 우리는 부상병들을 통해 지상전의 전황을 듣게 되었다.

독일의 전차들이 국경을 넘어 밀려들어왔다. 가뭄으로 딱딱하게 말라붙은 들판은 도로를 불필요하게 만들었다. 독일 기갑부대는 곡식이 자라는 들판을 짓이기며 거침없이 진격해 들어왔다. 기갑부대에 이어 포병과 보병이 폴란드군과 민간인을 무차별적으로 공격하며 도시와 마을을 폐허로 만들었다. 그것은 우리가 이제껏 들어보지 못했던 전격전이었다. 형언할 수 없는 대량학살이 벌어졌다. 독일은 폴란드 서부를 단숨에 집어삼켰다.

끔찍한 부상을 입은 사람들에게 붕대를 감아 줄 때마다 손이 부들부들 떨렸다. 가족은 서부에 있었다. 국경에서 고작 6킬로미터 떨어진 곳에 위치해 있는 코즈워바 구라는 이제 히틀러의 손아귀에 들어가 있었다. 전화가 끊겼기 때문에 부모님과 연락할 방법이 없었다. 가족들의 생사 여부조차 확인할 수 없었다. 나는 망연자실한 가운데 폴란드와 나 자신을 위해 어떻게든 버텨야 했다. 나는 가족들을 다시 만나지 못하게 될까 두려웠다. 소식을 전할 방법이 있을지, 가족들이 아직 그곳에 머물고 있기는 한지 의심스러웠다. 라돔에 있는 헬렌 이모의 안위도 걱정이 되었다. 직업군인인 이모부의 생사 역시 알 도리가 없었다.

독일군이 라돔을 향해 진격하는 동안 폴란드군은 충격적인 패배를 거듭하며 후퇴하고 있었다. 성 마리아 병원에 나타난 폴란드군 장교들은 의사와 간호사들에게 부대에 합류해 줄 것을 요청했다. 조금도 주저하지 않고 나는 손을 들어 자원했다. 나는 독일군을 조국의 영토에서 몰아내는 데 도움이 되고 싶었다.

"자, 그럼 서두르십시오." 어느 장교가 자신의 권총을 만지작거리며 말했다. "곧 출발하겠습니다."

나는 자원을 한 의료진을 따라 대기하고 있던 트럭으로 이동했다. 나흘 만에 처음으로 병원 밖으로 나서면서 하늘이 아직 파랗고 햇볕이 여전히 내리쬐고 있다는 사실이 이상하게 느껴졌다. 주위의 모든 것이 파괴되어 있었다. 불타는 자동차들과 폐허가 된 주택들, 거리에 쏟아져 있는 유리와 벽돌 조각들 위로 연기가 안개처럼 자욱했다. 그러나 하늘에는 하얀 깃털 같은 구름들이 걸려 있었다. 태양과 구름은 폴란드가 죽임을 당하고 있는 현실에 아무런 관심이 없었다. 나는 부상병들로 가득한 트럭에 올랐다. 트럭이 덜컹거리며 출발했다.

도시 전체가 피난길에 나선 것 같았다. 자동차와 마차와 자전거들 그리고 손수레를 끌고 가는 사람들이 거리를 가득 메웠다. 우리가 타고 있던 트럭의 운전사는 연신 경적을 울려대며 동쪽으로 움직이는 긴 행렬을 뚫고 앞으로 나아가려 했다. 우리는 비스와 강까지 40킬로미터를 달려야 했다.

"강을 건너면 곧바로 다리를 폭파시킬 거야." 나는 병사들이 주고받는 대화를 들었다. "독일 놈들이 비스와 강을 건너게 할 수는 없지."

나는 트럭의 양 옆으로 길게 늘어선 피난 행렬을 바라보았다. 트럭이 속도를 내면서 점차 멀어지는 그들의 얼굴에서 부모님과 야니나, 마리시아, 브로니아, 브와지아의 모습이 겹쳐졌다. 나는 가족들의 모습이 멀리 사라질까봐 눈을 질끈 감았다. 트럭의 배기관에서 나오는 매연이 적재함으로 그대로 들어오면서 머리가 지끈거렸다. 그때 트럭이 깊게 파인 길을 지나며 심하게 요동쳤고 동시에 어느 부상병이 몹시 괴로운 듯 비명을 질렀다. 나는 눈을 번쩍 뜨고 그의 상태를 살폈다. 황폐한 들판과 빈 집들이 몇 킬로미터에 걸쳐 이어졌다. 버려진 가방들과 부서진 자동차들이 곳곳에 널려 있었다.

드넓은 들판의 끝자락을 지날 즈음 문이 활짝 열려 있는 농가가 한 채 보였다. 어렸을 때 나는 가족과 함께 라돔 교외의 농가를 방문한 적이 있었다. 농가는 하얀 벽에 초가지붕을 이고 있었다. 일요일인 어느 봄날 우리가 그곳을 찾았을 때 농장 주인은 겨우내 단열을 위해 집 주위에 쳐 놓았던 건초더미를 걷어내고 있었다. 건초를 걷어내자 그 속에서 수십 마리의 쥐가 뛰쳐나왔다. 찍찍 소리를 내며 미친 듯이 달아나는 쥐를 농부의 아들이 이리 뛰고 저리 뛰며 막대기로 때려잡았다. 나는 겨우내 보금자리였던 건초더미에서 뛰쳐나오는 쥐들을 보며 몸서리를 쳤다. 그런데 그 기억이 지금 적십자 트럭에서 내가 보고 있는 광경과 다를 게 없었다. 다만 훨씬 큰 규모로 벌어지고 있어 한 눈에 목격할 수 없을 따름이었다. 나는 눈앞에 벌어지고 있는 상황을 믿을 수가 없었다.

앞쪽에서 고함소리가 들리더니 모든 차량들이 경적을 울리기 시작했다. 뒤쪽으로 멀리 라돔 쪽에서 탱크가 포탄을 발사하는 소리가 들렸다. 라돔의 하늘은 연기로 짙게 뒤덮여 있었다. 우리가 타고 있던 트럭이 끼익 소리를 내며 멈춰 섰다. 트럭의 엔진은 겁먹은 짐승처럼 덜덜 떨고 있었다. 누군가의 외침이 가까워지는가 싶더니 트럭 옆으로 말을 탄 기병대 장교 한 사람이 칼을 빼든 채 라돔 방향으로 달려갔다.

"저 사람 저렇게 탱크를 공격하겠다는 거야?" 내 옆에 있던 병사가 혼잣말로 중얼거렸다.

다시 출발한 트럭은 다리를 건넜다. 나는 다리의 석조 난간 아래를 내려다보았다. 비스와 강의 물살을 따라 말의 사체가 떠내려가고 있었다. 목이 없는 사체였다. 속이 울렁거려서 나는 다시 눈을 감았다. 다리를 건너자마자 다이너마이트를 설치하기 위해 우르르 달려가는 군홧발 소리가 들렸다. 다시 출발한 트럭은 속도를 냈다. 오르막의 꼭대기에 다다랐을 때 쿵하며 다리가 주저앉는 소리가 들렸다. 그것이 독일 군대의 진격을 가로막으리라 믿은 사람은 아무도 없었을 것이다. 하지만 우리는 마치 어머니 비스와 강에 히틀러를 수장시키기라도 한 것처럼, 폴란드의 위대한 강이 홍수를 일으켜 적군의 전진을 가로막기라도 할 것처럼 환호를 질렀다. 하지만 그 순간 독일 공군 폭격기의 소리가 다시 들려왔고 우리의 환호는 이내 침묵으로 바뀌었다.

몇 시간을 더 달려서 우리는 어느 병원에 도착했다. 그곳이 어디였는지는 기억이 또렷하지 않다. 나는 너무나 피곤해서 부상병들이 트럭에서 내려지는 동안에도 잠에서 깨어나지 못하고 있었다. 그때 다급한 고함소리가 들렸다. 독일군이 부교浮橋를 설치해서 이미 비스와 강을 건너고 있다는 것이었다. 의사들은 부상병들을 다시 트럭에 태우라고 지시하며 욕설을 내뱉었다. 거의 울먹이는 의사도 있었다.

"우리는 이제 어디로 가는 거죠?" 나는 어느 군인에게 물었다.

"역으로 이동해서 북동부 코브노로 갈 겁니다."

태양이 서쪽 구릉지에 붉은 노을을 뚝뚝 흘리고 있었다. 멀리 러시아 쪽으로 뻗어 있는 폴란드와 리투아니아의 북동쪽 접경 지역의 하늘은 이미 어두워져 있었다. 덜컹거리는 트럭이 기차역 주변에 도달했을 때 도로 여기저기에 부서진 군용 차량들이 눈에 띄었다. 군인들은 위장막으로 사용할 나뭇가지들을 베어 기차 위에 겹겹이 걸쳐 놓고 있었다. 장교 한 사람이 플랫폼에서 소리를 질러댔다. "의사를 데리고 오라고! 빌어먹을 의사는 다 어디 간 거야!"

그때 사람들의 분주한 움직임이 일제히 멈춰졌다. 우리는 웅하는 폭격기 소음이 들리는 하늘을 향해 고개를 들었다.

"이건 적십자 트럭이잖아요!" 나는 옆에 있는 간호사의 팔을 붙잡으며 소리쳤다. "적십자 표식이 있는 차량을 공격하지는 않겠죠?"

"나도 모르겠어. 여기 환자나 좀 도와줘."

나는 몸을 돌려 그 간호사를 도와 다리가 부러진 부상병을 부축했다. 하지만 점점 커지는 폭격기 소음에 심장은 마구 뛰었다. 부서진 채 선로를 가로막고 있는 차량을 군인들이 치우고 있는 동안 어느 젊은 의사가 깨끗한 물을 가져오라고 소리를 질렀다. 그는 플랫폼에서 응급수술을 준비하고 있었다. 객차 주위로 증기가 자욱한 가운데 기관사와 정비사가 다급하게 이야기를 주고받았다. 그때 날카로운 휘파람 소리를 내며 폭탄이 떨어지기 시작했다.

곧이어 역 건물의 지붕이 화염에 휩싸였다. 선로 건너편 전나무의 가지에도 불이 붙어 마치 거대한 촛불이 타오르는 것 같았다. 폭격기가 떨어뜨린 소이탄에 플랫폼의 지붕에도 불이 붙었다. 비명조차 지를 수 없었다. 나와 함께 있던 간호사는 다리가 부러진 부상병들을 열차 계단으로 힘겹게 올려놓자마자 다른 부상병을 부축하러 다시 플랫폼으로 뛰어 내려갔다.

나는 내 어깨에 팔을 두른 부상병을 객차 안으로 질질 끌고 들어갔다. "여기 가만히 계세요." 나는 객실 기둥에 그가 몸을 기대도록 도와주었다. 핏기가 하나도 없는 그의 얼굴이 땀으로 번들거렸다.

"간호사예요?" 그가 숨을 몰아쉬며 물었다. 그는 내 팔의 적십자 완장을 힐끗 보더니 다시 내 얼굴을 쳐다봤다. "열두 살은 됐나?"

"간호 실습생이에요. 열일곱 살이고요." 내 목소리는 떨리고 있었다. 그때 객차 밖에서 터진 폭탄의 파편에 유리창이 산산조각 났다. 우리는 객차 바닥에 몸을 엎드렸다.

나는 다시 몸을 세워 부들부들 떨리는 손을 진정시키기 위해 깍지를 끼고 객차를 둘러보았다. 부상병들은 고통에 신음하며 앉아 있거나 바닥에 누워 있었다. "의사 선생님을 모시고 올게요." 나는 떨리는 목소리로 말했다. "열차에 의사 선생님이 타고 계실 거예요."

폭발음과 사람들의 비명이 뒤섞인 가운데 기적 소리가 길게 울리며 열차가 덜컹 하고 움직이기 시작했다. 나는 손잡이를 움켜잡았다. 열차는 동쪽을 향해 달리기 시작했다. 러시아 국경 쪽이었다.

어머니 러시아

코브노는 고요했다. 우리는 전장에서 멀리 떨어진 소비에트 연방과의 접경 지역에 있었다. 사병, 장교, 의료진을 합해 기차에서 내린 2백 명 안팎의 사람들이 어느 군수창고 앞에 모여 있었다. 차가운 새벽 공기에 나는 장갑도 없이 입김으로 손을 녹여야 했다. 우리는 여름을 뒤로하고 코브노에 도착했다. 손톱 하나가 거의 속살까지 찢어져 입김을 불 때마다 날카로운 통증이 느껴졌다.

상황이 어떻게 전개되고 있는지, 앞으로 어떻게 전개될 것인지 전혀 알 수가 없었다. 나는 코브노에 도착한 사람들 중에서 나이가 가장 어렸지만 그 상황을 내게 설명해 주는 이는 아무도 없었다. 부대를 이끄는 장군이 한 명 있었다. 그의 이름은 기억나지 않지만 우리는 군수창고 앞에서 그가 나타나기를 기다리고 있었다. 군인들은 앞으로 어떻게 싸워야 할지 듣고 싶어 했다. 장교들은 사병들의 사기를 북돋으며 부대를 재편하고 병참을 보강해서 독일군에 다시 맞서겠다는 마음의 준비를 하고 있었다. 우리는 침략자들에게 폴란드군의 강력한 응전 능력을 보여 주고자 했다.

한 남자가 고개를 꼿꼿이 세우고 나타났다. 우리는 부관을 대동한 그에게 일제히 시선을 집중했다. 그가 계단 위에 올라섰다. 군인들은 부동자세를 취했다. 걸을 수 있는 부상병들은 어깨를 펴고 똑바로 서 있으려 했지만 그들 중 다수가 너무나 쇠약해진 상태였다. 목발을 짚은 채 쓰러지는 병사들도 있었다. 나는 간호사들과 함께 몸을 잔뜩 웅크린 채 장군의 입을 주시했다. 그는 며칠째 면도를 하지 못한 것 같았다. 턱과 볼에 난 텁수룩한 수염이 그를 병약한 노인처럼 보이게 했다.

마침내 그가 헛기침을 하며 목소리를 가다듬었다. "제군들이 보여 준 용기와 정신력에 하느님께서 축복을 내려 주실 것이다. 제군들은 조국을 위해 용감하게 싸웠다. 후손들은 제군들을 자랑스럽게 여길 것이다." 여기에서 그는 잠시 말을 멈췄다. 그는 떨리는 목소리를 다시 가다듬었다. "그러나 폴란드군의 임무는 이제 끝났다. 독일과 소비에트 연방이 폴란드를 분할 점령하기로 했다는 소식이 방금 전에 들어왔다. 현재 우리는 소비에트 연방의 영토에 서 있다. 우리는 더 이상 국가를 가지고 있지 않다. 더 이상 폴란드는 없다."

경악과 충격으로 탄식과 울부짖음이 여기저기에서 터져 나왔다. 내 옆에 서 있던 간호사의 뺨으로 눈물이 주르르 흘러내렸

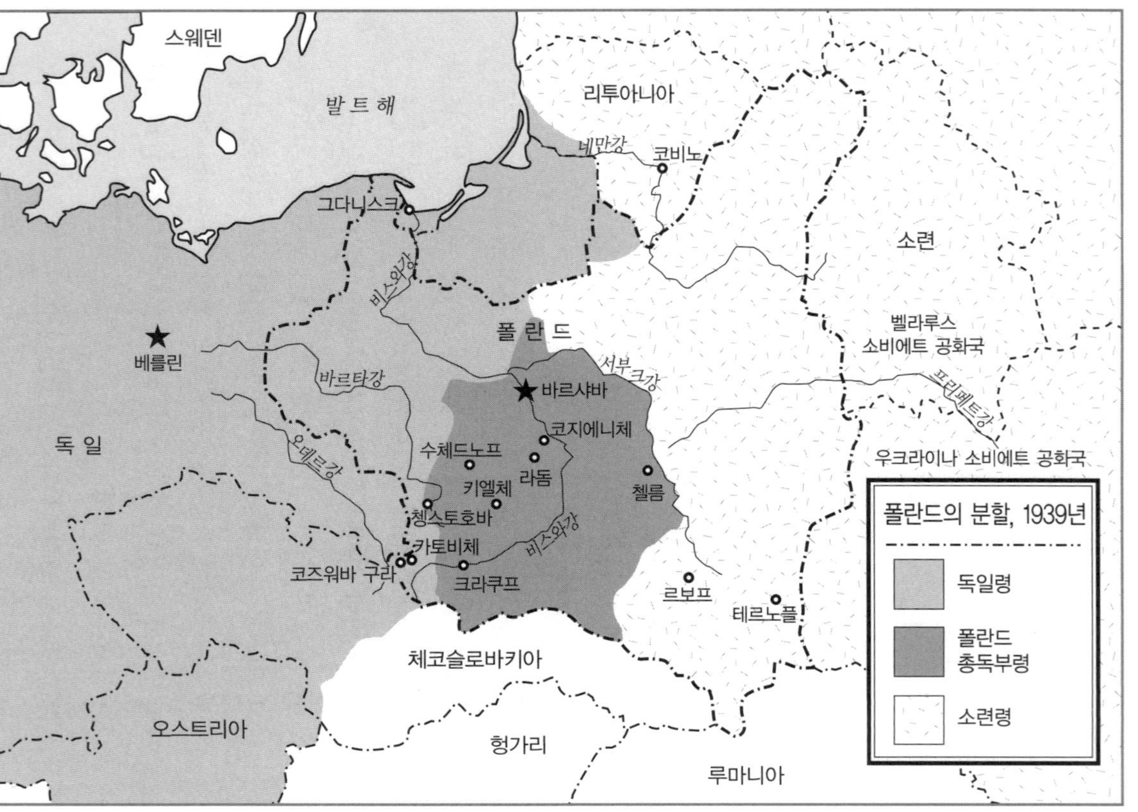

폴란드의 분할, 1939년
독일령
폴란드 총독부령
소련령
스웨덴
발 트 해
리투아니아
네만강
코비노
소련
그다니스크
비스와강
벨라루스 소비에트 공화국
폴 란 드
서부크강
프리페트강
베를린
바르타강
바르샤바
코지에니체
우크라이나 소비에트 공화국
오데르강
수체드노프
라돔
키엘체
첼름
쳉스토호바
비스와강
카토비체
코즈워바 구라
크라쿠프
르보프
테르노플
체코슬로바키아
독 일
오스트리아
헝가리
루마니아

다. 나는 장군이 무슨 말을 하는 것인지 이해가 되지 않았다. 더 이상 폴란드가 없다는 게 도대체 무슨 말인가? 내 발은 땅을, 폴란드의 땅을 딛고 서 있었다. 어떻게 그 땅이 없어질 수 있단 말인가?

"폴란드 임시정부가 영국에 도착했다. 그곳에서 우리 정부는 조국을 되찾기 위해 최선을 다할 것이다. 그때까지 제군들은, 자유다. 비정규전을 수행하든 집으로 돌아가든 각자 뜻대로 하라." 목이 메어 그는 더 이상 말을 잇지 못했다. 병사들은 허공에 욕설을 퍼부어대며 흐느꼈다. 어느 대령은 군복에서 부대 기장을 떼어내 손으로 으스러뜨리며 눈물을 삼켰다.

장군은 군수창고를 가리키며 말했다. "필요한 것은 뭐든 가져가도 좋다." 그는 차렷 자세로 장병들을 향해 경례를 했다. 그의 턱은 떨리고 있었다. 그는 계단을 내려와 부관과 함께 사라졌다.

일순간 대혼란이 벌어졌다. 사람들은 독일과 러시아에 욕설을 퍼부으며 앞으로 어떻게 해야 할지에 대해 저마다 목소리를 높였다. 일부 군인들이 군수창고 문을 열자 사람들이 일제히 몰려들었다. 담요, 총기류, 의복, 보드카 상자, 밀가루 자루, 통조림, 담배 등 쓸모 있는 모든 물품들이 징발된 트럭에 실렸다. 바닥에는 상자에서 떨어진 술병이 나뒹굴었다. 트럭에 시동이 걸렸다. 사람들은 챙길 수 있는 모든 것을 싣고 삼림지대를 향해 출발했다.

나도 따라갔다. 나는 나라 잃은 패잔병들과 함께 리투아니아 국경지대의 숲을 향하고 있었다. 마치 연극을 하고 있는 것처럼 모든 것이 비현실적으로 느껴졌다. 스스로 트럭에 올라 탄약상자 위에 걸터앉으면서도 그것이 내가 아닌 것만 같았다. 진짜 이 레네는 이곳이 아니라 집에 있었다. 여기에서 씻지도 못한 채 배고픔과 추위에 떨고 있는 사람은 내가 아니었다. 내 외투 소매 밖으로 이가 꼬물꼬물 기어 다니는 게 보였다. 몸에 이가 들끓는 이 아이는 내가 아니었다. 그게 나일 리 없었다.

숲에서 처음으로 밤을 보내면서 우리는 담요로 텐트를 만들었다. 어떤 이들은 트럭 적재함에서 잠을 잤고 땅바닥에서 잠을 청하는 이들도 있었다. 어둠 속에서 줄담배를 피우며 밤을 꼬박 새는 이들도 있었다. 몇몇은 술에 취해 욕설을 지껄이다 울음을 터뜨리기도 했다. 아침이 되었을 때 우리는 밤새 스스로 목숨을 끊은 군인 여덟 명의 시체를 발견했다.

조국의 땅에서 망명을 한 첫 날이 그렇게 시작되었다. 항전 계획을 세우고 지도부를 구성하는 이들이 나타났다. 아무도 내 의견을 묻지는 않았다. 우리는 남쪽으로 내려갈 계획이었다. 5백 킬로미터 떨어진 르보프가 목적지였다.

이동을 준비하는 가운데 캠프 안에서는 이런저런 유언비어가 나돌았다. 르보프에 폴란드군을 지휘하는 장군이 있다, 일부 폴란드군 부대가 독일 진격을 준비하고 있다, 망명정부의 지시에 따라 국방차관이 부대를 재편성하고 있다, 프랑스로부터 무기와 군수물자가 르보프로 공수될 예정이다……. 그러나 나는 우리가 왜 르보프로 가는지 정확히 알지 못했다. 어쩌면 지도부의 가족들이 그곳에 살고 있었기 때문인지도 모를 일이었다.

우리는 리투아니아 사람들이 우리에게 어떤 태도를 보일지 알 수 없었다. 그들은 문화적으로 러시아보다 폴란드에 가까웠지만 우리는 러시아 영토 안에 있는 불법적인 군대였기 때문에 그들이 우리를 환영해 줄지는 미지수였다. 우리는 한 마을에서 다음 마을로 조심스럽게 이동하면서 우리의 보급품을 주민들의 식량과 맞바꿨다. 우리는 보드카를 주고 감자를, 담배를 주고 소시지를, 설탕을 내주고 달걀을 얻었다. 일부 주민들은 우리를 경계하며 면전에서 문을 닫아 버리거나 야박한 조건으로 흥정을 하려 했다. 반면에 친절을 베풀며 인근 지역 어디에 러시아군이 있는지 알려주는 주민들도 있었다. 우리는 우크라이나와의 접경지대를 따라 내려갔다. 어린 시절 소풍을 갔을 때처럼 나는 호두와 버섯을 채집했다. 포도 덩굴을 발견하기도 했지만 추운 날씨로 포도는 쭈글쭈글해진 채 썩어 있었다. 어느 날 숲의 가장자리를 걷고 있던 내 발밑에서 갑자기 푸드덕 하는 새의 날갯짓 소리가 들렸다. 인기척에 놀란 새 한 마리가 날아오르는가 싶더니 곧이어 총소리가 들렸다. 새가 땅바닥에 떨어졌다. 어느 병사가 내 옆을 지나 앞으로 뛰어갔다. 그는 새를 집어서 목을 비틀었다. 나는 두 손으로 코트 깃을 움켜쥔 채 내 발자국 소리 때문에 그 새가 날아올랐다는 자책감으로 한동안 그 자리에 우두커니 서 있었다.

겨울이 다가오고 있었다. 우리는 얼어붙은 습지와 강을 따라 이동하며 숲에서 밤을 보냈다. 우리는 생존을 위해 짐승들처럼 먹을 것을 찾아 헤맸다. 내리는 눈을 맞으며 우리는 몸을 웅크린 채 질병과 추위를 견뎌야 했다. 나는 빈혈이 심해졌다. 호두를 줍다가 갑자기 일어나면 현기증으로 중심을 잡기가 힘들었다.

우리는 한 곳에서 며칠 동안 야영을 하며 눈먼 사람들처럼 주변 지역에서 새로운 소식을 알아내려 애썼다. 또한 우크라이나의 이 마을 저 마을을 지나며 상당 기간 머물 수 있는 곳을 찾아보려 했으나 성과는 없었다.

트럭을 타고 도로를 따라 이동하는 동안 우리는 매 순간 위험에 노출되어 있었다. 우리 가운데 몇몇 사람들은 미신에 의존하거나 부적 따위를 지니고 다니기도 했다. 우리는 불안과 공포로 생활방식의 일부를 원시시대로 되돌려놓았다. 우리의 위치가 러시아군 순찰대에 노출되지 않도록 모닥불은 아주 작게 피웠으며, 모여서 노래를 부르는 일은 꿈도 꿀 수 없었다. 나는 여자들과 함께 지냈다. 가족들과의 재회는 거의 포기하고 있었다. 성탄절이 조용히 지나갔다. 우리는 아무런 희망도 없이 1940년을 맞았다. 르보프로 가야만 하는 위대한 이유는 한 번도 구체적으로 제시되지 않았다. 나는 우리가 무엇을 하고 있는지, 어디로 가고 있는지 알 수가 없었다. 아마 다른 사람들도 마찬가지였을 것이다. 우리는 확실한 계획도 없이 그저 르보프 주위의 궤도를 무의미하게 돌고 있는 것 같았다.

1월 초순, 나는 순번이 되어 네 명의 군인과 두 명의 간호사와 함께 인근 마을로 물물교환을 하러 나갔다. 어둔 밤 눈 쌓인 길 위로 우리가 탄 트럭이 움직였다. 우리는 르보프에서 멀지 않은 어느 마을 어귀에 트럭을 세우고 도보로 이동을 했다. 러시아 순찰대가 자주 나타나는 곳이었기 때문에 이 임무에는 상당한 위험이 따랐다. 함께 움직인 일행은 어느 민가에 들어가면서 나를 거리 모퉁이에 세워 놓고 망을 보도록 했다.

나는 건물 벽에 등을 바짝 붙이고 주위를 살폈다. 차가운 바람이 얇은 외투를 헤집고 들어왔다. 찬 기운이 신발 속으로 그대로 전해졌다. 너무나 무서워서 아무 생각도 할 수 없었다. 러시아인들은 공산주의자들이었고 하느님을 믿지 않았다. 나는 그들이 어떤 사람들인지, 그들이 폴란드의 절반을 차지했다는 사실이 무엇을 의미하며 만일 그들이 우리를 발견한다면 우리에게 어떤 행동을 취할 것인지 전혀 알 수 없었다. 밤하늘엔 별이 가득했다. 하늘에 수천 개의 별들이 봄날 들판의 바람꽃처럼 피어 있었다. 문득 꽃이 흐드러지게 피어 있는 봄의 초원을 바라보던 옛 기억이 떠올랐다. 그 시절 나는 초원을 힘껏 내달리면 사뿐히 날아오를 수 있을 것 같은 기분을 느끼곤 했다. 나는 달리고 싶었다. 엄마가 보고 싶었다.

차갑고 투명한 공기를 뚫고 트럭의 엔진 소음이 들렸다. 동시에 헤드라이트의 불빛이 보였다. 러시아군 순찰대였다. 짧은 순간, 나는 하늘을 올려다보았다. 그리고는 밤하늘로 날아오르듯 힘껏 달리기 시작했다. 내 뒤를 쫓는 러시아 군인들의 소리가 들렸다. 눈밭을 달려오는 군화소리가 어지러웠다. 저만치 숲이 보였다. 숨이 턱까지 찼다. 푹푹 빠지는 눈이 부츠 안으로 들어왔다. 괴성을 지르며 웃어대는 러시아 군인들이 몇 걸음 뒤에 쫓아오고 있었다. 나는 한 마리의 새였다. 날아오르고 싶었으나 그들은 나를 쏘아 떨어뜨릴 생각이었다.

나는 온힘을 다해 달렸다. 죽을힘을 다해 달렸다.

병원

이 이야기를 꺼내는 것은 무척 고통스러운 일이다. 나는 열일곱 살이었다. 나는 남자들 앞에서 수줍음을 많이 탔다. 남자친구를 가져본 적이 없었으며 입술을 맞춰본 적도 없었다. 나는 착실한 가톨릭 신자였다. 러시아 군인들은 내게 총을 쏘지 않았다. 그들은 내가 의식을 잃을 때까지 무자비하게 때렸다. 그리고 나를 강간하고는 얼어붙은 별들 아래 어두운 숲이 나의 죽음을 지켜보도록 내버려둔 채 사라졌다.

하지만 나는 죽지 않았다. 다른 순찰대가 눈밭에 구겨진 누더기처럼 버려져 있는 나를 발견하고 트럭에 태웠다. 트럭이 울퉁불퉁한 도로를 달리는 동안 깜빡이는 전등처럼 아주 잠깐씩 의식이 돌아왔다. 불빛이 보이는 곳에 도착해서 나는 들것으로 옮겨졌다. 어느 여자가 러시아어로 나지막하게 말을 걸었다. 그녀는 퉁퉁 부은 내 얼굴을 조심스럽게 어루만지며 팔다리에 골절이 있는지를 확인했다. "엄마." 나는 아이처럼 훌쩍이다 다시 정신을 잃었다.

눈을 떴을 때 나는 담요에 덮인 채 침대에 누워 있었다. 나는 부어오른 눈으로 천장을 응시했다. 창문이 바람에 덜컹거렸다. 밖에는 눈 폭풍이 몰아치고 있었다. 우는 듯한 바람 소리가 머리를 어지럽게 했다. 나는 고개를 천천히 돌렸다. 젊은 남자 하나와 중년의 여자가 러시아 군복 차림으로 서 있었다.

"제가 통역을 해드리겠습니다." 남자가 폴란드어로 말했다.

"말을 할 수 있겠습니까?"

입을 열었으나 말이 나오지 않았다. 나는 잠긴 목을 가다듬고 다시 대답했다. "네."

"당신은 병원에 있습니다. 하지만 당신은 포로 신분입니다. 이분은 올가 파블로프스카야 박사님이십니다. 당신의 이름은 무엇입니까?"

"이레네 구토브나."

"나이는?"

"열일곱 살이요."

"그 숲에 왜 있었습니까?"

내가 말을 시작하자 그는 곧바로 옆에 있는 여자에게 통역을 했다. "폴란드군 의료부대와 함께 있었어요. 우리는 폴란드가…… 폴란드가 분할되었다는 소식을 듣고 숲으로 들어갔어요. 우리는 살아남으려고 발버둥을 쳤어요."

나를 뚫어져라 쳐다보고 있던 파블로프스카야 박사의 양미간이 살짝 찡그려졌다. 그녀가 러시아어로 짧게 말했다.

그러자 남자가 폴란드어로 물었다. "당신은 간호사입니까?"

나는 다시 천장을 올려다보았다. 나는 부대를 이탈해 혼자가 되었고 이제는 그들이 어디로 갔는지조차 알 수 없었다. 내게 폭력을 휘두른 러시아 병사들의 기억이 파도처럼 밀려왔다. 눈물이 뺨을 타고 흘러내렸다.

그가 다시 물었다. "당신은 간호사입니까?"

"저는 간호 실습생이에요." 나는 힘없이 대답했다.

남자가 파블로프스카야 박사에게 내 말을 옮긴 후 잠시 침묵이 흘렀다. 눈 폭풍이 건물을 때리는 소리가 들렸다. 창문에 작은 뼛조각 한 줌이 던져진 것처럼 진눈깨비가 창문을 두들겨댔다. 의사는 내 진료기록을 들고 빠른 속도로 읽은 다음 통역관에게 몇 마디를 건넸다.

"치료에 시간이 조금 걸리겠지만 영구적 손상을 입은 신체 부위는 없습니다. 당신은 영양실조와 극심한 피로를 겪고 있습니다. 하지만 며칠 지나면 병원에서 간단한 일을 거들 수 있을 정도로 회복이 될 거라 판단됩니다. 우리는 일손이 부족합니다. 당신이 회복되면 근무복을 가져다주겠습니다."

나는 묵직한 슬픔을 느꼈다. 다시 잠이 몰려오면서 통역관의 목소리가 희미해졌다. "여긴 어디죠?" 묻고 싶었지만 목소리가 나오지 않았다. 나는 그대로 잠에 빠져들었다.

다음날 오후 깨어났을 때 파블로프스카야 박사가 병실에 있었다. 그녀는 내가 깨어난 것을 보고 살짝 미소를 지어 보였다. 그녀는 내 머리를 뒤로 쓸어 넘긴 다음 맥박을 재고 러시아어로 몇 마디 말을 건넸다. 나는 눈빛으로 친절에 대한 감사의 뜻을 전했다. 그녀의 손은 차갑고 부드러웠다. 그녀가 병실을 나간 뒤 곧바로 간호사가 세숫대야와 깨끗한 환자복을 들고 들어왔다. 나는 얇은 유리 한 장을 들어 올리듯 힘겹게 몸을 일으켰다. 그런 다음 다리를 침대 옆으로 내려놓았다. 병실 바닥에 발을 딛고 일어서자 무릎이 부들부들 떨렸다. 하지만 부축을 해주려는 간호사를 향해 나는 고개를 가로저었다. 나는 멍투성이의 몸을 보이고 싶지 않아 웅크린 채로 재빨리 몸을 씻었다. 내가 환자복을 갈아입자 간호사는 따라오라는 손짓을 보였다.

간호사는 긴 복도를 앞장서서 걸었다. 클로로포름의 익숙한 냄새가 복도에 가득했다. 병동 간호사실 앞에서 두 명의 간호사가 진료기록부를 펼쳐 놓고 이야기를 나누다가 내가 지나가는 모습을 물끄러미 쳐다보았다. 간호사를 따라 별관으로 들어서자 차가운 기운이 발목을 감쌌다. 모든 문에 러시아어로 안내문이 붙어 있었고 복도 끝에는 스탈린 초상화가 걸려 있었다.

간호사들이 숙소로 사용하는 방들은 줄줄이 하나로 연결되어 있었다. 모든 방과 방 사이에는 문이 있어서 하나의 방을 거쳐야 다른 방으로 들어갈 수 있었다. 침대 세 개가 놓여 있는 어느 방에 이르러 그 간호사는 내가 사용할 침대를 가리켰다. 나는 간호사의 손짓을 제대로 이해했는지 확인하는 뜻으로 그 침대에 걸터앉았다. 그러자 간호사는 아무런 설명도 없이 우리가 들어온 문으로 나가 버렸다.

한기와 불안으로 몸이 떨렸다. 다른 두 개의 침대 아래에는 여행용 가방이 놓여 있었다. 한 침대에는 스웨터가, 다른 침대 위에는 잡지 한 부가 놓여 있었다. 나는 떨리는 몸을 진정시키려 담요를 덮고 몸을 둥글게 말아 무릎을 감싸 안았다. 모든 것을 잊기 위해 나는 잠을 자고 싶었다. 잠이 오기는 했으나 어느 것도 잊을 수는 없었다.

다음날 룸메이트들을 만났다. 그들은 교대근무를 막 마친 듯 수다를 떨면서 함께 들어왔다. 한 사람은 검은 머리에 키가 크고 부드러운 인상이었다. 다른 한 사람은 키가 작지만 강하고 거친 인상을 주었다. 그들은 간호사복을 벗으며 나를 쳐다보았다.

키가 작은 쪽이 큰 목소리로 말했다. "나는 갈라, 그리고 애는 마루슈카."

"이레네." 나는 조용히 대답했다.

그들은 하던 이야기를 마저 주고받았다. 간간이 폴란드어와 비슷하게 들리는 단어가 들렸다. 나의 러시아어 공부는 그렇게 시작되었다. 나는 며칠 동안 회복기를 가지며 룸메이트들로부터 간단한 러시아어를 배웠다. 그리고는 곧장 병원 업무에 투입되어 갈라와 마루슈카와 한 조가 되어 일했다. 우리는 침대, 소독, 체온계, 혈액 등 간단한 용어로부터 시작해서 점차 동사와 숫자, 형용사로 단어들을 확장시켜 나갔다. 시끌벅적한 직원 식당에서는 포크, 나이프, 감자, 빵, 차, 식탁 같은 단어들을 익혔다. 며칠이 지나 나는 더듬더듬 간단한 러시아어 문장을 만들어낼 수 있었다. (폴란드어는 러시아어와 같은 슬라브어 계통으로 어휘와 어법에

상당한 유사성이 있다-옮긴이) 마루슈카는 어려운 단어들을 내가
이해할 수 있는 쉬운 단어로 바꿔가며 러시아 신문을 꾸준히 읽
어 주었다.

신문은 붉은 군대가 핀란드 국경에서 벌이는 강력한 군사작전
과 폴란드 저항세력에게 거둔 승리를 대대적으로 보도했다. 나
는 패퇴한 폴란드 군대에 관한 기사를 묵묵히 들었다. 나라를 잃
었다는 사실이 견딜 수 없을 만큼 고통스러웠다. 나는 사랑하는
가족과 폴란드에 대한 생각을 떨쳐내려 노력했다. 우리는 종종
저녁에 강당에 모여 공산주의의 우월성과 위대한 승리를 선전하
는 연설을 들어야 했다. 미국의 무자비한 자본가들과 정부가 수
백만 명의 사람들이 거리에서 굶어 죽도록 어떻게 방치하고 있
는지에 대한 일방적인 선전을 마루슈카는 쉽게 풀어 설명해 주
곤 했다. 비록 그들의 말을 절반도 믿지 않았지만 나는 러시아어
를 익히기 위해 그들의 연설을 열심히 들었다.

하지만 밤 시간은 힘들고 고통스러웠다. 종종 옆방에서 파티
가 열릴 때면 담배 냄새와 웃고 떠드는 소리, 잔 부딪치는 소리
에 잠을 이룰 수 없었다. 나는 고립감과 불안에 맞서 싸우며 울
지 않으려 애를 썼다. "하늘에 계신 우리 아버지," 나는 기도를
했다. "아버지의 뜻이 하늘에서와 같이 땅에서도 이루어지소
서." 나는 하늘에 계신 아버지께서 홀로 버려져 있는 나를 보고
계신지 궁금했다. 낮에는 병동에서 일을 하며 나는 스스로 포로
신분이라는 사실을 잊으려 애썼다.

"몰라보게 발전하고 있네." 어느 날 파블로프스카야 박사가

내게 말했다.

"고맙습니다, 박사님." 나는 대답했다. "마루슈카 덕분에 많이 배우고 있습니다."

박사는 고개를 끄덕였다. 박사는 매일 내 몸 상태를 살폈고, 병원 업무와 러시아어 공부에 기울이는 나의 노력에 칭찬을 아끼지 않았다. 병원장으로서 업무의 대부분이 행정적인 것이었음에도 불구하고 파블로프스카야 박사는 나의 몸 상태에 꾸준한 관심을 가져주었다.

나는 외과과장인 다비드 박사와도 자주 마주쳤다. 그는 우크라이나인이었다. 그는 친절한 사람이었지만 환자들을 돌보는 일에는 최고를 요구했다. 나는 그의 기대에 부응하기 위해 최선을 다했다. 내가 있는 곳이 어디인지 가르쳐준 사람도 다비드 박사였다. 내가 있는 곳은 르보프에서 동쪽으로 100킬로미터 떨어진 우크라이나의 테르노폴이었다. 소비에트 군대가 점령하기 전까지 폴란드의 영토였던 곳에 있었음에도 나는 이제 모스크바에 있는 것이나 다를 게 없었다. 나는 가족으로부터 너무나 멀리 떨어져 있었다. 집에 돌아갈 수도, 가족들의 목소리를 듣거나 편지를 주고받을 방법도, 심지어 내가 살아 있다는 소식을 전할 방법조차 없었다.

몇 주가 흐르고, 그렇게 또 몇 달이 흘렀다. 러시아어 실력만큼 내 건강도 좋아졌다. 그 즈음 파블로프스카야 박사가 갈라와 마루슈카를 포함한 일부 의료진과 함께 핀란드 전선으로 전출되고 후임 병원장으로 흐루쇼프 박사가 도착했다. 젊은 시절 사고로 다리를 절게 된 그는 냉소적인 인상을 풍기는 인물이었다. 그는 나와 마주칠 때마다 증오가 묻어 있는 시선을 보냈다. 그가 직원들을 향해 내뱉는 모든 말에는 불만과 비난이 담겨 있었다. 얼마 지나지 않아 병원의 모든 직원들은 그를 경멸하는 동시에 두려워하기 시작했다.

그가 병원장으로 온 뒤로 공산주의 선전활동이 강화되었다. 거의 매일 밤 우리는 강당에 모여 붉은 군대의 승전보와 폴란드 동부 지역의 "해방"에 박수를 보내야 했다. 나는 르보프 인근의 숲에 은신해 있던 부대원들이 전멸했으리라는 사실을 의심하지 않게 되었다. 동시에 흐루쇼프 박사가 나를 눈엣가시처럼 여기고 있다는 사실도 명백해졌다. 파블로프스카야 박사가 병원장으로 있는 동안 나는 포로 신분이었음에도 신변에 아무런 위협을 느끼지 않았다. 하지만 이제는 상황이 달라졌다. 나는 그가 폴란드군 포로 신분인 간호사를 가만히 놔두지 않을 것임을 직감했다.

그렇지만 구체적으로 어떤 일이 벌어질 것인지는 예상할 수 없었다. 24시간 근무를 마치고 녹초가 된 어느 늦은 밤, 나는 침대 한쪽이 푹 꺼지는 느낌에 잠에서 깼다. 지독한 담배 냄새와 보드카 냄새에 정신이 번쩍 들었다. 내가 격렬하게 저항하자 내 몸을 더듬던 손이 입을 틀어막았다.

"이 폴란드 계집년, 입 다물고 있어." 거친 목소리가 들렸다.

"너는 이제 내 거야."

흐루쇼프 박사의 목소리였다. 혐오와 공포가 온몸을 휘감았다. 그를 밀쳐내기 위해 나는 필사적으로 저항했다. 그때 침대 옆 의자에 놓아둔 무거운 유리병이 손끝에 닿았다. 생각할 겨를도 없이 나는 유리병을 잡고 그의 머리를 향해 힘껏 내리쳤다. 그가 축 늘어지는 틈을 타서 나는 그를 밀쳐내고 침대를 빠져나왔다. 그가 흘린 피 때문이었는지 아니면 병에서 쏟아진 물 때문이었는지 잠옷이 축축했다.

"주님! 제가 사람을 죽였어요!" 나는 공포에 질려 소리도 크게 내지 못했다.

나는 잠옷 바람으로 방에서 뛰쳐나와 차가운 복도바닥을 맨발로 뛰었다. 나는 무작정 응급실로 뛰어갔다. 다비드 박사가 혼자 앉아 진료기록부를 보고 있었다.

"도와주세요. 제가 사람을 죽였어요. 이제 어떻게 하면 좋아요?"

그가 의자에서 벌떡 일어나더니 내 팔을 붙잡았다.

"이레네, 무슨 일이야? 누굴 죽였다는 거야?"

나는 가쁜 숨을 몰아쉬며 울음을 터뜨렸다. 그의 질문에 나는 절망감으로 고개만 가로저었다.

"저는 체포될 거예요. 그들이 저를 사형시킬 거예요. 잠을 자고 있는데 그 사람이 저를 덮쳤어요. 그러다 제가 그를 죽였어요."

다비드 박사는 담요를 한 장 가져와서 내 어깨에 둘러주고는 가까운 빈 병실로 나를 데리고 갔다. "여기 가만히 있어." 그는 흐느끼는 나를 침대에 앉혀놓고 무릎이 덮이도록 담요를 끌어당겼다. "진정해. 무슨 일이 일어났는지 내가 확인하고 올게."

그가 나간 뒤, 나는 울음을 참으며 무릎을 가슴팍까지 끌어당기고 침대 위에 앉아 몸을 앞뒤로 흔들었다. 몇 분 후 그가 돌아왔다. 그는 맥이 풀린 표정이었다.

"누군지는 모르겠지만 이미 사라졌어. 그러니까 누굴 죽인 건 아니야. 알겠지?"

나는 그를 응시하며 힘없이 말했다. "흐루쇼프 박사였어요."

다비드 박사는 잠시 침묵했다. "너로서는 상대하기 힘든 적이 생긴 거야. 하지만 그가 당장 너를 어떻게 하지는 못할 거야. 사람들이 뭐라고 하겠어? 네 침대에서 너를 폭행하려다 생긴 일인데."

그가 내 무릎을 토닥이며 옆에 앉았다. 그는 친절했다. 남자들로부터 연이어 끔찍한 일을 겪었지만 나는 그를 신뢰했다.

"앞으로 어떻게 해야 할지 생각을 좀 해보자." 그가 조용히 말을 이었다. "네가 이곳을 빠져나가도록 도와주고 싶지만."

"그래요, 저는 집에 가고 싶어요."

"안 돼, 이레네. 그쪽 지역으로는 아직 들어갈 수 없어. 도움을 줄 만한 친구들이 있긴 하지만……."

절망감으로 눈물이 다시 고였다. "전 집에 가고 싶어요. 엄마가 보고 싶어요."

"미안하다." 그가 일어났다. "오늘밤엔 그냥 여기 있어. 내일 다시 이야기하자. 당분간은 별 일 없을 테니 안심해."

나는 아무런 희망도 품지 않았다. 하지만 다비드 박사의 말이 옳았다. 마치 아무 일도 없었다는 듯이 그 일은 조용히 묻히고 말았다. 며칠 동안 나는 병원장과 마주치지 않기 위해 노력했다. 그러다 마침내 복도에서 그와 맞닥뜨렸을 때 나를 향한 그의 시선은 마치 내 심장을 주먹으로 짓이기는 것 같았다. 그는 응징의 기회를 엿보고 있었으나 나로서는 그 순간이 언제 닥칠지 알 수 없었다. 그래서 다비드 박사를 볼 때마다 나는 그가 어떤 계획을 가지고 있는지 묻고 싶었다. 하지만 그의 주위에는 항상 사람들이 있었고 그와 따로 이야기를 나눈다는 것은 쉽지 않아 보였다.

마침내 기회가 왔다. 나는 사람들의 시선을 피해 다비드 박사의 연구실로 들어갔다. 문을 닫기 전에 그가 복도를 내다봤다.

"의대를 같이 다닌 친구가 있어. 키예프 근처의 작은 마을 스베틀라나에서 진료소를 운영하고 있는데 네 이야기를 해 두었어. 그 친구가 너를 받아 줄 거야. 문제는 너를 여기에서 빼내는 건데, 내가 위조 통행증을 만들어 줄 수는 없어."

"그건 제가 알아서 할게요. 어쨌든 저는 여기를 빠져나가야만 해요."

나는 그의 연구실에서 나와 서둘러 병동으로 돌아갔다. 이후 며칠 동안 나는 병원 운동장을 오가며 탈출구를 찾아보았다. 병원 정문과 후문에는 보초들이 있어서 통행증이 없으면 출입이 불가능했다. 나는 팔을 앞뒤로 크게 흔들며 운동을 하는 척하면서 운동장 이곳저곳을 살피다가 판자로 울타리를 덧댄 곳을 발견했다. 나는 몸을 굽혀 신발 끈을 고쳐 매면서 그 곳을 유심히 살펴보았다. 판자와 울타리 사이의 틈은 그리 넓지 않았지만 내 몸집이 충분히 빠져나갈 수 있을 것 같았다. 다비드 박사와 다시 마주쳤을 때 나는 탈출구를 찾았다는 소식을 전했다.

"나한테 자세한 이야기는 하지 마. 내가 모르고 있는 게 더 나을 거야." 그가 낮은 목소리로 말했다. 그는 마치 내게 무엇인가를 지시하는 것처럼 X-레이 필름을 보여 주며 주위의 시선을 피했다. "기차표와 내 친구의 주소를 챙겨 줄게. 내일 우리 근무 교대시간이 같으니까 그때 전해 줄게."

우리 둘 다 X-레이 필름을 보고 있었다. 남들의 눈에는 영락없이 의사가 간호사에게 환자의 상태를 설명해 주는 모습이었다. 나는 마치 며칠 동안 숨을 참은 사람처럼 크게 숨을 내쉬었다. "고맙습니다, 박사님."

"이레네, 행운을 빌어. 몸조심해."

스베틀라나

내가 테르노폴을 빠져나온 것은 3월 중순이었다. 이른 아침 녹지 않은 눈이 지저분하게 쌓여 있는 거리를 지나 나는 종종걸음으로 기차역을 향했다. 근무교대를 마치고 곧장 병원을 빠져나왔기 때문에 적어도 몇 시간 동안 병원에서는 내가 사라진 사실을 눈치 챌 사람이 없었다. 거리에서도 나를 주목하는 사람은 없었다. 나는 일터로 향하거나 장을 보러 나온 인파에 묻혀 있었다. 역에 들어서자 러시아 병사 두 명이 대합실 매점에 몸을 기댄 채 얇게 저민 소시지를 먹고 있었다. 그들 앞을 지나치는 나를 그들은 거들떠보지도 않았다. 강고한 러시아 군대도 아침식사를 하느라 나를 주시하지 않았고, 나는 그들이 쳐 놓은 그물을 연기처럼 빠져나갔다.

나는 우크라이나의 동부를 향해 출발했다. 기차는 눈이 녹아 수레가 지나간 길마다 진창이 된 농촌 지역을 지나갔다. 성당의 나무 첨탑이 지평선 멀리 우뚝 솟아 있었고 개울을 따라 벌거벗은 버드나무가 줄지어 서 있었다. 기관차 굴뚝에서 나오는 연기가 잿빛 구름을 만들며 선로 뒤로 길게 이어졌다. 기차는 간이역에 이따금 정차하며 온종일을 달렸다. 창밖으로 멀리 러시아군 트럭 행렬이 서쪽을 향해 길게 꼬리를 물고 지나가는 모습이 보였다. 나는 두 손을 가지런히 무릎 위에 놓은 채 좌석을 떠나지 않았다. 드디어 기차는 드네프르 강을 건너 키예프에 정차했다. 플랫폼에는 러시아군 병사들이 우글거렸으나 나는 가시덤불 속의 새 한 마리처럼 자리에서 꼼짝도 하지 않았다. 아무도 나를 주시하지 않았다. 다른 객차들이 연결되는 동안 기차가 앞뒤로 덜컹거렸다. 이윽고 가쁜 숨을 몰아쉬듯 기차에서 증기가 자욱하게 뿜어져 나왔다. 차장이 동서 횡단열차가 정차할 역의 이름들을 큰 소리로 외쳤다.

기차가 다시 출발했다. 키예프의 둥근 지붕들과 금박을 입힌 첨탑들이 차창에서 멀어지고 있었다. 술에 취해 낄낄거리는 군인들이 객차 안을 돌아다니며 젊은 여자 승객들의 주위에서 음탕한 노래를 불러댔다. 나는 머리에 스카프를 두르고 얼굴을 차창에 바싹 들이댔다. 발이 시리고 배가 고팠다. 해가 질 무렵 기차는 속도를 줄이며 시골의 작은 역으로 들어섰다. 차장이 소리쳤다. "스베틀라나 역입니다."

나는 너무 서두른 나머지 플랫폼에 발을 헛디딜 뻔했다.

"라헬! 여기야, 여기!"

누군가의 팔이 등 뒤에서 나를 와락 껴안았다. 뒤를 돌아다보니 숄을 두른 검은머리의 여자가 나를 응시하고 있었다. "이게 얼마만이야!" 그녀가 씩씩한 어조로 말했다. "우리 꼬마 사촌 라헬 마이어가 그새 이렇게 컸네."

"아, 네." 나는 말을 더듬었다.

"자," 그녀는 내 팔짱을 끼며 대합실 쪽으로 걸음을 옮겼다.

"피곤하지? 아무 말도 하지 마. 빨리 집에 가서 쉬자. 수고가 많으십니다, 동무." 그녀는 출구 검표원에게 인사를 건넸다.

검표원은 피곤한 듯 고개도 들지 않고 대답했다. "안녕히 가십시오."

우리는 녹은 눈으로 질퍽거리는 거리로 나섰다. 노을이 꺼진 하늘이 어두워지고 있었다. 회색 스카프를 두른 여자들을 지나치며 우리는 아무 말도 하지 않았다. 마침내 주위에 아무도 없음을 확인하고 나는 용기를 내어 말했다.

"다비드 박사님으로부터 말씀 들었어요…… 저를 받아 주셔서 정말 고맙습니다." 나는 말을 더듬었다. "앞으로 뭘 어떻게 해야 할지는 모르겠어요."

"일단 말을 많이 하지 않는 게 최선이야." 새로 생긴 사촌 언니 미리암이 따뜻한 어조로 말했다. "억양이 티가 나거든. 당분간 말할 기회를 피하고, 말을 해야 하는 상황에선 내가 대신 할게. 내일은 치안판사를 찾아가서 전입신고를 해야 하는데, 잘 기억해둬. 지금부터는 이레네가 아니라 루드밀라에서 온 내 사촌 라헬 마이어야. 새 이름이 자연스러워지도록 종이에 쓰면서 연습을 해."

그녀가 진료소에 딸려 있는 작은 집의 문을 열자 포근한 온기와 불빛이 나를 반겼다. 미리암 박사는 스카프를 풀며 나를 바라보았다.

"자, 이제 이곳에서 지내는 거야. 집에 돌아갈 수 있을 때까지 편하게 지내."

나는 방 안을 둘러보았다. 의학 서적들이 탁자 위에 펼쳐져 있었고 스토브에는 주전자의 물이 끓고 있었다. 소독약과 땔감 타는 냄새가 팬지꽃 향기와 어우러졌다. 몇 달 만에 처음으로 나는 긴장을 풀 수 있었다. 나를 보살펴줄 사람이 생긴 것이다. 불운과 외로움을 겪어온 내 마음에 작은 축복이 내리고 있었다.

우리는 음식이 익기를 기다리며 벽난로의 안전망 위에 발을 올리고 앉아 가벼운 대화를 주고받았다. 저녁으로 양배추 수프와 따뜻한 우유, 빵, 양파절임을 먹으며 우리는 라헬 마이어의 신상에 대한 세부적인 내용을 지어냈다. 가공의 인물을 만들어내는 동안 점차 이레네 구토브나에게 일어났던 일들이 타인의 과거처럼 느껴지기 시작했다. 우크라이나 동부의 드넓은 밀밭이 잠든 시각, 나는 이레네로 잠자리에 들어 다음날 아침 라헬이 되어 깨어났다.

아침에 진료소를 찾은 소년과 함께 라헬의 새로운 인생은 시작되었다. 아이는 집에서 아버지를 도와 지붕을 수리하다가 땅바닥에 떨어져 다리에 골절상을 입었다. 미리암 박사는 부러진 뼈를 맞추고 나는 그녀를 도와 아이의 다리에 깁스를 감았다. 영양 상태가 좋지 않아 얼굴에 핏기가 하나도 없는 소년은 우리를 말없이 쳐다보았다. 집에 돌아갔다가 아이를 데리러 다시 온 아버지는 막 잡은 닭 한 마리를 병원비 대신 들고 왔다. 닭을 올려놓은 탁자의 쟁반에 피가 고였다.

몇 주 동안 진료소는 환자들로 북적댔다. 우리는 술에 취해 싸움을 벌이다 들어온 남자 환자들을 치료했다. 임신부의 출산을 도왔고 인근 학교 학생들에게 백신을 접종했다. 류머티즘을 앓는 노인들의 통증을 치료했으며 이를 뽑거나 종기에서 고름을 짜내는 일도 했다. 우리는 집에서 만든 소시지와 털을 뽑은 닭, 갓 짜낸 우유와 벌꿀, 가끔은 울타리 수리 같은 노동을 병원비 대신 받았다. 나는 약품을 정리하고 붕대를 감았으며 의료 기구를 소독했다. 미리암 박사는 훌륭한 의사였다. 그녀와 함께 일을 하면서 나는 매일 새로운 것을 배웠다.

5월 초, 미리암 박사와 함께 어느 임신부의 분만을 도와주고 진료소로 돌아오다가 나는 길가에 핀 라일락을 보고 깜짝 놀랐다. 열여덟 살 생일이 며칠 남지 않았던 것이다. 그 즈음 다비드 박사로부터 편지가 왔다. 그는 폴란드군 포로 신분의 어느 간호사가 탈출한 직후 발칵 뒤집힌 병원의 모습을 적었다. 흐루쇼프 박사는 병원 직원들에게 그녀가 폴란드 레지스탕스의 핵심 인물이었으며 탈출 직후 체포되어 러시아의 감옥에 갇혀 있다고 발표했다. 미리암 박사와 나는 그 구절을 킥킥대며 읽었고 무엇보다 다비드 박사가 아무런 의심도 받지 않았다는 사실에 안도했다. 우리는 나의 생일과 성공적인 탈출을 축하하며 잔을 부딪쳤다. 미리암의 콧노래에 맞춰 나는 그녀와 폴카를 추기도 했다.

지붕에서 황새 두 마리가 조잘조잘 수다를 떨고 있었다.

스베틀라나는 작은 마을이었기 때문에 나는 얼마 지나지 않아 주민 대부분의 낯을 익혔다. 주민들은 미리암 박사를 대하듯 그녀의 사촌 동생 라헬 마이어에게도 깍듯했다. 복통을 앓는 아이들과 병석에 누운 노인들을 찾아 낡고 지저분한 오두막으로 왕진을 나가면 주민들은 머리를 숙여 우리를 맞아 주었고 공손한 태도로 의자를 내주었다. 주민들은 증상을 설명할 때를 제외하고는 우리에게 거의 말을 붙이지 않았다. 주민들의 대부분은 스베틀라나를 벗어나 본 적이 없는 가난한 농부들이었다. 그들은 마을 밖의 세계에서 무슨 일이 벌어지고 있는지 전혀 알지 못했다. 공산주의도 가난한 농부들의 삶을 바꾸지는 못했다. 그들의 삶은 이전과 마찬가지로 그저 고단할 따름이었다. 전쟁 역시 그들에게는 다른 세상의 일이었다.

하지만 나는 매 순간 전쟁을 의식했다. 해가 질 때면 내 마음은 항상 폴란드에 있는 가족들에게 달려갔다. 미리암의 끝없는 친절과 우정에도 불구하고 가족에 대한 사무치는 그리움은 어쩔 수가 없었다. 나는 공산주의자들이 신문에 사실을 내보낼 것이라고는 기대하지 않았기 때문에 폴란드에서 무슨 일이 벌어지고 있는지 알 도리가 없었다. 물론 기사 내용의 일부는 사실이었겠지만 무엇이 사실이고 무엇이 거짓 선전인지 어떻게 구별할 수 있었겠는가?

여러 달이 흘렀다. 동이 트기 전에 일어나 온종일을 일하고, 소박한 식단이지만 많이 먹고 일찍 잠자리에 드는 시골 생활이 어느새 익숙해졌다. 그해 여름 장티푸스가 유행했다. 우리는 6주 동안 주민들을 전염병으로부터 지키기 위해 악전고투했다. 그리고 가을이 왔다. 밀을 탈곡하는 계절이 되어 들판은 황금색 안개로 뿌옇게 뒤덮였다. 이어서 혹독한 겨울이 찾아왔고 얼어붙은 시골길에 썰매의 종소리가 울려 퍼졌다. 농부들은 공산당 간부들의 눈을 피해 성탄절을 기념했다. 그리고 해가 바뀌었다. 1941년이었다. 나는 여전히 스베틀라나에 머물고 있었다. 이따금 폭설이 내려 농가의 지붕 높이까지 눈이 쌓였다. 미리암과 나는 집 안에 머물며 커다란 벽난로 앞에서 발을 녹였다.

1월 초 미리암 앞으로 다비드 박사의 편지가 왔다. "전쟁으로 가족과 헤어진 폴란드인들이 동서 경계선을 넘어 가족에게 돌아갈 수 있도록 러시아와 독일이 논의를 하고 있다고 들었어. 주위에 혹시 그런 사람을 알고 있으면 조치가 시행되는 올봄에 테르노폴에서 절차를 밟으라고 알려줘."

"저를 두고 말씀하시는 거예요." 편지를 읽으며 나는 미리암 박사에게 말했다. 떨리는 손을 진정시키기 위해 나는 찻잔을 꼭 움켜쥐었다. "제게 메시지를 보내시는 거예요. 이제 집에 갈 수 있어요."

"그래. 하지만 테르노폴로 돌아가는 것은 너무 위험해. 러시아군이 아직 이레네를 찾고 있을지도 몰라. 체포될 수도 있어."

나는 미리암을 바라보았다. 어쩌면 그녀는 자신과 다비드 박사까지 위험해질 수 있는 상황을 걱정하는지도 몰랐다. 나는 그녀의 의자 앞으로 다가가 무릎을 꿇었다. "걱정 마세요. 어떤 일이 있어도 결코 두 분을 배신하지는 않을 거예요. 그러니 보내주세요. 저는 가족을 꼭 찾아야 해요. 제발요."

그녀는 내 머리 위에 손을 얹으며 말했다. "그래. 나도 알아. 하지만 우리는 조심해야 해. 정말 조심해야 해."

나는 흥분을 감출 수 없었다. 하지만 아직 테르노폴로 돌아갈 수 있는 상황이 아님을 잘 알고 있었다. 우리는 매일 신문을 꼼꼼히 읽으며 다비드 박사가 언급한 조치가 발표되기를 기다렸다. 2월이 되어 공산주의자들은 특유의 자화자찬과 함께 인도적인 소비에트 연방이 폴란드인 이산가족의 재결합을 허용하기로 결정했다는 담화를 발표했다. 우리는 지역 치안판사를 찾아가 전출신고를 할 그럴싸한 이야기를 꾸며냈다. 어머니가 위독하셔서 라헬 마이어는 루드밀라로 돌아가 집안일을 돌봐야 할 상황이었다.

우리는 구체적인 시행 조치가 발표되기를 기다렸다. 마침내 떠날 때가 되었다. 3월 초 어느 쌀쌀한 새벽, 미리암 박사는 나를 배웅하기 위해 기차역까지 따라왔다. 입김이 하얗게 나왔다. 내가 스베틀라나에 도착한 지 거의 1년이 지났다.

"항상 말조심해야 해." 기차가 플랫폼으로 들어오는 모습을 지켜보며 그녀가 말했다. "이곳이 안전하기 때문에 그냥 여기 있으라고 붙잡고 싶지만 내 마음대로 안 된다는 걸 알아. 국경을 통과할 때 정신 바짝 차려야 해. 무슨 일이 일어날지 모르니까."

"네, 명심할게요." 나는 목을 빼고 기차를 바라보며 대답했다. 시선을 그녀에게 돌리는 순간 갑자기 눈물이 핑 돌았다. "정말 고마워요. 무척 보고 싶을 거예요.”

“사촌동생, 잘 가.” 그녀가 대답했다.

눈물을 감추며 그녀는 나를 객차의 승강계단으로 떠밀었다.

“안녕!”

나는 차창에 얼굴을 댔다. 그녀의 모습을 놓치고 싶지 않았다. 기차가 출발하며 그녀의 모습이 조금씩 작아져 마침내 작은 점 하나로 사라졌다. 해가 떠오르고 있었다. 나는 의자에 등을 기대며 라헬 마이어에게도 작별인사를 고했다.

이레네 구토브나는 집으로 돌아가고 있었다. 전쟁의 한복판에 있는 집으로.

문턱에서

일단 테르노폴에 가야 했다. 독일이 점령하고 있는 지역으로 들어가는 폴란드인들에게 통행증을 발급해 주는 기관이 테르노폴 중앙시장에 위치하고 있었기 때문이다. 신문에 보도된 대로라면 나는 간단한 절차만 밟고 가족들에게 돌아갈 수 있었다. 기차는 눈이 녹은 우크라이나의 들판을 지나며 경쾌한 바퀴 소리를 냈다. 공중을 선회하는 까마귀 떼의 모습이 차창에 잠시 걸려 있다 사라졌다. 세찬 바람에 자작나무의 가지들이 떨고 있었다. 마차에 탄 채 철길 건널목에서 기차가 지나가기를 기다리는 농부의 모습 뒤로 멀리 물결 모양의 들판을 지나온 두 개의 바퀴자국이 길게 이어져 하나의 점으로 사라졌다.

전시에는 모든 것이 느려졌다. 기차는 병력과 군수물자 수송에 우선권을 내주며 정차와 우회를 반복해 테르노폴에 도착하기까지 24시간이 걸려야 했다. 기차가 속도를 늦추며 테르노폴 역으로 들어설 때 나는 자리에서 일어나 승강구 앞에 나가 있다가 기차가 완전히 멈추는 순간 플랫폼으로 뛰어내렸다. 객차 아래에서 증기가 돌풍처럼 뿜어져 나와 시야를 완전히 가렸다. 증기의 구름이 걷히자 수많은 인파가 나타났다. 여행용 가방을 든 사람들, 깊게 팬 주름과 쭈글쭈글한 모자를 눌러쓴 노인들, 군인들, 군견들. 그러나 젊은이들은 없었다. 나는 인파를 헤치고 빠른 걸음으로 걷기 시작했다.

"중앙시장이 어디죠?" 나는 거리에서 만난 여자에게 길을 물었다.

"저쪽 길로 가세요." 손가락으로 길을 가리키는 여자의 대답이 끝나기도 전에 나는 그쪽으로 발걸음을 옮겼다.

이제 가족과의 재회가 눈앞에 있었다. 간단한 서류를 작성하고 통행증만 발급받으면 나는 집으로 돌아갈 수 있었다. 1년 전 병원을 탈출한 나를 누군가 알아보지만 않는다면 모든 일이 순조로울 것이었다. 거리를 걸으며 심장이 흥분으로 터질 것 같았다. 자동차 매연이 자욱한 거리는 인파로 붐볐고 배수로에는 말의 배설물이 넘치고 있었다. 노천카페에는 어두운 색의 외투를 입은 사람들이 찻잔을 앞에 두고 담배를 피우며 신문을 뒤적거리고 있었다. 라디오에서는 러시아의 군가가 직직거리는 잡음과 함께 흘러나왔다.

저만큼 앞에 시장 안쪽으로 들어가기 위해 길게 줄을 선 사람들이 보였다. 나는 고개를 숙인 채 줄을 따라 계속 걸어갔다. 꾀죄죄한 행색의 사람들에게서 오랫동안 씻지 않은 냄새가 났다.

줄을 선 무리 속에서 아기들이 칭얼대며 보채는 소리도 들렸다. 줄은 여러 블록에 걸쳐 길게 이어졌다. 줄의 중간쯤에서 나는 발걸음을 늦추었다. 마음이 다시 무거워졌다.

"혹시 이 줄에 서쪽으로 가려는 사람들이 서 있는 건가요?" 나는 속으로 아니길 빌며 어느 남자에게 물었다. 그들은 빵을 배급받거나 어떤 서류를 발급받는 사람들일 수도 있었다. 부디 통행증을 발급받으려는 사람들만 아니기를 바랐다.

내 질문이 끝나기도 전에 남자는 고개를 끄덕였다. 그가 손잡이가 부러진 가방을 품에 들쳐 안으며 말했다. "나는 어제부터 줄을 섰는데 아무래도 저 놈들이 일부러 늑장을 부리는 것 같다니까요."

그는 러시아와 독일과 온 세상을 욕하며 계속 투덜거렸다. 나는 줄의 끝까지 걸어갔다. 줄이 너무 길었기 때문에 우선 화장실을 다녀오는 편이 나을 것 같았다. 나는 다시 줄의 앞쪽으로 걸음을 돌려 화장실이 있을 만한 곳을 찾아보았다.

나는 외투 깃을 손으로 움켜쥔 채 줄을 선 사람들의 얼굴을 살피며 앞쪽으로 걸어갔다. 아는 사람을 발견할지도 모른다는 기대는 터무니없는 것이었다. 하지만 가족과 친구들이 너무나 그리웠던 나는 그들을 어디에서든 마주칠 수 있을 거라 생각했다. 그것은 술에 취한 사람이 잃어버린 물건을 찾기 위해 단지 가로등 아래가 밝다는 이유로 그곳을 얼쩡거리는 것이나 다름없었다. 그럼에도 어쨌든 그들은 내 동포였고 내 귀에 들리는 폴란드어는 반갑기 그지없었다. 아이들이 "엄마"와 "아빠"를 부르는 소리가 가족에 대한 그리움을 사무치게 했다.

나는 모퉁이를 돌아 줄의 맨 앞쪽이 있는 시장 광장으로 들어섰다. 도로 여기저기가 파여 생긴 물웅덩이에 햇빛이 반짝거렸다. 그런데 광장에는 얼마 안 되는 사람들이 서 있는 또 하나의 줄이 있었다. 이 줄의 맨 앞쪽에는 독일어와 폴란드어로 "독일 국민 및 독일계 폴란드인 전용 창구"라는 푯말이 붙어 있었다.

두려움과 흥분이 온몸을 휘저으며 손끝까지 찌릿했다. 나는 금발에 푸른 눈을 가지고 있었고 독일어를 할 줄 알며 성도 독일계였다. 나는 독일계 폴란드인으로 통할 수 있었다. 그 줄의 끝에 다가서며 뺨이 화끈거렸다. 나는 목적이 수단을 정당화시킬 수 있다고 스스로를 설득했다. 나는 스스로 독일인이 아님을 알고 있었으나 그들은 그것을 알 방법이 없었다. 나는 이미 스베틀라나의 모든 주민들을 속이며 1년을 지냈다. 거짓말을 한 번 더 하는 것은 아무것도 아니었다. 무엇보다 나는 집에 가고 싶었다. 나는 집에 가고 싶었다!

내 앞에 서 있는 사람들은 잡담을 나누며 의식적으로 독일에 살고 있는 친척들 이야기와 히틀러에게 경의를 표하는 말들을 쏟아내고 있었다. 나는 스스로 폴란드인임을 부정하는 그들이 수치스럽게 여겨졌다. 하지만 다른 한편으로 그들 역시 나처럼 집에 돌아가고 싶은 간절한 마음에 단지 연기를 하고 있는 것인지도 모른다는 생각이 들었다. 우리는 고향으로 돌아가기 위해 독일인의 행세를 해야 했다.

두 시간이 채 못 되어 나는 등록창구 앞에 다다랐다. 나는 머리를 쓸어 넘기며 학교에서 배웠던 독일어를 열심히 떠올렸다. 러시아군 장교와 독일군 장교가 창구에 나란히 앉아 있었다. 나는 러시아군 장교를 무시하고 독일어로 말했다.

"Guten Tag, Herr Lieutenant.(안녕하세요, 중위님.)" 나는 평정을 유지하며 자신 있는 태도로 말했다.

그는 나를 힐긋 쳐다보더니 전형적인 독일인의 외모를 가진 내게 미소로 답했다. "안녕하십니까, 아가씨. 혼자 가십니까?"

"네," 나는 계속해서 독일어로 대답했다. "오버슐레지엔에 있는 가족과 헤어져 있습니다. 가족들에게 하루속히 돌아가고 싶습니다."

"오버슐레지엔 말입니까?" 독일군 장교는 목록을 훑어보았다. "오버슐레지엔은 이미 본국 영토로 편입되어 있습니다. 여기에서는 현재 총독부 관할 지역으로 들어갈 수 있는 통행증만 발급하고 있습니다. 일단 그곳까지 가셔서 본국으로 들어가는 절차를 다시 알아보셔야겠습니다."

머리가 쭈뼛 곤두서는 느낌이었다. 코즈워바 구라는 그새 독일 땅이 되어 있었다. 나는 짐짓 태연한 목소리로 대답했다. "아, 그렇군요. 등록 절차는 오래 걸리나요?"

"지금 바로 처리해 드리겠습니다. 성명을 말씀해 주십시오."

"이레네 구트."

옆에 있던 다른 독일군 장교가 이름을 받아 적었다. 이어서 그는 나이와 부모님의 집 주소 그리고 소비에트 쪽 점령지에 남게 된 사유를 받아 적었다. 서류 작성이 끝난 뒤 처음 대화를 나눈 장교가 고개를 살짝 숙이며 인사를 건넸다. "안전한 여행이 되시기 바랍니다."

그것으로 통행증 발급 절차가 끝났다. 절차가 그토록 간단하다는 사실이 믿어지지 않아 창구에서 돌아서면서도 그들이 나를 다시 불러 세울 것만 같았다. 하지만 나를 부르는 목소리는 들리지 않았다.

나는 승차권 발매 창구 앞에 늘어선 줄의 끝에 다시 가서 섰다. 폴란드인들의 줄이 경비병들을 사이에 두고 나란히 이어졌다. 나는 폴란드인들의 줄에 서고 싶은 마음이 간절했다. 무엇보다 총독부 관할 지역에서 다시 독일 국경을 넘을 수 있을지가 불확실했고 폴란드인의 무리에 섞이는 게 더 안전할 것 같다는 생각이 들었기 때문이다. 일단 라돔으로 돌아가서 헬렌 이모를 만나면 코즈워바 구라의 소식을 들을 수 있을 것이고, 만일 가족들이 그곳에 남아 있다는 사실이 확인되면 라돔에서 집으로 가는 방법을 찾을 수 있을 것 같았다. 반대로 가족들이 그곳에 남아 있지 않다면 구태여 독일 땅이 된 코즈워바 구라에 갈 이유가 없었다. 일단 가족이 어디에 있는지 확인하는 게 급선무였다.

물론 이모가 라돔에 그대로 머무르고 있을지, 이모가 가족들의 소식을 알고 있을지는 미지수였다.

옆줄로 가서 "실례지만 좀 끼어들어도 될까요?"라고 말하는 것은 가능해 보이지 않았다. 무장한 경비병들이 두 줄 사이를 지키고 있었다. 창구가 가까워지면서 두 줄의 간격이 좁아졌다. 광장에 부는 차갑고 습한 바람이 먼지와 종잇조각을 물웅덩이에 쓸어 넣었다. 모두가 지치고 춥고 배고팠으며 불안에 떨고 있었다. 나는 입술을 깨문 채 옆줄을 바라보았다.

그때 폴란드인의 줄에 서 있던 한 여자가 휘청하며 그 자리에 쓰러졌다. 일렬로 서 있던 사람들이 우르르 그녀 주위로 모여들었다. 몇몇 여자들이 그녀를 돕기 위해 뛰어갔다. 나도 쓰러진 여자의 곁으로 달려가 무릎을 꿇고 그녀의 상태를 살폈다. 일순간 줄이 흐트러지며 주위에 사람들의 장벽이 둘러쳐졌다. 나는 조용히 뒷걸음을 쳐서 폴란드인의 무리 속으로 들어갔다. 손바닥의 땀을 치마에 닦으며 나는 다시 줄을 서는 폴란드인들 사이에 끼어들었다. 어린 여자아이 하나가 나를 물끄러미 올려다보았다. 나는 검지를 살짝 입술에 가져다 대고는 아이의 시선을 외면하며 떨리는 가슴을 진정시켰다.

폴란드인들의 줄은 기다리는 시간이 더 오래 걸렸다. 나는 미리암 박사가 건네준 돈으로 라돔으로 가는 기차표를 샀다. 기차가 출발하는 저녁 8시까지는 시간이 많이 남아 있었다. 나는 손에 든 승차권을 보며 한참을 서 있었다. 얇은 승차권이 바람에 파르르 떨렸다. 불현듯 승차권을 잃어버리면 어떡하나 하는 생각에 나는 승차권을 가슴에 꼭 가져다 댔다.

내 원피스에는 주머니가 없었다. 작은 핸드백을 지니고 있었지만 소매치기를 당할 수도 있다는 생각이 들었다. 내가 생각할 수 있는 가장 안전한 곳은 브래지어 속이었다. 나는 작고 마른 체형이었기 때문에 그때까지 브래지어를 착용한 적이 없었지만, 미리암은 내게 브래지어를 하나 내주면서 도망자처럼 행색이 초

라해 보이지 않도록 솜을 채워 착용하라고 했다. 나는 화장실에 들어가서 승차권을 브래지어 속에 넣고 허리띠를 꽉 조였다. 이제 기차역으로 가는 일만 남아 있었다.

그런데 기차가 출발하기까지는 아직 시간이 많이 남아 있었다. 나는 진열된 물건도 별로 없는 상점들을 지나 무작정 거리를 걸었다. 세레트 강을 가로지르는 다리 위에서 오리 떼를 구경하기도 했다. 잔물결 위로 햇살이 반짝거렸다. 나는 다리 난간의 벽돌 틈에 묻어나는 횟가루를 강물 위로 날려 보냈다. 배에서 쪼르륵 소리가 났다. 나는 다시 시내로 들어와 공원을 찾았다. 이른 봄의 파리한 햇살이 비치는 벤치에서 나는 시간이 빨리 지나기만을 기다렸다. 텅 비어 있는 화단과 몇 달 동안 관리하지 않은 듯한 자갈길이 벤치를 둘러싸고 있었다. 공원의 음울한 분위기가 나를 더욱 떨게 했다. 그때 러시아어로 떠드는 소리가 확성기를 타고 가까운 곳에서 들렸다. 나는 귀를 쫑긋 세웠다.

"어머니 러시아가 자본주의자들의 손에서 우리를 구해냈으니 우리는 얼마나 행복합니까! 이제 모든 이가 지위의 높고 낮음 없이 평등을 누리는 세상이 되었습니다!"

공산주의자들의 일상적인 선전활동이었다. 하지만 문득 이렇게 을씨년스러운 공원에서 저렇게 단조로운 연설을 하는 사람이 누구인지 보고 싶은 호기심이 생겼다. 나는 목소리가 들리는 쪽으로 가기 위해 벤치에서 일어났다. 그때 러시아군 병사 두 명이 벤치 쪽으로 걸어왔다. 저벅저벅 자갈길을 걷는 군화 소리가 귓전을 때렸다.

그들은 나를 물끄러미 쳐다봤다. 나는 그들이 나를 희롱하지 않기를 바라며 화끈거리는 얼굴을 숙였다. 그들은 내 앞을 그대로 지나쳤다. 나는 안도의 한숨을 내쉬었다. 그런데 뭔가 찜찜한 느낌이 들었다. 그들을 어디에선가 본 것 같다는 생각이 들었다. 만일 내가 이전에 그들과 마주친 곳이 있다면 유일한 가능성은 한 군데밖에 없었다. 바로 테르노폴 병원이었다. 나는 그 자리를 벗어나기 위해 황급히 걸음을 옮겼다.

불안이 엄습했다. 그들이 나를 알아보지 않았을까? 나 자신의 경솔함에 화가 치밀었다. 왜 테르노폴 시내를 쏘다니며 온 도시에 나를 노출시켰을까? 도대체 내가 제정신인가? 나뿐만 아니라 다른 사람들의 안위까지 달린 문제였다. 나는 다비드 박사와 미리암에게 그들을 위험에 빠뜨리는 행동을 절대 하지 않겠다고 약속하지 않았던가. 조금 전까지 들리던 목소리는 이제 귀가 아플 정도로 커졌으나 사람은 어디에도 보이지 않았다. 그 목소리는 레닌 동상에 달려 있는 스피커에서 흘러나오고 있었다. "어머니 러시아가 자본주의자들의 손에서 우리를 구해냈으니," 스피커에서 똑같은 연설이 다시 흘러나왔다. 동상의 어깨 부분에 비둘기 두 마리가 앉아 나를 내려다보았다.

동상이 나를 쏘아보며 집으로 돌아가고자 하는 내 소망을 조롱하는 것 같았다. 나는 몸서리를 치며 뒤를 돌아보고는 가슴을 꽉 눌러 피부에 닿는 승차권을 확인했다. 기차가 출발하기까지 아직 몇 시간이 남아 있었다. 나는 기차역으로 가서 사람들 틈에 조용히 섞여 있기로 했다. 나 자신과 다른 두 사람의 비밀을 지키기 위해 사람들의 눈에 띄지 않아야 했다.

그때 내가 앉아 있던 벤치 쪽에서 자갈길을 걷는 발자국 소리가 들렸다. 군인 한 명이 벤치 주변을 두리번거리고 있었다. 속이 울렁거렸다. 나는 시선을 끌지 않기 위해 천천히 공원의 정문 쪽을 향해 움직였다. 타조처럼 외투 깃에 머리를 파묻고 나는 그들의 눈에 띄지 않게 해달라고 필사적으로 기도했다.

회색 자갈길을 따라 아래로 향하고 있던 내 시야에 불쑥 검정색 군화가 들어왔다. 나는 그 자리에 멈춰 위를 쳐다보았다. 러시아군 병사였다.

등 뒤의 스피커가 계속 왕왕거렸다. "어머니 러시아가 자본주의자들의 손에서 우리를 구해냈으니 우리는 얼마나 행복합니까!"

"따라오십시오." 그들은 양쪽에서 팔을 끼고 공원 정문을 통해 나를 어디론가 데리고 갔다.

내 마음, 올가미에 걸린 새처럼

인민위원회 건물로 끌려간 나는 창문이 없는 작은 방에 감금되었다. 탁자와 의자 하나만 덩그러니 놓인 방을 침침한 전구가 비추고 있었다. 어쩐지 영화에서 본 감옥의 독방과 비슷하다는 생각이 들었다. 공포에 질려 있으면서도 그런 한가로운 생각이 들 수 있었던 것은 그 상황이 도무지 현실 같지 않았기 때문이다. 내 마음의 한편에서 나는 여전히 그 상황을 현실로 받아들이지 못하고 있었다.

그러나 두려움은 이내 모든 것을 현실로 만들어 주었다. 나는 의자에 앉아 덜덜 떨리는 무릎을 꾹 눌렀다. "하늘에 계신 우리 아버지, 아버지의 이름이 거룩히 빛나시며……." 나는 주님의 기도를 연신 외웠다. 손가락으로 묵주 기도를 바쳤으나 복도에서 누군가의 목소리가 들리거나 건물 어디에선가 이상한 소음이 들릴 때마다 나는 그대로 얼어붙어 기도를 어디까지 했는지 잊었다. 확실치는 않았지만 몇 시간이 지난 것 같았다.

마침내 문이 열렸다. 두 명의 경비병이 따라오라며 나를 불러냈다. 나는 인민위원장의 방으로 걸어가는 동안 복도의 좌우를 살필 엄두를 내지 못했다. 닫힌 문 안쪽에서 무슨 일이 벌어지고 있을지, 나에게 어떤 일이 닥쳐올지 두려웠기 때문이다. 평정심이 파도처럼 밀려왔다가 이내 사라졌다. 한 순간 눈앞에서 벌어지고 있는 상황의 관찰자가 되었다가 바로 다음 순간 나는 두려움으로 떨고 있었다.

인민위원장의 방으로 들어서자 공원에서 나를 연행한 두 명의 군인이 서 있는 모습이 보였다. 인민위원장의 책상 위에는 내 핸드백이 놓여 있었다. 스탈린의 초상화가 한쪽 벽을 완전히 차지하고 있었다.

"저 여자는 간첩입니다. 이레네라는 이름으로 병원에서 일한 적이 있습니다." 내가 들어서자마자 그들 중 한 명이 말했다.

초상화 속의 스탈린처럼 인민위원장은 알 수 없는 표정을 지으며 그들을 내보냈다. 군인들은 경례를 하고 방에서 나갔다. 나도 모르게 잔뜩 힘을 주고 팔짱을 낀 탓에 갈비뼈가 아팠다. 마치 혹한의 들판에 서 있는 것처럼 부르르 몸서리가 쳐졌다.

"외투 벗어." 인민위원장이 명령했다.

단추를 푸는 손가락이 부들부들 떨렸다. 경비병에게 외투를 건네주자 그는 외투를 샅샅이 뒤지기 시작했다. 주머니를 뒤지는 그의 손에 옷 솔기가 터지는 소리가 들렸다.

"다른 주머니에 있는 것도 다 꺼내." 인민위원장은 무표정한 얼굴로 말했다.

"지금 입고 있는 옷엔 주머니가 없어요."

"그럼 총은 어디 있나?"

그의 터무니없는 질문에 하마터면 웃음이 터질 뻔했다. 하지만 그의 태도는 너무나 위압적이었다. "총은 없어요. 총은 만져본 적도 없어요. 제가 총을 가지고 뭘 하겠어요?"

인민위원장이 내 뒤에 서 있던 경비병 중 한 명에게 고갯짓을 하자 그가 내 몸을 수색하기 시작했다. 그가 몸을 더듬는 동안 수치심으로 얼굴이 달아올랐다. 승차권은 여전히 브래지어 속에 있었지만 이미 기차는 떠났을 시각이었다.

"지금부터 묻는 말에 대답해."

"하지만 저는,"

"앉아."

조명등의 불빛이 나를 향해 비춰졌다. 눈앞이 하얘지면서 방 안의 다른 사물이 보이지 않았다.

그는 내 이름과 출신지에 이어 테르노폴에 온 이유와 병원에서 일하게 된 경위를 물었다. 나는 서투른 거짓말쟁이처럼 말을 더듬거렸지만 맹세컨대 모든 진술이 사실이라고 거듭 이야기했다. 당연히 내 대답은 모두 사실이었다.

"현재 어느 조직과 연결되어 있어? 사실대로 털어놓고 빨리 끝내자. 놈들이 현재 무슨 계획을 세우고 있지?" 불빛 뒤에서 낮은 목소리가 질문했다.

"저는 혼자예요. 그냥 혼자예요." 속이 울렁거렸다. "저는 아무엇도 몰라요."

경비병이 내 진술을 받아 적는 가운데 인민위원장은 같은 질문을 다시 했다. 나는 한 손에 힘을 주어 덜덜 떨리는 턱을 꾹 눌렀다. 똑같은 질문들이 이어졌다. 조직원들은 어디에 숨어 있어? 우두머리는 누구야? 조직이 무슨 계획을 세우고 있지? 그들이 나의 말을 믿지 않고 있으며 내가 그들에게 결백을 증명할 방법이 없다는 사실이 분명해지면서 눈물이 흐르기 시작했다. 인민위원장은 흐루쇼프 박사가 퍼뜨린 이야기를 곧이곧대로 믿고 있었다. 그는 내가 테르노폴의 병원에 의도적으로 잠입했으며 군인들에게 강간을 당한 것도 의도적인 계획의 일부라고 생각했다. "군인들이 저를 강간했다고요." 나는 흐느끼며 말했다. "당신네 군인들이 저를 때리고 강간했다고요."

마침내 인민위원장은 책상 위에 손을 올려놓은 채 의자에 등을 기댔다. 불빛의 끄트머리에 그의 콧수염이 보였다. "데리고 나가." 그가 말했다. "나중에 다시 하지."

이번엔 다른 방이었다. 간이침대와 이불 한 장이 놓여 있었다. 나는 공처럼 몸을 동그랗게 말아 옆으로 누웠다. 간절한 기도가 파편처럼 흩어지는 가운데 설핏 잠이 들다 깨기를 반복했다. 그리고는 다시 인민위원장의 방으로 끌려갔다. 처음과 똑같은 질문이 반복되었다. 조직원들은 어디에 숨어 있어? 우두머리는 누구야? 조직이 무슨 계획을 세우고 있지? 이번엔 시베리아의 수용소로 보내겠다는 위협과 고문을 가할 수도 있다는 협박이 추가되었다. 나의 존재가 오로지 조명등의 불빛을 향해 무기력하게 속삭이는 목소리 한 가닥으로 남은 느낌이었다. 그는 내가 무엇인가를 숨기고 있다고 생각했다. 그것은 사실이었다. 나는 다비드 박사와 미리암에 대해 이야기하지 않았다. 아마도 내 표정에는 거짓을 말하고 있음이 드러났을 것이다. 그는 몇 시간 동안 나를 추궁했다. 그는 내 말을 조금도 믿지 않았고 나조차도 내 진술이 허점투성이로 들리기 시작했다. 테르노폴의 병원에서 사라진 후 1년간의 행적에 대해 나는 이 마을 저 마을을 떠돌며 일을 해주는 대가로 음식과 잠자리를 제공받았다고 진술했다. 하지만 내가 지어낸 이야기는 너무나 허술해서 그는 어렵잖게 그것이 거짓임을 알아챘다. 나는 다시 독방으로 돌려보내졌다. 그리고는 잠시 눈을 붙이며 악몽에 시달리다가 다시 조사를 받으러 끌려 나갔다.

아침 무렵 나는 기력이 완전히 소진되었다. 경비병들이 나를 인민위원장의 방으로 데리고 갔을 때 그는 달걀 프라이와 소시지로 아침식사를 하는 중이었다. 그가 나이프로 달걀을 살짝 찌르자 접시 위로 노른자가 흘러나왔다. 나는 음식이 담긴 접시를 뚫어지게 쳐다보았다. 마지막으로 음식을 먹어 본 것이 까마득하게 느껴졌다.

"똑같은 얘기를 반복할 텐가, 아니면 뭔가 새로운 이야기를 해보겠나?" 그는 입을 우물거리며 질문했다. 입에서 튀어나온 노른자 알갱이들이 수염에 점점이 박혔다. 그의 모습에 메스꺼움을 느끼면서도 나는 접시에서 눈을 뗄 수가 없었다. 접시 옆에는 반짝반짝 윤이 나는 사과 한 개가 놓여 있었다.

"새로 할 얘기 없냐고 묻잖아?" 그는 포크로 소시지를 찍으면서 다시 물었다.

"흐루쇼프 박사가 저를 겁탈하려고 한 직후 병원에서 도망을 쳤어요." 나는 마른침을 삼키며 말했다. "벌써 여러 차례 말씀드렸지만 제 말을 믿지 않으시잖아요. 하지만 이건 사실이에요."

그는 나이프와 포크를 내려놓더니 서류철 하나를 집어 들었다. 그리고는 서류철을 마구 넘기며 나를 향해 신경질적으로 흔들어보였다. "우리가 들은 얘기는 다르단 말이야. 너는 우리가 누구의 말을 믿을 거라고 생각해?"

"흐루쇼프 박사겠죠." 나는 체념하는 심정으로 나지막이 대답했다.

그가 귀찮다는 표정으로 포크로 문을 가리키자 경비병은 나를 다시 독방으로 데리고 갔다. 방에서 끌려나오면서 내가 그 방에서 얼마나 오래 있었는지 짐작이 되지 않았다. 인민위원장이 아침식사를 하고 있었음에도 내 앞에서 벌어지는 모든 일들이 의심스럽고 혼란스럽게 받아들여졌다. 그가 달걀과 소시지를 먹고 있었다고 해서 그것이 꼭 아침식사라고 단정할 이유는 없었다. 설령 그것이 아침식사였다고 해도 며칠이 지난 아침인지 알 수 없었다. 수면 부족으로 정신이 혼미해진 가운데 차갑게 식은 차와 빵 한 덩어리가 독방 안에 들어왔다. 나는 굶주린 늑대처럼 빵을 입속에 구겨 넣었다. 곧이어 뱃속이 뒤틀리며 구토가 나올 것 같았다. 나는 눈을 꼭 감고 손으로 입을 틀어막은 채 연신 침을 삼키며 음식물을 도로 쏟아내지 않기 위해 안간힘을 썼다.

또다시 나는 인민위원장의 방으로 끌려갔다. 그런데 이번에는 뭔가 다른 분위기가 감지됐다. 그는 내게 의자를 내주며 따뜻한 차 한 잔을 권했다. 나는 두 손으로 찻잔을 감싼 채 천천히 차를 마시며 그의 표정을 주시했다.

놀랍게도 그가 미소를 짓고 있었다. "다시 생각해 봤는데 말이야, 아가씨 말을 믿어야 할 것 같아." 그는 팔짱을 낀 채 내 쪽으로 몸을 숙이며 말했다. "젊고 예쁜 아가씨가 너무 고생을 해서 내가 어떻게든 도와줘야 하지 않겠나 하는 생각이 들어."

마시고 있던 차가 목구멍에 턱 걸리는 느낌이었다. 나는 그가 내뱉는 말은 단 한마디도 믿을 수 없었다. 그의 달라진 태도는 더더욱 믿을 수 없었다.

"여기 잡혀오기 전까지 아가씨를 도와주던 친구가 틀림없이 있었을 거야. 병원에서 뛰쳐나온 뒤 도와주는 사람 하나 없이 1년을 지낼 수는 없었을 테니까……." 그의 목소리가 조금씩 낮아졌다.

"일단 여기서 나가면 아가씨가 임시로 거처할 곳이 있을 거 아니야?" 그가 말을 이었다. "흐루쇼프 박사가 현재 모스크바에 있기 때문에 그가 돌아와야 나머지 조사가 가능할 것 같아. 그때까지 아가씨는 친구네 집에 가서 휴식을 좀 취하도록 해. 이곳 수감시설이 연약한 여성에게는 뭐 그다지 안락한 곳은 아니니까 말이야."

나는 차를 한 모금 마신 뒤 말했다. "친구가 한 명 있긴 해요." 마치 미리 준비한 것처럼 그 말은 내 입에서 자연스럽게 튀어나왔다. "랄카라는 친구예요."

"그래?" 그가 다시 내 쪽으로 몸을 굽히며 말했다. "오늘밤은 그 친구네 집에서 자는 게 어때?"

내 머리 속엔 우리 집 애완견 랄카와 시냇가에서 놀던 추억이 아른거렸다. 우리가 막대기를 물 위로 던지면 랄카는 냇물에 첨벙 뛰어들어 막대기를 물어오곤 했다. 온몸을 요란하게 흔들어 물기를 털어낸 랄카는 햇살을 받아 눈부시게 반짝거렸다. "네, 그리고 싶어요." 나는 거의 애원하듯 말했다.

그는 미소를 지으며 의자에 등을 기댔다. 그리고는 펜의 뚜껑을 열면서 말했다. "그 친구의 성과 주소를 불러봐. 우리가 친구네 집까지 데려다 주지."

나는 그의 책상 뒤편에 걸린 스탈린 초상화를 바라보았다. 마치 한 편의 연극에서 전혀 다른 성격의 인물을 연기하는 것 같은 기분이 들었다. "위원장님, 사실 제가 그 친구의 성은 잘 몰라요. 아주 친한 친구가 아니거든요. 그리고 그 친구네 집 주소도 잘 몰라요." 그의 얼굴이 일그러지는 것을 보면서 나는 재빨리 말을 이었다. "그런 때가 있잖아요. 찾아가라면 갈 수 있는데 동네 이름이나 주소는 잘 모르는 경우 말이에요."

친절하던 그의 태도가 갑자기 바뀌었다. 그는 이레네 구토브나의 실 한 가닥을 따라가서 레지스탕스 조직이라는 실 뭉치를 찾아낼 생각이었다. 그러나 이제 다시 원점이었다. "누굴 바보로 아는 거야?" 그가 고함을 질렀다.

눈물이 뺨을 타고 흘렀다. "죄송해요. 너무 혼란스럽고 피곤해서 친구가 사는 동네 이름이 생각나지 않아요. 하지만 찾아갈 수는 있어요."

그는 잠시 나를 노려보았다. 나는 손으로 뺨에 흐르는 눈물을 연신 훔쳐냈지만 눈물은 멈추지 않았다. 마침내 그가 책상 뒤에서 천천히 걸어 나와 문을 열고 경비병을 불렀다.

"구토브나 양을 모셔다 드려. 길을 안다고 하니까." 그는 내 쪽으로 몸을 돌리며 말했다. "아침 8시까지 이곳으로 돌아오는 거다. 알겠어?"

"네, 그럴게요." 나는 약속했다. 그곳에서 빠져나올 수만 있다면 나는 무엇이든 약속할 수 있었다.

나는 그의 방에서 나왔다. 그는 문 앞에 서서 경비병과 내가 복도를 지나 계단을 내려가는 모습을 지켜보았다. 내가 머물던 독방을 지나 쇠창살문을 하나 통과해서 우리는 출입문 밖으로 나왔다.

달빛이 텅 빈 거리를 비추고 있었다. 창문으로 빛이 새어나오는 집이 거의 없었다. 이미 통금 시간이 된 테르노폴은 조문객이 찾지 않는 죽은 도시 같았다.

"이쪽인 것 같아요." 나는 말을 더듬으며 왼쪽 모퉁이를 돌았다.

그림자가 저만큼 앞장서서 걷는 빈 거리에 우리 두 사람의 발자국 소리가 뚜벅뚜벅 울렸다. 나는 경비병을 어떻게 따돌릴까 궁리하며 시린 손을 외투 주머니에 넣은 채 잇따라 모퉁이를 돌았다.

"길을 알고 있는 게 확실해?" 유대교 회당 앞을 지나며 경비병이 짜증스러운 목소리로 물었다.

"네, 늘 다니던 길로 가다 보니까 좀 돌아가게 되는 것 같아요. 수고스럽게 해드려서 죄송해요. 아, 여기예요. 다 왔네요."

모퉁이를 돌자마자 정면에 3층짜리 건물이 어둠을 배경으로 서 있었다. 널빤지 하나가 떨어져나간 낮은 울타리가 건물을 에워싸고 있었다. 경비병은 울타리의 출입문에 붙어 있는 주소를 확인했다.

"고맙습니다. 여기에요. 친구가 여기 살아요. 내일 아침에 시간에 맞춰서 돌아갈게요."

나는 출입문 손잡이에 손을 가져다 댔다. 그는 나를 힐끔 쳐다보고는 모퉁이를 돌아 사라졌다.

"바보." 나는 속으로 환호를 했다. 그가 모퉁이를 돌자마자 나는 널빤지가 떨어진 울타리의 좁은 틈으로 기어들어갔다. 정원을 가로질러 달리다가 미처 발견하지 못한 양철 물뿌리개에 정강이가 부딪히면서 둔탁한 소리가 났지만 나는 머뭇거리지 않고 울타리 반대편을 타고 넘었다. 나는 또 다른 집의 정원을 가로질러 주택가의 뒷길을 따라 달음박질을 쳤다. 그때 어느 집 뒷문이 삐걱 열리며 허리가 구부정한 노인이 문 밖으로 나왔다.

"기차역이 어느 쪽이죠?" 나는 가쁜 숨을 몰아쉬며 물었다. 노인은 어둠 속에서 튀어나온 나를 보고 화들짝 놀라 아무 말도 못하고 손가락으로 한쪽 방향을 가리키기만 했다. 나는 다시 달렸다. 한참을 달리다 큰길에 이르러 나는 걸음을 멈추고 달빛이 비치지 않는 벽에 몸을 붙인 채 주위를 살폈다. 멀지 않은 곳에 기차역 근처에서 보았던 성당 건물의 윤곽이 희미하게 눈에 들어왔다. 나는 안도의 한숨을 내쉬며 그쪽 방향으로 조심스럽게 움직였다. 어두운 거리를 자객처럼 지나 마침내 나는 역 대합실에 도착했다.

사람들이 여기저기 아무렇게나 널브러져 자고 있었다. 벤치와 플랫폼에는 가방을 끌어안고 코트 깃에 얼굴을 파묻은 채 상자와 짐 꾸러미를 베개 삼아 누워 있는 사람들이 가득했다. 플랫폼의 구석진 곳에서 독일군 병사 두 명이 담배를 피우며 서 있었다. 나는 떨리는 손으로 브래지어 속에 있는 승차권을 꺼냈다. 그들을 향해 걸어가면서 나는 속으로 적당한 이야기를 꾸며내고 있었다. 며칠 동안 조사를 받은 내 행색이 어떻게 보일지 걱정이 되었다.

"실례지만 말씀 좀 여쭐게요." 나는 승차권을 내밀며 말을 걸었다. "감기를 며칠 앓던 바람에 금요일 기차를 놓쳤어요. 어떻게 하면 좋을까요?"

병사들은 내 승차권을 들여다보았다. 그 중 한 명이 담배 연기를 내뿜으며 말했다. "아가씨, 운이 좋으시네요. 그 기차는 출발이 이틀 지연됐습니다. 아직 출발하지 않았으니까 걱정하지 마십시오. 이따가 새벽 5시에 출발할 예정입니다."

팔에 소름이 쫙 끼쳤다. "그럼 제가 그 기차를 탈 수 있다는 건가요? 제가 집에 갈 수 있는 거예요?"

"집에 가셔야죠. 크라쿠프에 가서 집시들과 어울려 춤도 추고 원하는 걸 마음껏 하셔야죠."

그들은 아무런 의심도 없는 눈빛으로 나를 보며 웃었다. 그들 중 한 명이 내게 승차권을 내줄 듯하다가 다시 손을 뒤로 빼며 장난을 쳤다. 내 심장은 마구 요동쳤다.

"여기 있습니다." 그는 장난을 멈추고 승차권을 돌려주었다.

나는 승차권을 손에 꼭 움켜쥐고 기차에 오를 때까지 결코 놓지 않을 생각이었다. 그 어느 것도 혐오스러운 소비에트와 그들의 군대가 활보하는 땅을 떠나 라돔으로 돌아가는 길을 방해하지 못하게 할 생각이었다.

나는 독일인들 역시 믿지 않았다. 기차가 증기를 내뿜으며 천천히 출발하자 숨을 죽인 채 희뿌연 유리창에 얼굴을 대고 있던 사람들은 비로소 안도의 한숨을 내쉬며 웃음을 보이기 시작했다. 하지만 소비에트 점령 지역과 독일이 점령하고 있는 총독부 관할 지역 사이의 경계선을 지날 무렵 기차가 갑자기 멈췄다. 독일군 병사들이 올라와 총부리를 들이대며 모두 기차에서 내릴 것을 명령했다. 사람들은 너무나 겁에 질려 항의할 엄두를 내지 못했다. 강렬한 태양에 눈을 찡그리며 우리는 기차에서 내렸다. 양쪽으로 철조망이 길게 이어져 있었다. 여자들은 비명을 질러댔고 겁먹은 아이들은 울음을 터뜨렸다.

"여긴 검역 수용소야, 이 멍청이들아." 어느 독일군 병사가 비웃으며 말했다. "너희들이 더러운 러시아 놈들의 질병을 옮기도록 내버려둘 수는 없잖아. 어서 들어가."

다른 폴란드인 승객들과 함께 가축 떼처럼 내몰리면서 나는 두려움으로 몸을 떨었다. 우리는 어떤 일을 당하게 될지 전혀 예상할 수 없었다. 수용소에서 소독과 격리 절차를 거치는 동안 우리가 당한 모욕에 숨이 막힐 것 같았다.

철조망을 따라 수용소 안으로 들어간 지 몇 시간이 채 되지 않아 흉흉한 소문이 돌기 시작했다. 도착하자마자 여자들과 격리된 남자들이 바지가 벗겨진 채 할례를 받았는지 조사를 받고 있다는 것이었다. 할례를 받은 남자들, 즉 유대인들은 끌려 나갔다. 어디로? 왜? 다시 돌아올까? 아무도 몰랐다. 도착 첫 날부터 우리는 매일 진흙이 질퍽거리는 운동장에 모여 수용소장의 온갖 경고와 협박을 들어야 했다. 제3제국의 적들은 가차 없이 처벌될 것이며, 철책과 경비 초소에 접근하는 행위는 엄격하게 금지된다는 경고를 우리는 수도 없이 들었다. 우리는 또한 "숙식을 제공"받는 대가로 노역을 강요받았다. 비좁은 2층 침대가 수십 개씩 붙어 있는 허름한 막사와 감자 몇 알이 우리에게 주어진 숙식의 전부였다. 우리를 향한 히틀러의 환영사는 간단명료했다. 순종하든지 처형을 당하든지 양자택일하라는 것이었다.

어느 날 아침, 나는 기력이 완전히 소진되어 자리에서 일어나지 못하고 있었다. 정해진 시각에 노역장에 나타나지 않은 나를 찾기 위해 군인들이 막사에 들이닥쳤다. "Aufstehen!(일어나!)" 그들 중 한 명이 침대에서 나를 끌어내려고 다가왔다.

그가 담요를 확 걷어냈을 때 나는 울음을 터뜨리며 독일어로 말했다. "Nein! Ich bin krank!(저는 아프단 말이에요!)"

그는 멈칫하더니 나를 자세히 들여다보았다. "Warten Sie,

Fräulein.(아가씨, 잠시만 기다리십시오.) 독일인인 줄 몰랐습니다. 의사를 데리고 오겠습니다."

수용소의 부속 진료소는 그나마 생활하기가 조금 나았다. 나는 수용소의 열악하고 비위생적인 환경에서 비롯된 독감을 심하게 앓았다. 진료소의 폴란드인 환자들은 의료진에게 그 어느 것도 먼저 요구하지 않았다. 독일인 의료진이 폴란드인들에게 그다지 관대하지 않다는 사실을 잘 알고 있었기 때문이다. 폴란드인 환자들은 얌전히 누워 있다가 빨리 회복해서 일어나야 했다. 3주가 지난 4월 말에 나는 진료소에서 나올 수 있었다. 하지만 여전히 기력을 되찾지 못했고 감각은 점점 예민해졌다. 누군가와 살짝 스치기만 해도 소스라치게 놀랐고 빛은 유독 밝게 느껴졌으며 작은 소음에도 화들짝 놀라곤 했다.

마침내 통행증과 승차권이 새로 발급되었다. 기차에 오르며 나는 하느님과 성모님께 부디 라돔에 도착할 때까지 그 어느 것도 내 앞을 가로막지 않게 해달라고 간절히 기도했다. 이번에는 화물을 운송하는 열차였기 때문에 우리는 선 채로 짐짝처럼 얼굴과 얼굴을 맞대고 서쪽으로 출발해야 했다. 기차가 옛 폴란드 땅의 시골을 달리면서 신선한 봄의 공기가 사람들로 북적이는 화물칸 안으로 들어왔다. 보라색 라일락이 산들바람에 하늘거리는 모습이 널빤지 틈으로 보였다. 나는 울어야 할지 웃어야 할지 몰랐다. 심하게 앓으면서부터 나는 부쩍 울음이 많아졌다. 화물칸의 널빤지 틈으로 내가 태어난 땅의 풍경을 내다보는 동안 눈물이 쉬지 않고 흘렀다.

　2년간의 유배 생활을 마치고 돌아온 라돔은 완전히 달라져 있었다. 도시를 대표하던 건축물들은 폭격으로 파괴되었고, 많은 학교와 주택들이 폐허가 되어 공터마다 부서진 벽돌들이 탑처럼 쌓여 있었다. 유일하게 제 기능을 하고 있는 것은 굴뚝으로 검은 연기를 내뿜는 공장들밖에 없었다. 또한 모든 거리의 이름이 독일어로 새로 붙여져 있었기 때문에 나는 방향감각에 의존해서 길을 찾아야 했다. 나는 시각장애인처럼 천천히 걸으며 형체가 남아 있는 건물 하나하나를 기억에서 떠올리려 노력했다. 이 잔해더미 근처가 바벨 호텔이 있었던 자리 같은데 그럼 여기에서 왼쪽으로 돌면, 아 거리의 이름이 헤르만 괴링가街로 바뀌었구나. 나는 모퉁이를 돌고 또 돌았지만 모든 거리가 똑같아 보였다. 독일은 이 도시에 새로운 이름을 붙여 주었지만 자신들이 저지른 파괴를 복구하는 데에는 아무런 관심이 없었다.

　"아가씨, 길을 잃었나 보군요. 태워드릴까요?"

　옆을 지나던 마차 위에서 눈썹이 하얗게 센 마부가 나를 내려다보며 말했다. 마차를 끄는 두 마리의 말이 꼬리를 좌우로 흔들며 서 있었다.

　"고맙지만 요금을 낼 돈이 없어요." 나는 대답했다.

　"요금을 내는 손님만 태우라는 법이 있나요?" 그는 자신의 옆자리를 툭툭 두드리며 말했다. "어서 타세요. 어딜 찾으십니까?"

　나는 여전히 헬렌 이모의 집이 어느 방향인지 가늠하지 못하고 있었다. "거리의 이름이 전부 바뀌어서 어디가 어딘지 모르겠어요."

"예전 이름을 말해 봐요. 내가 이곳 토박이요. 놈들이 아무리 그래봤자 이곳이 독일이 되는 건 아닙니다." 그가 고삐를 당기자 두 마리의 말이 또각또각 소리를 내며 움직이기 시작했다. 그는 딸 소피아와 타데우시라는 아들 자랑을 하며 잠시도 쉬지 않고 이야기를 했다. 얼마나 달렸을까, 눈에 익은 동네가 나타나면서부터 온몸이 떨리기 시작했다.

"저 성당 알아요!" 나는 그의 팔을 붙들었다. "이모 댁이 여기에서 아주 가까워요. 아, 이모가 그 집에 살고 있지 않으면 어떡하죠? 그럼 저는 부모님을 찾아서 다시 독일로 가야 해요. 그리고……."

"아가씨, 차근차근 한 가지씩만 생각해요."

낡은 마차는 공습 이후 아직 보수가 되지 않은 도로를 덜컹거리며 달렸다. 드디어 헬렌 이모의 집이 시야에 들어왔다. 집 울타리 앞에 검은 곱슬머리의 여자아이가 서 있었다. 아이는 나와 시선이 마주치더니 갑자기 소리를 지르며 울타리 문을 열고 안으로 뛰어 들어갔다.

"언니예요!" 아이는 비명을 지르듯 소리쳤다. "이레네 언니가 왔어요!" 현관문 안으로 뛰어 들어간 아이의 목소리가 밖에까지 들렸다.

마치 감전이라도 된 것처럼 온몸의 털이 쭈뼛 곤두섰다. "브로니아!" 나는 무엇인가에 홀린 듯 중얼거렸다. "제 동생이에요!"

눈물이 뺨을 타고 흘러내렸다. 나는 거의 굴러 떨어지다시피 마차에서 내렸다. 울타리 출입문의 손잡이에 손을 뻗는 동안 마차는 이미 멀어지기 시작했다. 나는 너무 흥분된 나머지 손잡이를 제대로 잡을 수조차 없었다. 그때 현관 쪽에서 외마디 소리가 들렸다. 어머니와 아버지가 현관문 앞에 얼어붙은 듯 서 있었다.

새장에서 빠져나온 한 마리 새처럼, 내 마음은 하늘로 날아오르고 있었다.

2부

날개를 찾아

짧은 행복

　누구든 자신의 인생에서 가장 행복했던 순간을 한번 말해 보라. 그 행복이 아무리 크다 해도 가족과 재회한 그날 내가 누린 행복에는 미치지 못할 것이다. 우리는 부둥켜안은 서로의 뺨을 눈물로 적셨다. 나는 부모님과 마리시아, 브로니아 그리고 브와지아를 끌어안고 입을 맞췄다. "야니나는요?" 나는 아버지의 손을 내 뺨에 가져다 댄 채 물었다. "야니나는 어디 있어요?"

　"야니나는 시내에 있는 레스토랑에서 일하고 있단다." 어머니가 내 머리카락을 쓰다듬으며 대답했다. "아마 곧 돌아올 거다."

　눈물이 그치지 않았다. 나는 동생들을 차례로 안아주다가 내 품에서 마구 헝클어진 막내 브와지아의 머리를 쳐다보며 웃음을 터뜨렸다. 나는 눈물과 콧물이 범벅이 된 얼굴을 손등으로 훔치면서, 끌어안은 가족들과 한 덩어리가 되어 집 안으로 들어갔다. 눈물이 다시 흘렀다.

조금씩 진정이 되면서 실내의 모습이 눈에 들어왔다. 가족들은 현관으로 몰려나오기 전까지 식탁에 둘러앉아 있었던 것 같았다. 식탁 위에는 일정한 크기로 잘라낸 고무 타이어 조각들과 담요 더미가 쌓여 있었다. 검정색 굵은 실타래가 그 한가운데 놓여 있었다.

"슬리퍼를 만드는 중이다." 아버지가 상기된 얼굴로 말했다. 아버지가 입은 낡은 셔츠의 칼라가 헐렁했다. 한눈에 보아도 아버지는 체중이 많이 줄어 있었다. "이게 벌이가 괜찮다."

어머니는 묵직한 가위를 들고 담요를 잘라내기 시작했다. "헬렌 이모를 도와드릴 여유는 되니까 너무 걱정하지 마라. 이모부는 전사하셨단다."

나는 동생의 손을 잡고 가족들이 일하는 모습을 지켜보았다. 재생 타이어와 좀먹은 담요를 이어 붙인 슬리퍼가 만들어지는 동안 우리는 소식이 끊겼던 지난 2년간의 이야기들을 하나하나 이어 붙였다. 독일이 침공하기 전 나는 이미 가족과 떨어져 라돔에서 20개월을 보냈다. 우리는 그 이후로도 2년 가까운 세월을 서로 생사조차 확인하지 못한 채 지내 왔다. 우리는 가족으로서 함께 해야 할 너무나 소중한 시간을 잃어버리고 말았다.

전쟁은 우리 가족에게 너무나 큰 대가를 요구했다. 아버지는 일자리를 잃었다. 폴란드의 모든 지식인들과 전문직 종사자들은 자리에서 쫓겨났다. 그들 대부분이 수용소로 보내졌고 상당수는 처형된 것으로 여겨졌다. 사라진 사람들로부터 두 번 다시 소식이 들리지 않았기 때문이다. 암시장에 내다팔 물건을 만드는 처지로 전락한 아버지는 그나마 운이 좋은 편이었다. 어머니의 검은 머리는 그새 하얗게 세어 있었다. 코즈워바 구라와 오버슐레지엔의 나머지 지역이 독일의 수중에 넘어간 뒤 가족들은 다른 주민들과 마찬가지로 동쪽으로 피난을 떠나 총독부 관할 지역인 "자유" 폴란드로 넘어왔다. 족쇄를 찬 죄수가 자유롭다면 이곳도 자유롭다 할 수 있었다.

"우리는 노예처럼 살고 있거나 아니면 그보다 더 못할 수도 있다." 아버지는 송곳으로 타이어 조각에 구멍을 뚫으면서 말했다. "통금을 어기거나 암시장에 물건을 내다파는 행위, 또는 적대적인 성향을 보인다는 이유만으로도 폴란드인은 사형에 처해질 수 있다."

"한마디로 폴란드인들은 파리 목숨이야." 어머니가 말했다.

"길을 걷다가 독일인을 마주치면 인도에서 내려와 모자를 벗어야 한다." 아버지는 슬리퍼의 바닥 모양으로 잘라진 타이어 조각에 구멍을 내며 말했다. "그리고 유대인을 돕는 행위는 무조건 사형이야."

공포가 재회의 기쁨을 몰아내고 있었다. "유대인을 돕는 행위라뇨?" 나는 브로니아의 손을 꼭 움켜쥐며 물었다. "유대인에게 어떤 도움을 주면 그렇게 된다는 거예요?"

어머니와 아버지가 서로를 쳐다보았다. "살려 주는 행위, 도피를 돕는 행위." 어머니가 대답했다. "독일인들에게는 유대인이 쓸모없는 존재야."

나는 충격을 받았다. "그럼 유대인들이 제 발로 떠나게 그냥 내버려두면 되잖아요?"

"히틀러는 그럴 생각이 없는 것 같아." 아버지가 목소리를 낮춰 대답했다. "어쩌면 앞으로 더 무서운 일이,"

그때 현관문이 열리는 소리가 들렸다. 노래를 부르는 듯한 경쾌한 목소리에 기쁨의 눈물이 핑 돌았다. "다녀왔습니다. 다들 어디 있어요?"

모자를 벗고 머리 매무새를 가다듬으며 거실로 들어오던 야니나가 나를 보자마자 그 자리에 얼어붙었다.

"언니!"

우리는 소리를 지르며 동시에 달려들어 서로를 껴안았다. "이게 꿈은 아니지?" 야니나는 발을 구르며 울음을 터뜨렸다. "진짜 언니 맞지?" 브로니아, 브와지아, 마리시아까지 달려들어 우리 다섯 자매는 한데 엉겨 붙은 채 다시 한 번 울고 웃었다.

그날 저녁, 헬렌 이모와 함께 식사를 하는 자리에서 아버지는 우리 가족의 재회에 대해 특별한 감사의 기도를 드렸다. 전쟁의 소용돌이 속에서 가족 모두가 해를 입지 않고 모인 것은 기적에 가까운 일이었다. 코즈워바 구라의 아름다운 우리 집은 사라졌다. 우리의 재산, 추억이 담긴 물건들, 사진과 책 모두가 사라졌다. 하지만 우리는 함께 있었다. 그것만으로도 우리는 대단한 행운을 누리는 셈이었다.

그날 밤, 야니나를 제외한 어린 동생들이 모두 잠든 뒤 나는 1939년 독일의 침공 직후부터 내게 일어난 모든 일을 부모님께 이야기했다. 폴란드군 부대를 따라나선 후 숲에서 보낸 절망적인 날들을 이야기하는 동안 야니나는 말없이 내 손을 꼭 잡아 주었다. 러시아 군인들에게 강간을 당했다는 사실을 사랑하는 가족들에게 털어놓아야 했을 때 내 목소리는 속삭임으로 잦아들었다. 가족들과 함께 있는 그 자리에서 나는 그들이 내게 저지른 일을 떠올리며 결국 울음을 터뜨리고 말았다.

아버지는 내 어깨에 손을 얹으며 말했다. "이렌카, 내 딸아. 전쟁은 사람을 짐승으로 만든다. 하지만 너는 결코 그들이 너의 삶을 파괴하도록 내버려두어선 안 된다. 하느님은 네게 계획이 있으시다. 하느님께서는 너를 죽게 내버려두지 않으셨어. 하느님께서는 네게 계획이 있으시다."

나는 아버지의 손에 입을 맞추었다. 눈가가 뜨거워졌다. "네, 그렇게 믿어야죠. 그런데 너무 힘들어요."

다음날, 야니나는 라돔 시내 이곳저곳으로 나를 안내했다. 거리의 이름조차 제3제국을 찬양하는 문구들로 바뀐 라돔은 마치 처음 와본 도시처럼 낯설게 느껴졌다. 야니나가 일하는 레스토랑은 폴란드인 부부가 운영함에도 불구하고 폴란드인의 출입은 금지되었고 오직 독일인만 이용할 수 있었다. 어디를 가든 독일군 병사들과 장교들, 친위대원들이 보였다. 사납게 생긴 군견들이 군인들의 부추김으로 우리에게 덤벼들 듯 으르렁댔다. 우리는 만자 십자장이 박힌 포고문들이 일정한 간격으로 붙어 있는 거리를 지나갔다. 포고문에는 폴란드인이 지켜야 할 규정들이 빼곡하게 적혀 있었다. 규정 위반에는 엄격한 처벌이 뒤따랐다.

거리의 벽에 붙은 포스터에는, 부패와 모든 악에 결부된 것으로 묘사된 유대인들이 잔인할 정도로 희화화되어 있었다. 그리고 그들의 발아래에 고통 받는 폴란드인들의 모습이 그려져 있었다. 거리 곳곳에 있는 확성기에서는 폴란드와 독일에 거주하는 유대인들에 대한 경고가 끊임없이 흘러나왔다. 나는 골목길을 지나다가 바닥에 엎드리다시피 한 어느 유대인 노인에게 세 명의 나치 당원들이 고함을 지르고 있는 모습을 보았다. 노인은 나치 당원 한 사람이 밟고 있는 자신의 키파(유대인 남자들이 쓰는 작고 동글납작한 모자—옮긴이)를 잡아 빼내려고 안간힘을 쓰고 있었다. 야니나는 하얗게 질려 내 팔을 잡고 걸음을 재촉했다. 나는 눈앞에 벌어지고 있는 일들을 믿을 수가 없었다. 도대체 어떻게 된 일인지 묻는 내 질문에 야니나는 주변을 경계하는 눈빛으로 고개를 가로저었다.

"이게 폴란드의 현실이야." 야니나는 짧게 속삭이듯 말했다.

야니나는 입을 굳게 다문 채 나를 라이히가街로 데리고 갔다. 눈앞에 펼쳐지는 광경들이 현실로 받아들여지지 않았다. 우리가 걷는 길의 앞쪽에서 독일인들이 다가오자 야니나는 내 팔을 끌어당기며 인도 아래로 내려섰다. "대체 어딜 가는 거야?" 나는 고개를 숙인 채 야니나에게 조용히 물었다.

"언니에게 보여 줄 곳이 있어."

우리는 라돔의 유대인 구역인 글리니체를 향했다. 글리니체가 가까워지자 새로 쌓아올린 긴 담장이 보였다. 나는 철조망이 쳐진 그 담장이 무엇을 의미하는지 묻고 싶지 않았다.

야니나는 걸음을 멈추고 내 외투 깃을 고쳐 주는 시늉을 했다. 야니나는 건너편을 보라고 속삭였다. 독일군 병사들과 군견이 지키고 있는 출입 통제 초소가 보였다. ‘접근금지’라고 적힌 푯 말이 지나가는 자동차들 너머로 내게 고함을 지르는 것 같았다.

“저곳이 글리니체 게토야.” 야니나는 내 옷깃을 툭툭 손으로 건드리며 낮은 목소리로 말했다. “라돔과 인근 지역의 모든 유 대인들이 저곳으로 강제 이주됐어. 발로바의 게토로 이주된 사 람들도 있고.”

야니나는 짐짓 밝고 큰 목소리로 말했다. “언니, 이제 집에 가 자.” 독일군 병사들 앞을 지나가며 야니나는 그들에게 미소를 지 어 보였다.

“사람들을 저곳에 몰아넣고 뭘 어쩌겠다는 거야?” 나는 나지 막한 목소리로 물었다.

“모르겠어.”

불길한 느낌이 들었다. 우리는 이 도시에서 무슨 일이 벌어지 고 있는지 알 수가 없었다. 빵과 치즈를 사기 위해 줄을 선 사람 들은 무성한 소문을 주고받았다. 히틀러가 유대인들을 집단 학 살할 계획이라고 말하는 사람들도 있었다. 하지만 우리 가족은 그건 너무나 터무니없다고 생각했다. 이웃들의 생각도 비슷했 다. 게토는 유대인만의 문제로 치부되었고 대부분의 폴란드인들 은 독일의 가혹한 점령정책으로 자신들이 당하고 있는 고통과 수모를 감당하기에도 힘이 부쳤다.

내 열아홉 번째 생일이 가족들과의 조촐한 저녁식사로 지나갔

구트 자매들, 1941년, 라돔. 왼쪽에서 오른쪽으로 브와지아, 이레네, 마리시아, 브로니아, 야니나.

다. 며칠 후, 나는 취업 허가를 내주는 기관을 찾아 노동 허가증과 신분증을 발급받았다. 독일어에 능통하다는 이유로 나는 독일인이 운영하는 레스토랑으로 보내졌다. 담배 연기가 자욱한 레스토랑에서 술에 취한 독일군 병사들은 무거운 접시를 들고 지나가는 내 몸을 더듬으며 낄낄대곤 했다. 나는 그곳이 끔찍했다. 그러던 어느 날 레스토랑 주인이 식료품 창고로 들어가는 내 뒤를 따라 들어와 집요하게 키스를 요구하다가 그의 부인에게 들키고 말았다. 이 일로 나는 해고되었고, 곧바로 폴란드인이 운영하는 작은 상점에서 새로운 일자리를 찾았다. 그곳은 헬렌 이모의 집에서 가까웠고, 무엇보다 온종일 독일인들에게 둘러싸여 있지 않아도 된다는 점이 마음에 들었다.

5월이 지나고 6월이 되었다. 식량은 부족했고 하루하루를 보내는 것이 힘겨웠지만 가족이 함께 있다는 사실만으로도 우리는 기뻐할 수 있었다. 헬렌 이모의 좁은 집에서 부대끼면서도 우리는 예전에 그랬던 것처럼 함께 노래를 부르며 서로를 위로했다. 식탁에 둘러앉아 가물가물한 노래 가사를 더듬으며 웃고 떠들 때는 마치 우리에게 아무 일도 일어나지 않은 것처럼 느껴지기도 했다. 그렇게 전쟁이 끝날 때까지 버틸 수만 있다면 더 이상 나빠질 일은 없어 보였다.

그러나 곧 독일과 소비에트 연방 양측이 교전에 돌입했다는 소식이 들렸다. 살얼음 같던 평화는 깨졌다. 옆방에서 전쟁에 대해 이야기를 주고받는 부모님의 낮은 목소리에 귀를 기울이며 야니나와 나는 늦은 밤에도 잠을 이루지 못했다. 부모님의 이야기를 엿듣는 동안 야니나와 나는 서로 자는 척을 했다. 동생은 동생대로 나는 나대로 우리는 앞으로 벌어질 일에 대한 부모님의 깊은 우려를 애써 모른 척하고 있었다. 하지만 달빛이 비치는 밤이면 천장을 멍하니 응시하는 야니나의 눈은 반짝거렸고 가끔은 눈물이 고여 있기도 했다. 소식이 끊겼던 2년 동안 훌쩍 자란 야니나는 이제 열일곱 살이었다. 하지만 나는 동생보다 백 년은 더 늙어 버린 느낌이었다. 나는 그 2년 동안 내 몫의 고통을 충분히 받았고 그 때문에 이제는 다시 행복해질 자격이 있다고 믿었다. 나는 내 삶이 다시 행복해져야 마땅하다고 생각했다.

그러나 간절한 소망은 깨지고 말았다. 7월 어느 날 독일군 병사들이 집에 들이닥쳐 아버지를 끌고 갔다.

우리는 큰 충격을 받았다. 폭격을 맞은 사람들처럼 우리는 충혈된 눈으로 식탁에 말없이 앉아 있었다. 아버지가 설계한 코즈워바 구라의 공장은 군수품 생산 시설이 되었고, 독일은 공장을 가동하기 위해 아버지의 전문적인 기술이 필요했다. 독일군은 아버지가 필요했다.

몇 주 동안 우리는 아버지로부터 아무런 소식을 듣지 못했다. 그러다 마침내 아버지로부터 짧은 편지 한 통이 도착했다. 어머니는 편지를 읽고 그 자리에 주저앉아 울음을 터뜨렸다. 우리의 옛 집에 낯선 독일인들이 들어와 살고 있고, 이웃 사람들은 아버지를 외면한다는 내용이었다. 아버지가 독일군을 위해 일한다는 이유에서였다. 겨우 진정을 하고 입을 뗀 어머니는 어린 여동생 셋을 데리고 아버지가 있는 코즈워바 구라로 돌아가겠다고 말했다. 하지만 독일인의 외모를 지닌 젊은 폴란드 처녀들이 독일군 병사들의 위안부로 끌려간다는 소문을 들은 어머니는 야니나와 나를 오버슐레지엔에 데리고 가지 않겠다고 했다.

야니나와 내게 어머니의 계획은 악몽에서 깨어나자마자 또 다른 악몽을 꾸는 것이나 다름없었다. 먼저 아버지가 떠나고, 이젠 어머니와 마리시아, 브로니아, 브와지아가 한꺼번에 우리 곁을 떠나게 된 것이다. 나는 이런 일이 이렇게 빨리 닥칠 줄은 상상도 하지 못했다. 바람결의 홀씨처럼 내 눈앞에서 가족이 모두 사라지려는 순간이었다. 야니나와 나는 우리도 데려가 달라고 어머니에게 매달렸다. 하지만 어머니는 단호했다. 우리는 기차역에 배웅을 나선 길에서도 울며 애원했다. 울다 지친 나머지 바짝 마른 목구멍으로 헛구역질이 올라왔다. 하지만 결국 기차는 떠나고 우리 둘은 남겨졌다.

가족들이 떠난 뒤 야니나와 나는 서로를 더욱 의지하며 잠시라도 떨어져 있지 않으려 했다. 매일 아침 출근할 때마다 텅 빈 집을 돌아보며 가족들에 대한 그리움으로 눈물이 났다. 빈 방이 생겼지만 우리 자매는 여전히 손을 꼭 잡고 한 침대에서 잠을 잤다. 나는 야니나에 대한 책임감을 느꼈다. 온 세상에 가득한 모든 악으로부터 동생을 지켜야 했다.

라돔에서의 생활은 더욱 혹독해졌다. 폴란드인들은 온순한 양처럼 고분고분하지만은 않았다. 여기저기에서 독일에 저항하는 사보타주가 일어났다. 그리고 이러한 저항에는 즉각적인 보복이 따랐다. 아무런 영문도 모른 채 거리에서 붙잡힌 남자들은 벽에 일렬로 세워진 채 사살되었다. 한 번에 여섯 명. 한 번에 열 명. 그들이 실제로 사보타주의 주동자인지, 얼마나 많은 수가 사살되는지는 독일인들에게 중요하지 않았다. 많으면 많을수록 좋았다. 거리의 총성은 우리 목숨의 박자를 맞추는 메트로놈이었다. 우리는 드르륵 하는 기관총이나 둔탁한 권총 소음이 울릴 때 그쪽을 쳐다보지 않는 법을 익혀야 했다.

북아프리카에서 영국군과, 그리고 동부 전선에서 러시아군과 싸우는 독일 군대를 지원하기 위해 독일은 폴란드인의 노동력을 착취했다. 아무 예고도 없이 길거리에서 무작위로 강제 징용된 사람들에 대한 이야기가 거의 매일 들려왔다. 독일군은 18세와 40세 사이의 남녀라면 누구든 가리지 않고 강제로 트럭에 태웠다.

그들이 어디로 끌려가는지 아는 사람은 없었다. 하지만 추측은 할 수 있었다. 독일? 동부전선? 어떤 이들은 그들이 강제 노역에 동원된다고 했다. 연합군과 러시아군에 맞서 싸우는 전투병으로 끌려간다고 말하는 이들도 있었다. 가장 음울한 추측은 그들이 감옥에 갇히거나 즉결 처형된다는 것이었다. 독일인들은 우리를 경멸했고, 우리는 그것을 잘 알고 있었다. 그들은 가혹한 규정과 공공연한 위협, 제멋대로 가하는 처벌을 통해 그것을 명백히 보여 주었다. 그들은 우리를 끊임없이 괴롭혔다. 밤낮을 가리지 않고 도시 여기저기에 폴란드인들을 강제로 태우기 위한 트럭들이 나타났다. 그르렁거리는 트럭의 소음은 일터에서든 집에서든 이번엔 누가 잡혀 갈까 하는 두려움으로 우리를 얼어붙게 만들었다. 우리는 사랑하는 이들이 집에 돌아오는 것을 확인할 때까지 매일 그러한 두려움을 견뎌내야 했다.

폴란드인들이 어딘가로 끌려가는 와중에도 유대인들은 계속해서 라돔으로 밀려들어왔다. 식료품을 사기 위해 줄을 서 있다 보면 발로바나 글리니체 게토로 들어가는 유대인들의 행렬을 종종 볼 수 있었다. 최신 유행의 값비싼 옷을 입고 불룩한 가방을 소지한 사람들도 있었고 허름한 옷차림에 끈으로 칭칭 감은 가방을 품에 안은 사람들도 있었으나 그들 모두는 똑같이 겁에 질려 있었다. 나는 그렇게 많은 사람들이 게토에 거주할 수 있다는 사실을 믿을 수 없었으며, 그곳의 생활환경이 어떠할지에 대해서는 짐작조차 할 수 없었다.

전쟁이 일어나기 전만 해도 내게 초가을은 건초가 깔린 푹신푹신한 마차를 타고 버섯을 따러 다니는 계절이었다. 그러나 그해 초가을은 끝없는 노동과 두려움의 시간이었다. 부모님으로부터는 아직 아무 소식이 없었다. 우리는 그저 우리 자신과 코즈워바 구라의 가족들이 무사하기만을 기도했다.

우리는 시간이 날 때마다 어떻게든 식량을 조금 더 구하기 위해 노력했다. 우리는 늘 배가 고팠다. 폴란드인들은 독일인들에게 할당되는 양의 절반에도 못 미치는 식량만 구입할 수 있었다. 우리가 구매하는 식료품은 쿠폰에 적힌 금액이 아니라 쿠폰으로 사용되는 종이만큼의 가치밖에 없는 것 같았다. 그 즈음 내게 빈혈 증세가 나타났다. 동부 지역의 숲에서 지내던 때와 증세가 똑같았다. 야니나는 가끔 자신이 일하는 레스토랑에서 남은 음식을 가지고 왔다. 하지만 그것은 성인 세 명에게는 턱없이 부족한 양이었다. 헬렌 이모, 야니나 그리고 나까지 모두 체중이 줄고 얼굴이 창백해졌다. 라돔에 거주하는 사람들 가운데 독일인이 아닌 모든 이들의 형편이 비슷했다.

몸 상태가 그리 나쁘지 않았던 어느 일요일, 나는 위안을 얻고자 성당을 찾았다. 일어서고 무릎을 꿇고 다시 앉기를 반복하며 기계적으로 기도문을 외웠지만 미사는 내가 갈구하던 위안을 주지 못했다. 미사 시간 내내 잡념이 사라지지 않았다. 겨울이 오면 난방을 어떻게 해야 하나? 야니나에게 입힐 겨울 코트는 어디서 구할 수 있을까? 빵을 자르는 칼의 톱날이 다 닳았는데 어떻게 하지? 부모님의 소식은 언제 들을 수 있을까?

신부님이 성체강복을 시작하려는 순간, 어디로 들어왔는지 비둘기 한 마리가 날개를 퍼덕거리며 성당 안을 날아다녔다. 내 시선은 둥근 창문을 향해 연거푸 날아가 부딪치는 비둘기를 쫓고 있었다. 필사적인 충돌로 인해 창문으로 들어오는 빛줄기를 따라 뽀얀 먼지가 내렸다. 비둘기의 날개가 창문에 부딪치는 소리가 연이어 들리면서 나는 누구든 비둘기가 밖으로 나갈 수 있게 도와달라고 소리를 치고 싶었다. 그때였다. 성당 밖이 소란스러워졌다. 여러 대의 자동차 엔진 소음과 함께 차량의 문이 닫히는 소리 그리고 계단을 오르는 군홧발 소리가 들렸다. 불분명한 고함소리가 점점 가까워지자 사람들은 겁에 질려 동요하기 시작했다. 몇몇은 자리에서 일어나 제단 옆쪽의 사제 출입문으로 슬금슬금 다가갔다. 가까운 곳에 앉아 있던 한 노파는 손에 묵주를 꼭 움켜쥔 채 몸을 앞뒤로 흔들며 떨리는 입술로 기도문을 외우기 시작했다. 기도문을 더듬더듬 이어가던 신부님의 목소리도 점점 작아졌다.

사람들은 모두 안절부절못하고 있었다. 군인들이 특정 인물을 찾고 있는 것인지, 아니면 징용을 위한 무작위 연행에 나선 것인지 알 수가 없었다. 우리는 성당 안에서 온종일 버틸 수도, 밖으로 나갈 수도 없는 상황이었다. 비둘기는 여전히 성당 벽면 높은 곳에 위치한 창문에 날개를 부딪치고 있었다. 나는 속으로 비둘기가 성당 밖으로 빠져나갈 수만 있다면 우리도 모두 무사할 것이라는 터무니없는 생각을 했다. 마침내 두 명의 노인이 출입문을 향해 천천히 걸어갔다. 그들의 표정은 신성을 모독한 자들을 모두 지옥에 던져 버릴 것처럼 결연했다.

하지만 그런 일은 일어나지 않았다. 문이 열리자 주일 아침의 밝은 햇살을 배경으로 십여 명의 군인들이 서 있는 모습이 보였다. "Raus zum Strasse!(거기로 나가!)" 군인들은 고함소리와 함께 우리를 성당 앞 광장으로 몰고 나갔다. 광장에는 많은 수의 군인들이 삥 둘러서서 우리에게 총구를 겨누고 있었다. 신부님은 지휘관에게 다가가 우리를 보내 줄 것을 요청했지만 독일군 장교는 그의 말을 들은 척도 안 했다.

군인들이 무리 사이를 돌아다니며 사람들을 한쪽으로 내보내기 시작하자 여기저기에서 울부짖는 소리가 들렸다. 어머니로부터 떨어져 무리 밖으로 끌려 나가는 젊은 여자의 비명소리와 끌려 나가는 아버지를 향해 울부짖는 어린 두 소년의 모습에 가슴이 찢어지는 것 같았다. 성당에서 내몰린 사람들은 이제 한쪽은 어린이와 노인들로, 다른 한쪽은 청장년층으로 갈라지게 되었다.

"제 동생과 이모에게 전해 주세요." 나는 신부님께 다가가 낮은 목소리로 말했다. "헬레나 파블로프스카, 야니나 구토브나예요. 여기에서 일어난 일을 전해 주세요."

"Stille!(조용히 해!)" 군인 한 명이 내게 소리를 질렀다. 나는 고개를 숙이고 재빨리 내가 서 있던 자리로 돌아갔다. 사람들을 겨누고 있는 총구들 앞을 지나가며 등의 근육이 뻣뻣해지는 느낌이 들었다.

"우릴 어디로 데리고 가는 걸까요?" 남편의 팔을 붙들고 어느 여자가 신음하듯 말했다.

"모르겠어." 그가 대답했다. 그는 아내를 위해 애써 의연한 모습을 보이려 노력하고 있었다.

군인들은 우리를 세 대의 군용 트럭에 올라타게 했다. 라돔 외곽으로 빠져나온 트럭이 담장 위로 철조망이 칭칭 감긴 독일군 주둔지에 들어서면서 어떤 사람들은 울음을 터뜨렸고 일부는 욕설을 내뱉었다.

"너희들은 독일로 보내져서 제3제국을 위해 일하게 될 것이다." 트럭에서 내린 우리 앞에 독일군 장교가 나타나서 말했다. "너희 폴란드인들은 지금까지 너무나 게으름을 피웠다."

깊은 슬픔이 밀려와 사람들을 삼켜 버렸다. 여자들은 다시 울음을 터뜨렸다. 그런데 나는 테르노폴에서 그랬던 것처럼 이상하게도 마음이 편해졌다. 눈앞에서 벌어지고 있는 일이 터무니없이 비현실적으로 느껴졌다. 내 손을 들여다보면서도 도무지 내 손처럼 느껴지지 않았다.

그때 어느 중년 남자가 앞에 나서서 독일군 장교에게 말했다. "이의 있습니다. 당신들에겐 우리를 이런 식으로 취급할 권리가 없습니다. 일단 우리가 가족들에게 연락을 취할 수 있도록 허용해 주십시오."

아무런 대꾸도 없이 두 명의 군인이 그에게 다가서더니 소총 개머리판으로 그를 내리쳤다. 그들이 땅바닥에 쓰러진 남자를 개머리판으로 내리찍는 모습을 우리는 공포와 고통에 휩싸여 지켜볼 수밖에 없었다. 남자의 귀에서 피가 흘러나왔다. 군인들이 물러선 뒤에도 그는 온몸이 축 늘어진 채 움직이지 않았다. 그러나 우리 가운데 어느 누구도 그에게 다가갈 엄두를 내지 못했다.

"이제는 우리가 서로를 잘 이해하게 되었다고 생각한다." 장교가 말했다.

마침내 장교와 사병들이 사라진 뒤 두 명의 남자가 그에게 달려갔다. 10월의 태양은 아직 강렬했다. 땅바닥의 열기에 섞여 올라오는 피와 오줌 냄새가 테르노폴의 병동을 떠올리게 했다. 나는 그들을 도와 그의 상태를 살펴보았다.

우리가 그를 옮기려 했을 때 또 다른 트럭이 요란한 소음을 내며 부대 안으로 들어와 우리가 있는 곳에 멈춰 섰다. 트럭이 일으킨 뿌연 먼지를 뒤집어쓰고 있는 우리 앞에 독일군 소령이 트럭의 조수석에서 내렸다. 그는 모자를 고쳐 쓰면서 입으로 숨을 크게 들이마셨다. 노인이라고 해야 할 만큼 나이가 많이 들어 보였다.

"너, 너." 그가 무리에서 남자 몇 명을 골라냈다. "그리고 너."

그는 무작위로 사람들을 골라내며 남녀를 합해 열 명을 채우고 있었다. 그는 마지막으로 나를 가리켰다. "트럭에 타."

그는 아무 표정 없이 다시 조수석에 올라 문을 쾅 닫았다. 우리 열 명은 겁에 질린 채 트럭 뒤편을 향해 움직였다. 군인 한 명이 총구를 들이대며 빨리 움직이라고 소리를 질렀다.

"이제 어떻게 되는 거죠?" 한 여자가 물었다.

"제기랄." 트럭에 오르며 한 남자가 중얼거렸다.

"하느님, 제발 동생이 제가 무사하다는 사실을 알게 해주세

요." 나는 속으로 기도를 했다. "하느님, 제발 야니나를 돌봐 주
세요."

운전병이 시동을 걸었다. 트럭은 적재함에 오른 사람들을 짐
짝처럼 부딪치게 만들며 앞으로 나아갔다. 아무도 트럭이 우리
를 어디로 데리고 가는지 알지 못했다. 나는 고개를 들어 밖을
내다보았다. 어쩌면 그것이 내가 보는 폴란드의 마지막 풍경이
될지 모른다는 두려움이 들었다.

뤼게머 소령

나는 노예나 다름없었다. 감시병이 눈을 번뜩이는 탄약 공장에서 한 푼의 임금도 없이 강제로 일을 해야 하는 처지를 달리 뭐라고 부를 수 있겠는가? 내 유일한 위안은—그 모든 두려움에도 불구하고—그래도 아직 폴란드 땅에, 그것도 라돔에 있다는 사실이었다. 트럭은 라돔 방향으로 달려 우리를 어느 공장 내의 막사에 내려놓았다. 그곳이 라돔의 어느 지역인지, 헬렌 이모의 집에서 얼마나 떨어져 있는지는 알 수 없었다. 야니나와 헬렌 이모에게 내가 아직 라돔에 있으며 강제노역에 처해 있다는 사실을 알릴 방법도 없었다.

나는 포탄을 나무상자에 포장하는 일을 했다. 공장은 엄청난 소음과 화학물질의 매캐한 냄새로 가득했다. 공장 가동에 차질을 빚을 수 있는 모든 행위는 원천적으로 차단되었다. 작업 속도와 생산 실적은 늘 점검 대상이었고 사보타주는 곧 죽음을 의미했다. 무엇인가를 요구하거나 건의한다는 것은 상상하기 힘든 일이었다. 영양실조와 온종일 들이마시는 화약가루로 나의 건강 상태는 급속도로 나빠졌다. 빈혈 증세가 심해지면서 현기증을 느낄 때마다 나는 작업대를 붙잡고 휘청거리는 몸을 지탱해야 했다. 우리는 휴식 없이 여러 시간을 서서 일했다. 중노동을 견디다 못해 쓰러진 사람들이 하나둘 실려 나갔지만 어느 누구도 감히 그들이 어떻게 되었는지 물어보지 못했다. 공장에서 일한 지 2주가 지났을 때 나 역시 체력이 완전히 고갈되었음을 느꼈다. 하지만 그곳에서 버티지 못한다면 훨씬 더 끔찍한 곳으로 보내질 수도 있다는 두려움에 나는 이를 악물었다.

어느 날 아침, 장교와 부사관들이 검열을 하기 위해 공장에 들어왔다. 라돔 외곽의 부대에서 우리를 트럭에 태우고 온 소령이 맨 앞에 있었다. 그가 내 작업대 쪽으로 다가섰을 때 나는 고개를 숙인 채 포탄을 상자에 담고 있었다. 갑자기 포탄을 옮기는 손목의 힘이 쑥 빠지더니 시야의 가장자리부터 암흑이 덮쳐와 눈앞을 캄캄하게 만들었다. 나는 쓰러지고 있었다. 의식을 잃는 그 짧은 순간 나는 내 몸이 바닥에 부딪치는 소리를 들을 수 있었다.

의식이 돌아왔을 때 나는 어느 사무실의 소파에 누워 있었다. 소령이 내게 커피를 건넸다.

"Wie heisst du?(이름이 뭔가?)"

잔을 받아든 손이 심하게 떨렸다. "이레네 구트입니다." 내가 독일어를 알아들을 뿐만 아니라 발음도 정확하다는 사실에 그는 놀라는 눈치였다. "전쟁 전까지 오버슐레지엔에서 살았습니다."

그는 주머니에서 손수건을 꺼내 코를 풀었다. "이름을 보니 독일계인 것 같군."

"모르겠습니다. 아니요, 저는 폴란드인입니다." 나는 커피를 한 모금 마셨다. 몇 달 만에 처음 마셔 보는, 우유와 설탕이 듬뿍 든 커피였다.

"그래? 스스로 독일인이라고 주장할 생각이 없다 이건가? 다들 독일계가 못 되서 안달이던데." 그는 냉소적인 미소를 지었다. "그래도 정직하다는 점은 인정해 주지."

내가 커피를 다 마실 동안 그는 더 이상 말을 하지 않았다. 그리고는 자신의 책상으로 가서 서류를 뒤적거리더니 이마를 찌푸리며 말했다. "너는 공장의 효율적인 운영에 도움이 안 되는 것 같다. 일을 계속하기가 정 힘들면⋯⋯."

"아닙니다, 소령님! 저는 괜찮습니다!" 나는 자세를 바로하기 위해 안간힘을 썼다. "제발 저를 다른 곳으로 보내지 말아 주세요. 그냥 여기 있게 해주세요. 제 동생이 가까운 곳에 살아요. 더 열심히 일하겠습니다."

그는 나를 쳐다보지 않았다. 그는 곰곰이 무엇인가를 생각하는 것 같았다. "네 독일어 실력을 공장에서 썩히기는 건 좀 아까운 것 같은데."

나는 울음을 참기 위해 입술을 꾹 다물었다.

"너한테 어울리는 곳이 있다. 장교 전용 시설인데, 집안일을 좀 해봤나? 주방에서 음식 나르고 하는 거 말이야."

나는 소파에서 펄쩍 뛸 뻔했다. "네, 소령님! 어머니께서 집안일을 이것저것 가르쳐주셨습니다. 음식 장만이나 손님 맞는 예절도 배웠습니다. 그런 일은 잘할 자신이 있습니다!"

그는 고개를 끄덕이며 무엇인가를 끼적거렸다. "이 주소로 내일 아침 7시까지 슐츠 씨를 찾아가라. 그 친구가 폴란드어를 못해서 식당에서 폴란드인들을 부리는 데 애를 많이 먹고 있거든. 네가 가면 아주 기뻐할 거다." 그는 통행증을 내게 건네줄 듯하다가 한마디 덧붙였다. "너를 집으로 보내 주겠다. 단, 내일 식당에 나타나지 않으면 너는 다시 이곳으로 잡혀오게 될 거다."

"알겠습니다, 소령님. 절대로 늦지 않겠습니다. 소령님을 실망시켜 드리지 않겠습니다. 감사합니다."

그는 잠시 머뭇하더니 통행증을 건네주었다. 통행증에는 에두아르트 뤼게머 소령의 서명이 있었다.

야니나와 헬렌 이모는 눈앞에 있는 나를 보고도 마치 유령이라도 마주친 것처럼 벌어진 입을 다물지 못했다. 다음 순간 야니나가 뛰어와 나를 껴안으며 눈물을 흘렸다. 동생은 몇 분 동안 나를 끌어안은 채 놓아주지 않았다. 빵과 당근으로 저녁식사를 하면서 나는 그 동안 내게 일어났던 일들을 이야기했다. 야니나는 내 이야기를 들으며 한 손으로 줄곧 눈물을 훔쳤고 다른 한 손으로는 내 손을 꼭 잡고 있었다. 그날 밤 잠자리에 들면서 새삼 심연의 바닥까지 떨어졌다가 누군가에 의해 다시 끌어올려진 것 같은 기분이 들었다.

다음날 아침 6시 30분, 나는 새 일터를 향해 발걸음을 옮겼다.

주소를 따라 찾아간 곳에는 이전에 호텔로 사용되던 건물이 있었다. 한때 결혼식장과 연회장으로 사용되며 샹들리에가 춤곡에 맞춰 가볍게 흔들리던 그 호텔은 격조 있는 고풍스러운 분위기가 흘렀다. 나는 건물 옆쪽의 직원 출입구를 찾아 안으로 들어갔다.

땅딸막한 체구에 얼굴이 발그레한 남자가 커다란 에이프런을 두른 채 양배추 한 바구니를 들고 문 쪽으로 다가오고 있었다.

"어떻게 오셨습니까?"

"슐츠 씨를 뵈러 왔습니다." 나는 독일어로 대답했다.

"제대로 찾아오셨네요." 그는 나를 위아래로 훑어보며 말했다. "새로 오기로 한 분이신가?"

"네, 이레네 구트라고 합니다."

"폴란드어로 '이레네'가 '말라깽이'라는 뜻인가요?"

나는 얼굴이 확 달아올랐다. "아, 죄송합니다." 나는 말을 더듬었다. "제가 그러니까……."

"잘 먹지 못해서 그렇단 말이죠? 그렇다면 내가 대접을 해드려야겠네. 이쪽으로 오세요, 말라깽이 양."

경계심과 다른 한편으로 기대감을 가지고 나는 그를 따라갔다. 복도 끝에 있는 주방은 꽤 넓었다. 신선한 빵과 치즈, 온갖 과일, 흙이 아직 붙어 있는 뿌리채소들, 패스트리, 잼 단지가 주방 여기저기에 쌓여 있었다. 사람이 드나들 만한 크기의 냉장고도 두 대가 있었다. 내 배고픈 상상력은 온갖 육류와 유제품으로 냉장고 안을 가득 채우고 있었다. 전쟁이 시작된 후 나는 그렇게 훌륭한 음식들을 본 적이 없었다.

슐츠 씨는 접시를 들고 음식을 이것저것 담기 시작했다. "우선 음식 재료를 배달하는 사람들과 말이 좀 통하게 아가씨가 도와 줘요." 그는 접시에 음식을 수북하게 담으며 말했다. "내 귀엔 폴란드어가 그저 다다다 하는 소리로밖에 안 들리거든."

나는 탁자 앞으로 의자를 끌어당기며 그가 친절하다고 느껴지 는 것이 단순히 나의 배고픔 때문인지 생각했다. 그는 음식이 수 북하게 쌓인 접시 위에 두껍게 자른 빵을 아슬아슬하게 얹어 내 앞에 내려놓고는 탁자 건너편에 앉아 나를 쳐다보았다.

"먹어요, 어서." 그는 미소를 지으며 음식을 권했다.

"정말 친절하시군요." 나는 포크를 들며 조심스럽게 말했다.

그러자 그가 고개를 갸웃하며 말했다. "나도 집에 예쁜 딸들이 있다오. 어서 먹어요."

나는 경계심을 거두고 그의 친절에 감사를 표해야겠다는 생각 이 들었다. 입으로 음식을 가져가기 전에 나는 그에게 살짝 미소 를 지어 보였다. 나는 음식을 많이 먹는 편이 아니었지만 슐츠 씨의 표정은 내가 접시를 싹 비우고 포동포동 살이 올랐으면 좋 겠다고 말하는 듯했다. 나는 내게 찾아온 행운에 거의 울고 싶은 심정이었다.

내가 빵 위에 버터를 바르고 있는 동안 슐츠 씨는 설탕과 계란 노른자를 넣은 붉은 포도주 한 잔을 건네주었다. "단순히 배가 고픈 게 아니라 몸이 좀 아파 보이네. 이게 피를 만드는 데 도움 이 될 거요."

"정말 고맙습니다. 슐츠 씨."

내가 그에게서 받은 첫 인상은 그의 실제 모습과 다르지 않았다. 그는 착하고 친절한 사람이었다. 엄밀히 말하면 그 역시 독일군에 소속되어 있었지만 그는 군인 신분이 아닌 고용된 요리사였다. 당시 폴란드에 들어와 있던 독일인들의 잔인성과 악의를 그에게선 찾아볼 수 없었다. 빈틈이 없고 철두철미한 성격을 가지고 있었으나 그는 칭찬에 인색하지 않았고 다른 사람들의 실수에 너그러웠다.

나는 그의 통역관 역할뿐만 아니라 탄약 공장과 인근 부대에서 식사를 하기 위해 몰려드는 독일군 장교들을 위해 주방과 테이블을 바삐 오가며 온갖 고기요리와 수플레, 샐러드, 수프, 초콜릿 케이크를 날라야 했다. 식당에서 소비되는 음식―그리고 버려지는 음식―의 양은 엄청났다. 매일 그렇게 버려지는 음식과 늘 허기진 채 살아가는 사람들의 모습이 겹쳐질 때마다 착잡한 마음이 들었다. 몇 주가 지난 뒤 나는 용기를 내어 슐츠 씨에게 남은 음식을 집에 가져가도 되겠느냐고 물었다. 그는 나를 위해 기꺼이 고기와 빵, 채소를 따로 챙겨 주었다. 야니나의 창백한 얼굴에 혈색이 조금씩 돌아오는 모습이 가슴 찡하도록 고마웠다. 부모님으로부터는 아직 아무런 소식이 없었다. 우리는 떨어져 있는 가족들에게 가끔이라도 좋은 음식을 먹을 기회가 생기기를 기도했다.

종종 통금 시간이 넘도록 일이 끝나지 않는 경우가 있었는데, 밤늦게까지 파티가 이어지는 날이 특히 그랬다. 뤼게머 소령은 내게 통행증을 발급해 주거나, 아니면 슐츠 씨가 나를 집까지 차

장교식당 밖에서, 1941년, 라돔. 맨 오른쪽이 이레네.

로 태워다 주는 것을 허락했다. 소령은 식당에서 마주칠 때마다 내게 친절한 태도를 보였다. 그는 내 이름을 기억했고 동생의 안부를 묻기도 했다. 매일 수많은 친위대와 군 장교들이 식당을 찾았다. 그들 역시 보통 남자들의 부류와 다를 게 없었다. 술에 취해 큰소리로 떠들어대는 사람도 있었고, 음식은 거들떠보지도 않은 채 심각한 표정으로 전황에 대해 이야기를 주고받는 사람도 있었으며, 종업원이나 젊은 독일인 여비서들에게 수작을 거는 사람도 있었다. 나치의 깃발이 넓은 식당의 양쪽 벽면에 걸려 있었고 히틀러의 대형 초상화가 파티의 주인공처럼 모두를 내려다보고 있었다. 식당 창밖으로는 거리가 바로 내다보였다. 이따금 길을 지나다가 발걸음을 멈추고 독일인들이 식사를 하고 있는 모습을 마치 낯선 풍경을 바라보듯 잠시 쳐다보고는 이내 종종걸음으로 사라지는 폴란드인들의 모습이 보였다.

추위와 함께 낮고 흐린 하늘에 눈이 날리며 11월이 찾아왔다. 어느 날 슐츠 씨는 나를 독일군의 보급 창고에 데리고 갔다. 창고에는 폴란드인의 상점과 가정에서 쓸어온 물건들이 가득했다. 슐츠 씨는 걸어서 출퇴근하는 나를 위해 부츠를 한 켤레 골라 주었다. 마음은 불편했지만 이튿날 출근길의 발은 따뜻했다. 그날따라 하늘은 파랗고 슐츠 씨의 초콜릿 케이크 위에 뿌려지는 설탕가루처럼 지상에는 하얗게 눈이 쌓였다.

"Guten Morgen, Fräulein Irene.(안녕하세요, 이레네 양.)" 슐츠 씨가 독일어로 아침 인사를 했다.

"Dzień dobry, Pan Schulz.(안녕하세요, 슐츠 씨.)" 나는 그에게 폴란드어로 인사를 건넸다.

"오늘 4층 홀에서 열리는 만찬 테이블 준비를 좀 맡아 줘요." 그가 패스트리 반죽을 굴리면서 말했다. 그의 팔은 온통 하얀 밀가루로 범벅이 되어 있었다. 그는 턱으로 위쪽을 가리키며 말했다. "식탁보와 식기는 이미 올려다 놓았어요."

나는 에이프런을 두르고 미로 같은 복도를 지나 건물 뒤편에 있는 직원용 엘리베이터를 타고 4층으로 올라갔다. 홀에는 호화스러운 붉은색 카펫이 깔려 있었다. 천장의 샹들리에가 햇살을 받아 반짝거렸다. 나는 볕이 더 잘 들도록 하기 위해 창가로 다가갔다. 창문을 활짝 열자 햇빛이 벨벳 주름이 잡힌 커튼에서 날리는 먼지를 비추며 홀 안으로 쏟아져 들어왔다.

나는 창밖을 내다보았다. 홀은 호텔 건물의 후면에 위치해 있었다. 4층에서 건물 뒤쪽의 전망을 내다보는 것은 그때가 처음이었다. 건물 뒤로 바짝 붙어 있는 높은 담장에 철조망이 칭칭 감겨 있는 모습이 눈에 들어오는 순간 나는 그곳이 어디인지 직감했다. 바로 글리니체 게토였다.

처음에는 마치 겨울 숲에 들어설 때처럼 게토의 모든 것이 황량해 보이기만 했다. 겨울 숲에는 온통 눈 쌓인 나무들만 보일 뿐이다. 그러다 아주 천천히, 햇빛이 깔린 눈밭에서 꼬리를 까딱거리는 뻐꾸기 한 마리가 눈에 들어오고, 그 다음엔 멀리서 사슴이 이끼를 찾아 앞발로 눈을 파헤치는 소리가 들려온다. 게토 역시 그러했다. 처음에는 눈이 녹아 진창이 된 텅 빈 거리만 보일 뿐이었다. 그러다 조금씩 사람들이―손을 맞잡고 미끄러운 거리를 조심스럽게 걸어가는 두 아이, 문을 잠그고 돌아서는 노인 그리고 바구니를 들고 길을 건너는 여자―눈에 들어오기 시작했다.

내 마음에 그늘이 드리워졌다. 집을 떠나 게토에 강제 이주된 유대인들의 존재를 나는 완전히 잊고 있었다. 그들이 우리 폴란드인들보다 훨씬 가혹한 상황에 처해 있음은 누구라도 쉽게 짐작할 수 있었다. 저녁식사를 하는 독일군 장교들의 대화 가운데 "유대인 문제"가 얼핏 들릴 때도 있었지만 나는 식당에서 일을 하는 동안 그들의 대화에 관심을 기울일 겨를이 없었다. 어쩌면 나 자신만 생각하느라 유대인들까지는 생각하지 못했다고 하는 것이 솔직한 고백일지도 모른다. 나는 집에 좋은 음식을 싸들고 가서 세 사람이 부족함 없이 먹을 수 있다는 사실을 그저 행운이

라 여기며 다른 이들의 고통을 줄곧 외면해 온 스스로를 책망했
다. 문을 잠그고 돌아선 그 노인이 눈 녹은 거리를 황새처럼 조심
스레 걸어 모퉁이로 사라지는 모습을 나는 조용히 지켜보았다.

아래층에서 들리는 소리에 화들짝 놀라 나는 창가에서 물러섰
다. 홀에는 음식이 차려질 수십 개의 테이블이 있었다. 나는 냅
킨을 가지런히 접어서 은으로 된 식기와 함께 테이블 위에 올려
놓기 시작했다. 한 시간 가량 나는 같은 일을 반복했다. 호텔은
텅 빈 성당처럼 조용했다.

그때 밖에서 총성이 울렸다. 한 손 가득 나이프를 쥔 채 나는
창가로 뛰어가 무슨 일이 일어났는지 밖을 내다보았다.

마치 개미집을 마구 짓밟아 놓은 듯한 광경이 벌어지고 있었
다. 남자들, 여자들, 아이들이 미친 듯이 거리를 내달렸고 트럭
에서 쏟아져 나온 친위대원들이 도망치는 유대인들을 향해 총을
쏘아댔다. 눈이 치워지다 만 진창길 여기저기에 사람들이 쓰러
져 있었다. 겁에 질린 사람들의 비명소리와 사나운 군견들의 짖
는 소리가 홀 안으로 쏟아져 들어왔다. 눈이 쌓인 거리는 피에
물들고 있었다. 나도 모르게 손에 힘이 들어갔다. 손바닥에 쓰라
린 통증을 느낀 뒤에야 나는 나이프들을 바닥에 떨어뜨렸다. 길
게 일직선으로 베인 손바닥에서 피가 배어나왔다. 그것은 현실
이 아니었다. 현실일 수가 없었다. 나는 피가 밴 손바닥에서 눈
을 떼 다시 창밖을 바라보았다. 살육의 현장을 목격하며 마치 내
가 총에 맞은 것처럼 가슴 밑바닥에서부터 날카로운 비명이 터
져 나왔다.

누군가 뒤에서 손으로 내 입을 틀어막았다. 나는 몸을 비틀며 그 손을 떼어내려 했다. 슐츠 씨는 나를 꼭 붙들고 놓아주지 않았다. 얼굴이 하얗게 질린 그가 나를 응시하며 고개를 세차게 가로저었다.

"조용히 해, 이레네!"

그는 황급히 커튼을 닫고 나를 창가에서 끌어내려 했다.

"어떻게 저럴 수가 있죠?" 나는 울부짖었다. 극도로 흥분한 상태에서 나는 다시 커튼을 젖히고 밖을 내다보려 했다.

그는 내 손목을 꽉 붙들고 부릅뜬 눈으로 나와 시선을 맞추었다. "이러면 안 돼요, 이레네. 이건 못 본 거에요."

"하지만 사람들이……."

"아무에게도 얘기해선 안 돼요. 울지 마요. 이러면 유대인을 동정한다는 의심을 받게 된다고요."

나는 그의 눈을 쳐다보았다. 그가 하는 말이 이해가 되지 않았다.

"이레네, 유대인에게 동정적인 사람들은 큰 화를 당해요. 무슨 말인지 알겠어요? 아주 큰 화를 당한다고요."

천천히, 아주 천천히 나는 고개를 끄덕였다. 목이 경직되어 잘 움직이지 않았다.

슐츠 씨는 긴장된 표정으로 출입문 쪽을 바라보았다. 내 손목을 붙잡고 있는 그의 손이 부들부들 떨리고 있었다. 그의 숨소리는 고르지 않았다.

"오늘은 일을 그만하는 게 좋겠어요." 그가 나지막이 속삭였다. "이만 퇴근하세요. 아파서 일찍 갔다고 할 테니까. 하지만 내일은 정시에 출근해야 해요. 그리고 오늘 일은 아무에게도 말해선 안 돼요. 자, 어서 가요."

그는 문 쪽으로 나를 떠밀었다. "어서 가라니까요."

"유대인 문제"에 대한 그들의 해결방식을 참담하게 목격한 뒤 나는 집으로 돌아갔다.

바다의 물 한 방울

나는 다음날 출근해서 슐츠 씨를 쳐다볼 수가 없었다. 비록 착하고 친절한 사람이었지만 그 역시 독일인이었다. 그 상반된 정체성을 머릿속에서 일치시킬 수가 없었다. 너무나 서글프고 혼란스러워서 나는 아무 말도 할 수 없었다. 기계처럼 일과를 시작했지만 오전 내내 온몸이 바늘에 찔리는 것처럼 따끔거렸다. 마치 호텔 뒤에 있는 게토가 내게 말을 거는 것 같았다. 나는 무엇인가 해야 했다.

점심식사 시간이 지나고 청소와 뒷정리를 하다가 나는 우연히 주방이 비어 있는 것을 발견했다. 기회였다. 나는 음식물 쓰레기가 담긴 양동이를 들고 건물 옆쪽 출입구를 통해 골목으로 나갔다. 골목은 큰길에서 호텔 옆쪽으로 들어와 뒤편 담장에 가로막혔다. 바로 게토의 담장이었다. 나는 큰길 쪽을 살펴보았다. 지나가는 자동차들과 두꺼운 외투를 걸치고 걸어가는 두 여자의 모습이 보였다. 그러나 좁은 골목 안쪽을 주시하는 사람은 아무도 없었다.

나는 담장 쪽으로 다가갔다. 두꺼운 나무판자로 만들어진 담장은 철조망이 둘러쳐진 채 쇠기둥에 단단히 고정되어 있었고 꼭대기에는 길게 굽어진 대못이 박혀 있었다. 나무판자 틈으로 나는 담장 건너편으로 이어지는 골목길을 볼 수 있었다. 담장 너머의 골목길은 두 동의 공동주택을 끼고 있었다. 나는 다시 한 번 뒤를 돌아보고는 담장 밑의 땅을 살펴보았다. 땅바닥은 추운 날씨에 딱딱하게 얼어 있었다.

나는 에이프런 주머니에서 숟가락을 꺼내 무릎을 꿇은 채 땅바닥을 긁어내기 시작했다. 언 땅이 긁히는 소리가 좁은 골목길에 울리면서 온 신경을 곤두서게 했다. 옆 건물의 창문으로 내다보는 사람은 없었다. 발자국 소리도 들리지 않았다. 인기척은 전혀 없었다.

나는 숟가락을 더욱 단단히 움켜쥐고 계속해서 땅바닥을 긁어 냈다. 이윽고 빵 한 덩어리가 들어갈 만한 크기의 구덩이가 생겼다. 나는 양동이 위를 덮은 감자 껍질을 걷어내고 치즈와 사과가 담긴 작은 상자를 꺼냈다. 그리고는 담장 밑에 상자를 밀어 넣고 재빨리 주방으로 돌아왔다. "유대인을 도와주는 사람은 누구든 사형에 처해질 것이다"라는 경고를 나는 귀에 못이 박히도록 들어왔다. 거리 곳곳에 있는 포스터와 대형 스피커는 끊임없이 경고했다. "유대인을 도와주는 사람은 누구든 사형에 처해질 것이다!"

이튿날 아침 나는 담장 밑을 살펴보았다. 상자는 비어 있었다. 주변을 살피며 다시 상자를 집어들었을 때 내 심장이 요동치는 소리가 골목에 메아리치는 것 같았다. 담장 밑에 음식을 가져다 둔 그 순간부터 나는 스스로를 사형의 위험에 노출시킨 셈이었다. 나는 뒤도 돌아보지 않고 다시 나치 장교들의 음식 시중을 들기 위해 주방으로 돌아왔다.

그날부터 매일 나는 주위의 시선을 피해 밖으로 음식을 가지고 나올 기회를 살폈다. 그것이 바다의 물 한 방울에 불과하다는 사실을 나는 알고 있었다. 그러나 아무것도 하지 않을 수는 없었다. 나는 담장 너머로 사람이 다가오는 것을 한 번도 보지 못했다. 또한 음식을 가져다 둔 다음 결코 주변을 어슬렁거리지도 않았다. 누군가를 보고 싶지도 않았고, 누군가의 눈에 띄고 싶지도 않았다. 위험천만한 일을 하면서도 내가 걱정한 것은 야니나의 안위뿐이었다. 나는 야니나를 책임져야 했다. 동생까지 위험에 빠뜨릴 수는 없었다.

동생이 일자리를 잃었을 때 내가 갈등한 것도 그 때문이었다. 나는 야니나를 곁에 두고 나와 함께 호텔에서 일하도록 하고 싶었다. 하지만 동생이 나의 비밀과 나치 장교들이 나누는 대화의 내용에 대해 알게 되는 상황 또한 피하고 싶었다. 나는 두 개의 선택 가운데 무엇이 차악인지 고민했다.

그러던 중 내가 마음을 굳히게 된 계기가 생겼다. 성탄절 며칠 후 코즈워바 구라에 살던 이웃이 헬렌 이모의 집을 불쑥 찾아왔다. 페터는 독일군 제복을 입고 있었다. 그는 독일군에 징집되어 전선으로 가는 길이었다. 군복을 입은 그의 모습에 가슴이 무너지는 것 같았지만 나는 무엇보다 가족의 소식이 궁금했다. 페터는 내게 편지 한 통을 내밀었다. 나는 편지를 읽고 물어볼 것이 더 있을지 몰라 어두운 표정을 짓는 그에게 잠시만 기다려 달라고 부탁했다.

"물어봐야 좋은 대답은 못 들을 거야." 그는 부르튼 손으로 담배에 불을 붙이며 나지막이 말했다.

나는 현관문 앞에 서서 얼음처럼 차가운 바람을 맞으며 편지를 읽었다. 편지지가 너무 얇아 잉크는 번져 있었고 편지지 여기저기가 펜촉에 찢겨져 있었다. 나는 양손으로 편지지를 잡고 빠른 속도로 편지를 읽어 내려갔다. 글씨들이 자꾸만 눈물에 흐려졌다.

"우리 가족은 모두 함께 있다. 하지만 아이들은 도자기 공장에 진흙을 퍼 나르는 일을 하고 있다…… 우리는 폴란드인을 뜻하는 'P'자가 박힌 완장을 차고 있어야만 한다…… 독일인들은 아버지가 이곳을 떠나는 것을 허락하지 않고 있다. 전쟁이 끝날 때까지 너희를 다시 만나지 못하게 될까 두렵다."

춥고 젖은 진흙탕에서 짐승처럼 일하고 있을 동생들 생각에 목이 멨다. 나는 덜덜 떨리는 턱을 한 손으로 꾹 눌렀다.

"이제 가봐야 해." 페터가 말했다.

나는 그의 팔을 잡았다. "우리 가족들을 직접 만나봤어? 가족들은 모두……."

"가족들은 모두 무사해. 그만 갈게."

돌아서는 그를 바라보며 나는 옷깃을 움켜쥐었다. 울타리의 문이 쾅 닫혔다.

이제 선택은 분명해졌다. 나는 야니나를 곁에 두어야 했다. 우리 둘이 떨어지게 되는 일은 결코 있어서는 안 되었다. 나와 함께 일하게 된다면 아마도 동생이 다른 곳으로 끌려가는 일은 막을 수 있을 것 같았다. 다음날 나는 슐츠 씨에게 야니나가 얼마나 부지런하고 꼼꼼한지를 설명하며 동생이 호텔에서 일할 수 있게 해달라고 부탁했다. 장교식당 운영에 관한 모든 권한을 가지고 있던 그는 흔쾌히 내 부탁을 들어주었다. 그렇게 해서 1942년 첫날부터 야니나는 나와 함께 장교식당에서 일을 하게 되었다. 동생은 내가 담장 아래에 음식을 가져다 두는 동안 망을 보는 역할도 맡아 주었다.

슐츠 씨로부터 탄약 공장과 인근 부대가 곧 동부로 이동 배치될 것이라는 얘기를 들은 것도 그 즈음이었다. 전선은 러시아 영토 안으로 깊숙이 들어가고 있었고 독일은 그 기회를 놓치지 않으려 했다. 탄약 공장과 지원 부대가 전선 쪽으로 이동함에 따라 우리도 그들을 따라가야 했다. 나는 동생이 나와 함께 일하고 있다는 사실에 새삼 안도했다. 우리는 함께 움직일 수 있었다.

이른 봄에 이동이 예정되었다. 목적지는 테르노폴이었다. 슐츠 씨가 우리가 이동할 지역을 말해 주었을 때 나는 내 귀를 의심했다. 내가 그토록 벗어나려고 몸부림쳤던 테르노폴로 다시 돌아가게 된 것이다! 물론 그곳에서 나를 괴롭히던 사람들을 두려워할 필요는 없었다. 그 지방은 이제 독일의 수중에 들어와 있었다. 하지만 그 지독한 아이러니에 나는 웃어야 할지 울어야 할지 몰랐다. 봄이 다가오고 있었다.

한편 부대와 탄약 공장의 이전이 준비되는 동안 식당을 찾는 장교들의 수는 점점 늘어났다. 뤼게머 소령은 매일 새로운 탄약 공장이 지어지고 있는 동부 지역에서 보고서가 도착하기를 기다렸다. 식당은 공장의 기계음처럼 시끌벅적한 장교들의 대화로 활기가 넘쳤다.

이따금 저녁식사 시간에 식당을 가득 메운 장교들의 대화는 누군가 베를린의 연설을 듣기 위해 라디오를 트는 순간 일제히 중단됐다. 히틀러의 목소리가 식탁 위의 접시와 찻잔들을 우박처럼 때리기 시작하면 야니나와 나는 재빨리 눈짓을 주고받으며 빈 접시들을 들고 조용히 주방으로 들어갔다. "제3제국의 적 볼셰비키는 분쇄될 것이다!" 광기 어린 목소리가 울려 퍼졌다. "볼셰비키의 동맹인 유대인들은 우리 독일 군대의 군홧발에 무참히 짓밟힐 것이다!"

그의 연설은 괴기스럽기만 했다. 그것은 미친 사람이 내뱉는 침과 토사물이라고밖에 할 수 없었다. 하지만 독일군 장교들은 홀의 한쪽 벽에 붙어 있는 히틀러의 초상화를 바라보며 마치 신의 계시를 받는 것처럼 미동도 하지 않은 채 라디오 연설을 경청했다. 나는 그들의 총탄에 쓰러진 유대인들을 생각했다. 나는 독일군 장교들이 힘없는 노인들과 아이들이 딸린 여자들 그리고 식솔들을 먹여 살리느라 생업에 바쁜 남자들을 어떻게 적으로 간주하게 되었는지 이해가 되지 않았다.

하지만 그들은 분명 그렇게 믿고 있었다. 3월 어느 아침 출근 길, 동생과 나는 무너진 담장 너머 여러 대의 불도저들이 그르렁 거리는 굉음을 내며 게토를 쓸어내고 있는 광경을 목격했다. 벽 돌 조각들과 부서진 창틀이 나뒹구는 가운데 찢어진 모자와 가 방, 은촛대와 온갖 집기들이 여기저기에 흩어져 있었다. 우리는 아무것도 못 본 척 걸음을 재촉했다. 어느 게슈타포 요원이 뼈다 귀를 지키는 개 한 마리처럼 골목길 주변을 어슬렁거리고 있었 다. 나는 동생의 손을 꼭 쥐었다. 동생은 충격과 슬픔으로 새파 랗게 질려 있었다. 나는 마치 소중한 사람을 잃은 듯한 감정에 휩싸였다. 거리의 모퉁이에 설치된 대형 스피커에서는 우렁찬 목소리가 울려 퍼지고 있었다. "이 도시는 이제 유대인이 없는 청정지역입니다!"

하지만 그것은 새가 아니었다

부대를 따라 우리가 이동해야 할 시기가 다가왔을 때 나에게 라돔은 이미 견딜 수 없을 정도로 숨 막히는 도시가 되어 있었다. 유대인에 대한 히틀러의 계획이 무엇인지는 바보가 아닌 다음에야 누구라도 알 수 있었다. 폐허가 된 게토는 매일 그 상처를 적나라하게 보여 주었다. 이따금 동생과 나는 잠자리에 누워 오래 전 유대인 친구들과 나눈 추억들을 떠올렸다. 늦은 밤 유대인 친구의 집에서 열린 파티에 가기 위해 몰래 집을 빠져나갔다가 부모님께 혼이 났던 일, 아버지가 일하시던 도자기 공장 근처의 연못가에서 서로를 물에 빠뜨리며 장난을 치던 일이 새록새록 떠올랐다. 다비드, 아론, 라헬, 루스. 유대인이었던 친구들은 우리와 다를 게 없었다. 잠 못 이루는 늦은 밤, 우리는 그 친구들이 적으로 간주되는 상황이라면 우리의 운명 역시 다를 게 없으리라는 것을 예감했다. 우리라고 무엇이 달랐겠는가? 게토를 하나씩 쓸어내며 유대인들을 말살하고 나면 히틀러의 다음 표적은 우리 폴란드인이 될 게 뻔했다.

헬렌 이모에게 작별을 고하는 마음은 무거웠지만 라돔에는 남겨둘 미련이 없었다. 그렇다고 다른 곳에는 더 나은 삶이 있으리라 생각하지도 않았다. 테르노폴의 탄약 공장이 완공되지 않았기 때문에 우리는 우선 르보프로 이동했다. 비록 계획에 차질이 빚어졌지만 조금이라도 전선과 가까워질 필요가 있었던 것이다.

동생과 나는 짐을 쌌다. 가방 하나에 우리 두 사람의 짐이 모두 들어갔다. 길게 행렬을 이룬 트럭이 곳곳에 구덩이가 파인 도로를 달리는 동안 우리는 눈앞에 펼쳐진 시골 풍경을 바라보았다. 길가엔 노란 미나리아재비, 파란 물망초, 분홍빛 앵초꽃이 밭고

야니나와 이레네, 1941년, 라돔.

랑으로 넘어가는 4월의 길섶에 흐드러지게 피어 있었다. 하지만 상당한 면적의 밀밭은 농부들이 징병이나 피난을 떠나며 버려져서 경작이 되지 않고 있었다. 여느 해 같으면 풍요로운 들판에 레이스가 달린 스카프처럼 아지랑이가 피어오르고 있었겠지만, 너른 들판에서 밀이 자라고 있는 곳은 찾아보기 힘들었다. 가을이 되면 식량난이 심해지리라는 사실은 불을 보듯 뻔했다. 하지만 굶게 될 이들은 결코 독일인들이 아님을 나는 잘 알고 있었다.

르보프에 마련된 시설 역시 호텔을 개조한 건물이었다. 전선이 더 가까워진 만큼 직원들의 수도 늘어났다. 나는 온종일 식당에서 숨 돌릴 틈도 없이 뛰어다녔다. 야니나는 장교들이 사용하는 객실을 담당했다. 매일 바쁜 일상이 계속되는 가운데 5월 5일, 내 생일이 여느 날과 다르지 않게 지나갔다. 다만 그날 야니나가 안겨준 라일락 한 다발을 주방에 꽂아두고 나는 향기로운 옛 기억에 잠시 빠져들었다.

이제 나는 스무 살이었다. 그러나 마치 살아온 날들의 절반을 전쟁 가운데 보낸 노인처럼 지쳐 있었다. 나는 끔찍한 일들을 목격했으며 그러한 끔찍한 일들을 직접 겪기도 했다. 독일군 장교들이 내게 무례하고 음탕한 농담을 던질 때나 뼈만 앙상하게 남은 아이를 길에서 마주칠 때 나는 증오와 적개심으로 치를 떨었다. 내가 목격한 일들, 내게 일어난 일들 그리고 주변에서 매일 일어나는 일들은 옳지 못했다. 결단코 옳지 못했다! 하지만 나는 상대적으로 안전했다. 매 끼니 잘 먹었고 동생도 곁에 있었다. 나는 대부분의 사람들이 나보다 훨씬 힘든 처지에 있음을 알고 있었다. 내가 그토록 큰 분노를 안고 살았을진대 내가 누린 알량한 행운조차 없었던 사람들은 어떤 감정을 느끼고 있었을까? 폴란드에서 행해진 모든 악은 땅을 오염시키고 공기를 더럽히고 물을 탁하게 만드는 독극물과 다를 게 없었다. 폴란드에 흘러넘치는 증오의 기운을 생각할 때마다 나는 풀잎이 여전히 푸르고 파란 하늘 아래 나뭇잎이 여느 봄처럼 무성한 풍경이 믿기지 않았다.

하지만 자연은 그대로였다. 그것이 전쟁의 아이러니였다. 인간이 등을 돌릴 때에도 자연은 배반을 하지 않았다. 나는 고운 봄날에 벌어지는 끔찍한 악몽들을 목격했다. 진흙탕에서 어린아이가 죽어가는 순간에도 작은 새 한 마리는 나뭇가지 사이를 파르르 날아다니며 조그만 부리를 앙증맞게 나무껍질에 비벼댈 수 있는 것이었다.

가끔 짬이 날 때 나는 성당을 찾았다. 어느 일요일, 야니나와 나는 미사를 마치고 나오며 신자들과 가벼운 눈인사를 주고받았다. 그 중에는 어머니를 모시고 성당을 나서는 젊은 폴란드 여자도 있었다. 성당을 나와 집으로 가는 길에 그 모녀도 같은 방향으로 가고 있음을 발견한 우리는 날씨 애기로 말을 걸며 가벼운 대화를 주고받았다. 공원의 작은 연못에 이르러 그녀는 자신을 소개했다.

"제 이름은 헬렌 바인바움이에요. 이분은 저의 어머니세요."

"Dzień dobry.(안녕하세요.)" 야니나는 밝은 미소로 인사를 건넸다. "만나서 반가워요. 저는 야니나 구토브나이고, 이쪽은 저의 언니 이레네예요."

"폴란드어로 이야기를 하니까 좋네요." 나도 미소를 지어 보이며 말했다. "저희는 독일인들이 북적대는 곳에서 일을 하는데, 독일어는 무슨 말을 해도 왜 그렇게 딱딱하게 들리는지 모르겠어요."

"르보프에서 오래 사셨나요?" 야니나가 물었다.

헬렌과 그녀의 어머니가 무거운 표정으로 서로를 쳐다보았다. 헬렌은 어머니의 등을 가볍게 토닥거렸다.

"아뇨. 원래 크라스노에서 살았어요. 그런데 아버지께서…… 아버지께서 게슈타포에게 잡혀서 목숨을 잃으셨어요. 누군가 독일군 지휘관 차량의 타이어를 송곳으로 찔렀다고 그 앙갚음을 아무 상관도 없는 사람한테 한 거죠. 제 남편은 이곳에서 가까운 유대인 강제수용소에 갇혀 있어요. 수용소측에 면회 신청을 하고 있는데 아직까지 허가가 나지 않네요."

헬렌은 자신의 가족에게 일어난 일들을 이야기하며 낮게 드리운 가지에서 나뭇잎을 하나씩 따서 연못에 떨어뜨렸다. 연못의 수면에 작은 물결이 퍼져 나갔다. 그녀가 남편과 함께 잡혀가지 않은 것을 두고 행운이라 해야 한다면 행운이라 할 수도 있었다. 헬렌은 유대인이 아니었다. 하지만 그녀는 차라리 자신이 유대인이기를 바랐다. 강제수용소일지언정 남편과 함께 있을 수 있었기 때문이다.

야니나와 나도 우리가 겪은 불행과 어떻게 해서 르보프까지 오게 되었는지를 이야기했다. 그 시절 모든 폴란드인들은 저마다 가슴 아픈 사연 하나씩을 가지고 있었다. 모든 폴란드인이 그랬다. 서로의 사연을 들으며 우리는 동병상련의 심정을 갖게 되었다. 남남으로 대화를 시작했지만 우리는 그날 좋은 친구가 되어 헤어졌다. 동생과 나는 시간이 날 때 르보프 외곽에 있는 헬렌 모녀의 집을 방문하기로 약속했다. 먹을 것이 부족해 고통 받고 있는 그들을 위해 음식도 챙겨 가기로 했다.

우리는 몇 차례 그들의 집을 찾아갔고 나는 언니를 새로 얻은 기분이 들었다. 우리 셋은 마치 전쟁 따위는 처음부터 있지 않았다는 듯이 웃고 떠들었다. 하지만 우리의 대화는 항상 어느 대목에선가 헬렌으로 하여금 자신의 남편을 떠올리게 했고, 그녀의 웃음은 그 순간 침묵으로 바뀌곤 했다.

여름이 다가오면서 상당수의 장교들과 독일인 여비서들이 테르노폴로 전출되었고, 그만큼 우리의 일은 줄어들었다. 우리는 새로 사귄 친구들과 더 많은 시간을 보낼 수 있었다. 6월 어느 일요일, 헬렌 모녀의 집을 찾은 우리는 그들이 거의 공황 상태에 빠져 있음을 발견했다. 나치 친위대가 강제수용소의 유대인들을 인근 마을로 끌고 갔다는 소문을 들은 것이었다. 헬렌은 남편을 찾으러 직접 가보겠다면서 우리에게 같이 가줄 수 있는지 물었다.

야니나와 나는 조금도 망설이지 않았다. 우리 네 사람은 지나가는 농부의 마차를 얻어 타고 버스 정류장이 있는 시내로 들어갔다. 정류장에는 수십 명의 사람들이 버스를 기다리고 있었다. 사람들이 수군거리는 소문이 마치 소매치기처럼 조용히 군중들 틈을 돌아다녔다. 처음에는 몇 개의 단어만 토막토막 들렸다. 수용소, 갑자기, 모두, 군인들, 처형. 그리고는 몇 개의 단어가 묶

여서 들렸다. 회당을 불태웠대요. 사람들을 쐈대요. 베를린에서 떨어진 명령이. 단어와 단어들이 점차 퍼즐조각처럼 맞추어지고 있었다. 한 여자가 울음을 터뜨렸다. 또 다른 여자는 하늘을 올려다보며 목놓아 하느님을 불렀다. 헬렌은 아무 말 없이 버스가 올 방향만 쳐다보고 있었다. 그녀는 어머니의 손을 꼭 잡고 있었다. 그녀의 남편이 어디에 있든 그가 위태로운 상황에 처해 있다는 사실은 분명했다. 그는 친위대의 손아귀에 들어가 있었다. 운이 좋으면 그를 찾을 수도 있겠지만 찾지 못할 수도 있었다.

모두들 어떤 상황이 우리를 기다리고 있을지 불안해하고 있었다. 마침내 버스가 오자 사람들은 우르르 버스에 올라탔다. 만원이 된 버스는 곧 출발했다.

버스에 탄 사람들은 모두 말이 없었다. 할 말이 없었다. 목적지에 도착하자 사람들은 모두 버스에서 내려 뜨겁게 달아오른 도로를 따라 마치 성당 마당에서 날아오르는 한 무리의 참새들처럼 조용히 한 방향으로 걸어갔다.

마을 한복판의 광장 전체가 철책에 둘러싸여 있었다. 수용소에서 끌려온 수백 명의 사람들이 유대인임을 표시하는 노란색 완장을 찬 채 철책 안에 갇혀 있었다. 우리가 도착했을 때에도 수십 명의 남자와 여자, 아이들이 트럭에서 내리고 있었다. 친위대원들은 공포에 질려 있는 사람들을 분류하고 있었다. 한쪽에는 여자와 아이들, 다른 한쪽은 노인들, 그리고 젊은 남자들은 대기하고 있던 여러 대의 트럭에 다시 태워지고 있었다. 철조망 바깥쪽에는 친위대원들에게 떠밀리는 유대인들 사이에서 사랑하는 이를 찾으려 발을 동동 구르며 그들의 이름을 애타게 부르는 사람들이 있었다.

"남편이 안 보여요! 어떻게 찾죠?" 헬렌이 울부짖었다. 그녀는 까치발을 딛고 철조망 너머 여기저기를 살펴보고 있었다.

갑자기 몇 명의 친위대원들이 철조망 쪽으로 다가왔다. "Raus! Raus verfluchte Schweine!(꺼져! 꺼져, 이 돼지들아!)" 그들 중 하나가 허공을 향해 소총의 방아쇠를 당겼다.

철조망 앞에 바짝 붙어 있던 사람들이 일제히 비명을 질렀다. 우르르 흩어지며 넘어지는 사람들 위로 다른 사람들이 연이어 넘어졌다. 그 와중에도 철조망 앞에서 물러나지 않는 사람들도 있었다. 허공에 총을 쏘아대던 친위대원이 우리 쪽을 향해 총구를 겨누었다. 우리는 겁에 질려 달아나기 시작했다. 하지만 몇 걸음 뛰기도 전에 뒤에서 야니나가 다급하게 외치는 소리가 들렸다.

"언니, 발목을 접질렸어!" 야니나가 고통에 일그러진 얼굴로 소리쳤다.

헬렌과 나는 야니나를 부축했다. 우리 네 사람은 이리저리 도망치는 사람들 사이로 여러 골목길들 가운데 하나를 향해 뛰었다. 골목 안으로 뛰어들자마자 문이 반쯤 열린 집이 보였다. 나는 한쪽 어깨로 문을 밀쳤다. 우리 네 사람은 재빨리 안으로 들어갔다.

우리는 집의 내부를 살폈다. 사람이 살지 않는 집이었다. 가구는 모두 부서져 있었고 접시와 유리잔들은 산산조각이 난 채 바닥에 흩어져 있었다. 벽에는 한때 그림과 사진 액자들이 걸려 있었음을 보여 주는 네모난 얼룩들이 군데군데 남아 있었다.

"유대인들이 살던 집이었을 거예요." 헬렌이 주위를 돌아보며 말했다. "전부 쓸어갔어요."

밖에서 사람들의 비명과 발자국 소리가 더 크게 들리기 시작했다. 우리는 숨을 죽인 채 계단을 올라 광장이 보이는 2층 침실로 들어갔다. 절뚝거리며 창가에 다가선 야니나는 창문 옆에 몸을 숨기고 광장을 살펴보았다. 우리도 창문 옆으로 조심스럽게 다가갔다. 모두 입을 꾹 다물고 있었지만 거친 숨소리가 방 안 가득 쿵쿵 울리는 것 같았다.

친위대원들이 철책 안에 있는 유대인들을 향해 총을 겨누고 있었다. 줄지은 총신들이 햇빛에 반짝였다. "Raus, Schweinhundjude! Schnell! Schnell!(밖으로 나가, 유대인 돼지들아. 빨리! 빨리!)"

친위대원들은 철책 문을 열고 밖으로 유대인들을 내몰면서 무자비한 폭력을 휘둘렀다. 지팡이를 짚고 힘겹게 걸음을 옮기던 노인에게 친위대원 한 명이 다가서더니 그 자리에서 방아쇠를 당겼다. 여자들은 무차별적인 폭력으로부터 아이들을 보호하기 위해 안간힘을 썼고, 남자들은 연로한 아버지들을 필사적으로 감싸 안았다. 하지만 누군가 넘어지는 곳에선 어김없이 총성이 울렸다. 많은 사람들이 총을 맞고 쓰러졌다.

숨이 멎을 것 같은 공포를 느끼며 우리는 이 광경을 지켜보았다. 마치 온몸이 마비된 것처럼 창가에서 한 걸음 물러설 수조차 없었다. 울음을 그치지 않는 아기를 필사적으로 달래고 있는 젊은 여자에게 나이가 지긋한 랍비가 도움을 주려고 다가서는 순간 세 사람 모두 총을 맞았다. 옛 군복을 입은 수염이 희끗희끗한 남자가 절뚝거리며 친위대원들 앞을 지났으나, 그 역시 걸음이 느린 이들이 맞는 운명을 피하지 못했다. 광장에 쓰러진 사람들 위로 햇살이 내리고 피가 흥건한 바닥에는 먼지가 앉았다.

우리 네 사람은 흐르는 눈물을 주체할 수 없었다. 헬렌은 무릎에 얼굴을 파묻고 흐느꼈다. 그녀의 어머니도 딸을 안은 채 눈물만 뚝뚝 흘렸다. 야니나는 고개를 돌렸다. 하지만 나는 광장에서 시선을 떼지 않았다. 장교 하나가 무엇인가를 공중에 던져 올렸다. 시간이 정지한 것 같았다. 날아오르지 못하는 그 새를 향해 장교는 권총의 방아쇠를 당겼다. 울부짖는 어머니의 눈앞에서 새는 땅바닥에 떨어졌다. 장교는 그 어머니도 쐈다.

하지만 그것은 새가 아니었다. 그것은 새가 아니었고. 새가 아니었다.

광장에서 내몰린 유대인들의 행렬이 큰길 쪽으로 사라진 뒤 우리는 그 집에서 빠져나왔다. 시신들을 실은 트럭들도 이미 광장을 빠져나가고 없었다. 바닥에 피가 엉겨 붙기 시작한 광장에 파리 떼가 몰려들었다. 숲속에서 길을 잃고 겁에 질린 아이들처럼 우리는 아주 작은 소리에도 흠칫흠칫 놀라며 건물의 그늘을 따라 황급히 발걸음을 옮겼다. 경악과 공포로 가슴이 방망이질 쳤다. 우리는 아무 말도 하지 않았지만 서로 약속이나 한 듯 유대인들이 끌려간 방향을 향해 걷기 시작했다. 친위대가 그들을 어디로 끌고 갔는지 확인해야만 했다.

하지만 마을 외곽에 이르기도 전에 총성이 들리기 시작했다. 우리는 가까운 헛간으로 뛰어가 몸을 웅크렸다. 총성이 들릴 때마다 마치 우리가 총을 맞은 것처럼 온몸이 움찔했다. 총성은 오래—아주 오래—이어졌다. 마침내 총성이 멎었다. 우리는 버스 정류장을 향해 발걸음을 돌렸다. 영혼을 잃은 시체들처럼 우리는 말없이 길을 걸었다.

우리는 눈앞에서 벌어진 일에 대해 아무 말도 할 수 없었다. 그 이야기를 입에 올린다는 것 자체가 신성모독보다 더 사악한 일로 여겨졌다. 우리가 목격한 광경은 너무나 끔찍한 나머지 죽음 같은 신성함을 띠었다. 그것은 악의 기적이었다. 우리가 목격한 일을 말로 옮긴다는 것은 불가능했다. 우리는 아주 오랜 시간이 지난 뒤에야 사람들에게 그 일을 조심스럽게 이야기할 수 있었다. "들어보세요. 인간이 저지를 수 있는 가장 끔찍한 악에 대한 이야기예요."

나이도 어린 아가씨가

8월이 되었다. 독일은 동쪽으로 거침없이 진격했고, 스탈린그라드에서는 치열한 전투가 벌어졌다. 탄약 공장이 완공됨에 따라 우리는 테르노폴로 이동했다. 새 공장은 매주 트럭 수십 대 분량의 포탄을 만들어냈다. 하레스-크라파 파크 또는 HKP라는 통칭으로 불린 공장과 부속건물들은 세 블록을 차지할 만큼 규모가 컸다. 장교 숙소로 개조된 4층짜리 호텔의 1층에는 장교식당과 작은 바, 그리고 부속 조리실과 휴게실이 있었다. 또 다른 건물 한 동은 장교들의 사무실에서 일하는 독일인 여비서들의 숙소로 사용되었다. 그 건너편에는 공장에서 근무하는 사병들의 막사가 있었으며, 바로 옆에 취사장과 사병식당이 붙어 있었다. 그 오른편에 병기 수리시설이 있었고, 왼편에는 세탁과 의복 수선을 하는 1층짜리 작업장 건물이 있었다. 공장은 부속건물들의 맞은편에 위치해 있었고, 일정한 간격으로 경비초소가 설치된

HKP의 장교 숙소 건물과 정문의 일부, 1942년, 테르노폴.

긴 담장이 이 모든 시설물들을 에워싸고 있었다. 야니나와 나는 본관 1층 조리실 옆에 있는 작은 방을 함께 사용했다.

이전과 마찬가지로 나는 주로 장교식당과 주방에서 일을 했고, 야니나는 여비서들이 사용하는 숙소를 담당했다. 특별 메뉴를 제외한 음식들은 사병식당의 취사장에서 커다란 냄비와 접시에 담겨 장교식당으로 옮겨졌다. 장교식당의 부속 조리실에서 나는 음식 준비와 설거지를 했다. 매 식사시간마다 적어도 서른다섯 명의 장교들이 식사를 했고, 그보다 많은 수가 식당을 찾는 경우도 있었기 때문에 슐츠 씨와 나는 온종일 숨 돌릴 틈 없이 바쁘게 움직여야 했다. 짬이 날 때마다 나는 동생의 일을 돕기도 했다. 그런데 슐츠 씨는 내게 한 가지 일을 더 맡겼다. 장교들과 여비서들의 옷을 세탁하고 수선하는 작업장 일을 감독하라는 것이었다.

공장과 마찬가지로, 세탁실도 인근 수용소에서 동원한 유대인들의 노동력을 이용했다. 유대인들은 매일 아침 트럭에 태워져 들어왔다가 일을 마치면 인원 점검을 거쳐 수용소로 돌려보내졌다. 작업 감독을 맡은 첫 날, 나는 세탁실에서 열두 명의 남녀 유대인들을 만나게 되었다.

나를 독일인이라 생각하고 경계의 눈빛을 보내는 그들을 안심시키기 위해 나는 무척 애를 썼다. 전쟁 전까지 그들은 남부럽지 않은 지위를 가지고 있었다. 남자들은 사업가와 의대생, 변호사 출신이었고, 여자들 가운데에는 의상 디자이너와 간호사 출신도 있었다. 그들 대부분이 폴란드로 강제 이주되기 전까지 독일에 거주하고 있었다. 그들 중 일부는 테르노폴 게토에 가족들이 살고 있었지만 서로 생사조차 확인할 길이 없었다. 강제수용소의 삶은 비참함 그 자체였다.

"온종일 일하고 저녁에 수용소로 복귀한 사람들을 로키타 소령은 몇 시간 동안 막사 앞에 세워 놓기도 해요." 이다 할러가 말했다.

"그렇게 서 있는 상태에서 조금이라도 움직이거나 소리를 냈다가는 흠씬 두들겨 맞으면 다행이고 심한 경우 그 자리에서 총살을 당하기도 합니다." 그녀의 남편 라자르가 말했다.

탈수기의 손잡이를 돌리며 침대 시트에서 물기를 짜내던 팡카 질버만이 말을 이었다. "그래도 우리는 게토에 있는 사람들보다 형편이 나은 거예요. 노역을 감당할 만큼 건강하니까 이곳에서 일할 수 있는 거죠. 물론 로키타의 마음이 언제 바뀔지는 몰라요."

"로키타가 누구죠?" 나는 그들에게 물었다.

헤르쉴 모리스가 문 쪽을 살피며 낮은 목소리로 대답했다. "로키타는 테르노폴에 주둔하고 있는 친위대의 지휘관이에요. 가슴에 심장 대신 얼음이 있는 사람입니다."

불안감이 엄습하며 내 시선도 자연스럽게 문 쪽을 향했다. "상황을 봐가면서 제가 먹을 것을 조금씩 갖다 드릴게요. 빨래 바구니에 숨겨올 수 있을 것 같아요." 나는 여러 해 동안 제대로 먹지 못해 바싹 야윈 그들을 바라보며 말했다. "제가 여러분을 돌봐드릴게요."

구부정한 어깨에 어두운 표정을 지닌 모제스 슈타이너가 냉소적인 어조로 말했다. "나이도 어린 아가씨가 뭘 하시겠다고요?"

"슈타이너!" 이다가 그를 쏘아보았다.

나는 슈타이너의 팔에 손을 얹고 그가 나를 쳐다볼 때까지 기다렸다. 그는 마지못해 고개를 들어 내 눈에 시선을 맞추었다.

"저를 믿으세요." 나는 그를 똑바로 쳐다보며 말했다. "제가 돌봐드릴게요."

나는 그들이 나로 인해 용기를 얻었으면 하는 마음으로 세탁실을 빠져나왔다. 하지만 문을 닫고 밖으로 나오자마자 맥이 탁 풀렸다. 슈타이너의 말이 옳았다. 나는 적의 수중에 있는 나이 어린 아가씨에 불과했다. 내가 뭘 할 수 있을까?

그날 저녁 나는 뤼게머 소령의 테이블에 음식을 나르다가 처음 보는 친위대 장교가 그와 대화를 나누는 모습을 발견했다. 그 장교가 접시를 들고 다가서는 나를 향해 고개를 돌리는 순간 나는 그의 모습에 압도되고 말았다. 윤이 나는 금발과 푸른 하늘빛

같은 눈을 가진 그는 내가 그때까지 보았던 남자들 가운데 가장 빼어난 외모를 가지고 있었다. 그는 서른 살쯤 되어 보였다.

"구트 양, 안녕하십니까?" 뤼게머 소령이 정중하게 인사를 했다. 그는 코를 한번 풀고 포크를 집어 들었다. "로키타 소령을 처음 보시죠?"

그 순간 숨이 턱 막히는 것 같았다. "아, 안녕하세요?" 나는 말을 더듬으며 접시를 조심스럽게 내려놓았다. 나는 로키타 소령과 눈을 마주치지 않기 위해 그의 팔에 있는 십자만장에 시선을 고정했다. 그러다 그의 손가락에 히틀러로부터 하사받은 친위대 명예 반지가 끼어져 있는 것을 발견했다. 나도 모르게 온몸이 부들부들 떨렸다.

"뤼게머 소령이 이렇게 예쁜 아가씨를 데리고 있는 줄은 몰랐네요." 로키타 소령이 말했다. "노인네가 욕심도 많으시지."

"쓸데없는 소리 하지 마시오." 뤼게머 소령이 얼굴을 붉히며 말했다.

나는 마치 품평회에 나온 당나귀 한 마리처럼 어쩔 줄을 모르고 그 자리에 서 있었다. 세탁실의 유대인들이 말하던 그 잔인한 친위대 장교와의 예상치 못한 만남에 나는 당황하고 있었다.

"구트 양, 잡아먹지 않을 테니 긴장하지 말아요." 로키타 소령이 빙긋 웃으며 말했다.

소름이 확 끼쳤다. 이 자가 내게 호감을 보이는 걸까? 내 얼굴이 달아오른 것이 자신에게 반했기 때문이라고 생각하는 걸까?

"소령님, 이만 실례하겠습니다. 다른 테이블에 음식을 날라야 해서요."

나는 광기어린 표정으로 홀을 내려다보는 히틀러의 대형 초상화 앞을 지나 조리실로 들어갔다. 슐츠 씨는 포도주와 음식을 바쁘게 준비하고 있었다. 나는 말로만 듣던 그를 만났고, 헤르쉴 모리스의 말처럼 그는 얼음으로 된 심장을 가진 사람으로 보였다. 그의 푸른 눈은 더할 수 없이 차가웠다. 그의 손가락에 끼워져 있는 반지는 그의 영혼을 비추는 거울이었다. 그의 손아귀에 놓여 있다는 것은 만년설에 뒤덮인 산봉우리 바로 밑에 있는 것만큼이나 위험했다. 한 발자국만 잘못 내디뎌도 쏟아져 내리는 얼음에 누구든 가루가 될 수 있었다. 그는 강력한 적이었다. 그는 나의 적이었고, 나는 그의 계획을 어그러뜨릴 생각이었다.

"슐츠 씨, 일손이 달려서 그러는데 혹시 사람을 좀 더 데려올 수 있을까요? 동생이 혼자서 숙소 건물을 담당하기가 너무 힘들다고 해요. 저도 식당과 세탁실 일을 동시에 한다는 게 좀 벅차기도 하고 말이죠."

슐츠 씨는 커다란 에이프런에 손의 물기를 닦고 빠른 손놀림으로 포도주의 마개를 따며 말했다. "소령에게 말해 보죠. 아마 공장에서 인원을 조금 빼올 수 있을 겁니다."

"그러면 정말 좋겠네요." 나는 짐짓 반가운 척을 했다. "세탁실에서 일하는 유대인들에게 쓸 만한 사람들을 추천해 보라고 하는 건 어떨까요? 수용소에서 괜찮은 사람들을 알고 있을 테니까요."

"소령에게 그렇게 부탁할게요."

나는 감자 요리가 담긴 접시들을 쟁반에 올려놓으며 그에게 미소를 지어 보였다. 나는 쟁반을 들고 조리실을 나섰다. 나의 계획은 그렇게 시작되었다.

이틀 후, 열 명의 유대인들이 새로 배정되었다. 모두 세탁실에서 일하는 사람들의 친구 또는 친척들이었다. 나는 그 중 여자 여덟 명을 야니나가 일하는 여비서 숙소 건물로 데리고 갔다.

"이쪽은 야니나에요. 같이 일하면서 여러분을 도와드릴 거예요." 나는 낮은 목소리로 말했다. "항상 바쁘게 일하는 모습을 보이셔야 해요. 일이 없으면 만들어서라도 하세요. 탄약 공장이나 수용소, 아니면 게토에 있는 것보다는 여기가 훨씬 나을 거예요. 맡은 일을 깔끔하고 빈틈없이 처리하시기만 하면 온종일 이곳에서 시간을 보내실 수 있어요. 저희가 음식도 가져다 드릴게요."

"수용소에서 호명이 되었을 때는 정말 눈앞이 캄캄했어요." 그들 중 한 사람이 말했다. "어디로 보내질지 몰라 정말 무서웠어요."

야니나가 그녀의 손을 잡아 주었다. "이젠 무서워하실 필요 없어요. 언니가 여러분을 보살펴드릴 거예요."

나는 야니나에게 미소를 지어 보이고 서둘러 조리실로 돌아와 수용소에서 뽑혀 온 나머지 두 사람, 로만과 소지아에게도 똑같은 주의를 주었다.

슈타이너의 말이 옳았다. 나는 나이 어린 아가씨에 불과했다. 그리고 그 때문에 아무도 내게 주의를 기울이지 않았다. 나는 저녁식사를 하고 있는 장교들 사이를 쉴 새 없이 오갔지만 그들에게 나는 눈에 보이지 않는 하녀일 뿐이었다. 나는 그저 접시를 나르는 두 개의 손에 불과했다. 장교들은 마치 내가 그 자리에 존재하지 않는 것처럼 대화를 나누었다. 나라는 존재는 없었다. 나는 나이 어린 아가씨에 불과했다.

나는 전황에 대해 장교들이 나누는 대화를 엿들었다. 베를린의 소식을 화제 삼아 여비서들이 주고받는 잡담도 놓치지 않았다. 무엇보다도 로키타 소령이 저녁식사를 하면서 뤼게머 소령과 주고받는 이야기에 귀를 기울였다. 내가 로키타 소령에게 반해서 그가 앉은 테이블 주위를 얼쩡거리는 것으로 비쳐진다면 더욱 좋은 일이었다.

"수용소를 효율적으로 관리하는 무슨 비결이라도 있소?" 어느 저녁 뤼게머 소령이 물었다.

로키타 소령은 질문이 가당치 않다는 표정을 지으며 대답했다. "조련하는 거죠. 나는 유대인들을 제대로 길들입니다. 게으름을 피우는 놈이 하나도 없잖아요. 아주 혹독하게 조련을 하는 겁니다."

"문제는 일을 시키는 데 지장이 있을 정도가 되어선 곤란하다는 겁니다." 뤼게머 소령이 빵에 버터를 바르며 말했다. "이 공장이 탄약 생산에 아주 중요한 역할을 하고 있다는 건 알고 있겠죠? 여기에서 일하는 유대인들이 수용소 안에서 학대받는 일은 없기를 바랍니다."

"알겠습니다. 그나저나 이번 주 목요일에 일부 인원이 교체되어 들어오거든 로키타가 게으른 놈들을 잘라 버렸구나 하고 생각하십시오. 그런 놈들은 어차피 공장에도 도움이 안 되잖습니까?"

이튿날 아침 나는 세탁실에서 일하는 사람들에게 그 이야기를 전했다. "내일 아마 무슨 일이 터질 거예요. 사람들에게 이 소식을 퍼뜨려 주세요."

이런 식으로 나는 나의 보잘것없음을 강점으로 바꾸었다. 친위대가 게토에 들이닥칠 것임을 알게 되더라도 내 표정에는 아무런 변화가 없었다. 수용소의 유대인들에게 어떤 가혹한 조치가 계획되고 있음을 바로 옆에서 듣고 있어도 나를 의심하는 사람은 아무도 없었다. 로키타가 식사를 하기 위해 나타날 때마다 나는 그를 깍듯이 대했다. 나는 그가 자신의 테이블 주위를 맴도는 나를 보며 자신의 외모와 막강한 힘에 매료되었기 때문이라고 생각하는 것을 그냥 내버려두었다.

나는 나이 어린 아가씨에 불과했으니까.

로키타

일주일에 세 번 꼴로 로키타 소령은 뤼게머 소령과 저녁식사를 했다. 그는 종종 파견근무를 나갔는데 그의 표현대로라면 인접 지역의 게토를 "청소"하는 것이 그의 임무였다. 그가 맡은 일은 궁극적으로 우크라이나를 유대인이 없는 청정지역으로 만드는 것이었다. 일할 힘이 남아 있는 유대인들은 마지막 한 줌의 노동력까지 모두 착취당한 뒤 어디론가 끌려갔다. 게토의 "잉여" 인원 역시 어디론가 끌려가서 다시는 돌아오지 않았다.

로키타 소령이 뤼게머 소령과 식사를 하며 무심코 흘리는 이야기를 나는 세탁실의 친구들에게 모두 알려주었다. 라자르 할러는 그들을 대표하는 역할을 하며 내게서 얻은 정보를 게토에 전할 방법을 찾았다. 유대인들 사이에 비밀 조직이 구축되어 있음은 분명했다. 보초병들이 가로막고 있었지만 수용소와 게토 사이에는 정보가 오갔다. 이따금 수용소의 유대인들 가운데 일부는 게토에 있는 가족을 방문할 기회를 얻을 수 있었다. 위험이 닥치고 있다는 정보가 전달되면 게토에 있는 유대인들 중 어떤 이들은 위험을 무릅쓰고 게토를 탈출해 숲으로 도망을 치거나 독일군이 들이닥치기 전에 은신처로 숨어들었다.

하지만 이것은 우리가 사전에 정보를 입수했을 때만 가능한 일이었다. 로키타 소령이 자신의 계획을 뤼게머 소령에게 모두 털어놓는 것은 아니었다. 나 역시 그들의 테이블 주위만 맴돌 수는 없었다. 우리가 미처 예상하지 못한 작전이 벌어질 때도 있었다. 그날 세탁실에서 나는 친구들의 눈에 고인 눈물을 보고서야 그 전날 밤 로키타가 게토를 유린했음을 알 수 있었다.

9월 어느 날, 아침식사 뒷정리를 마치고 세탁실에 들렀을 때 나는 할러가 남편의 품에 기대 흐느끼고 있는 모습을 보았다. 다른 사람들은 모두 입을 다문 채 일을 하고 있었다. 모두들 얼굴이 창백했다. 나는 한 사람 한 사람을 살펴보다가 가슴이 덜컥 내려앉았다.

"팡카는 어디 있어요?" 불길한 예감이 들었다.

떨리는 손으로 바느질을 하고 있던 클라라 바우어가 대답했다. "어제 통행증을 받아서 부모님을 만나러 게토에 들어갔어요. 그런데 복귀할 시간이 지나서도 돌아오지 않는 거예요. 아무래도……."

"친위대가 게토에 들이닥친 것 같아요." 아브람 클링거가 말을 잇지 못하는 클라라를 대신해 말했다.

눈앞이 아득해졌다. 나는 기댈 곳을 찾아 손을 뻗어 허공을 더

듦으며 뒷걸음질을 쳤다. 문틀에 부딪치고 나서야 나는 황급히 뒤로 돌아 세탁실을 빠져나왔다. 밖에선 군인들이 농담을 주고 받으며 트럭에 탄약 상자를 싣고 있었다. 깃대 꼭대기에는 나치의 깃발이 미풍에 흔들리고 있었다. 조리실의 창문으로 식기가 달그락거리는 소리와 슐츠 씨의 콧노래가 흘러나왔다.

나는 손바닥으로 뺨을 지그시 누르며 잠시 어지러운 머릿속을 정리했다. 무슨 일이 있어도 팡카 질버만을—아직 살아 있다면—찾아내야 했다. 맞은편 공장 건물의 창문에 9월의 햇빛이 반사되고 있었다. 나는 발걸음을 옮겨 공장 안에 있는 뤼게머 소령의 집무실을 향했다.

"소령님을 당장 뵈어야겠습니다." 나는 그의 독일인 비서에게 말했다.

그녀는 차가운 시선으로 나를 쳐다보았다. "용건이 뭐예요?"

나는 평정을 유지하려 애쓰며 단호한 어조로 다시 말했다.

"소령님을 당장 뵈어야겠다고 했습니다."

문이 열려 있던 소령의 집무실에서 의자가 바닥에 끌리는 소리가 났다. "구트 양? 들어오세요."

내가 사무실 쪽으로 몸을 돌리자 비서는 가볍게 콧방귀를 뀌며 하던 일을 계속했다.

"소령님, 제가 담당하고 있는 유대인 중 한 명이 여비서들의 정장 여러 벌을 수선하는 중입니다. 그런데 게토에 있는 양장점에 들러 특수 재봉틀을 빌려 쓰겠다고 옷을 들고 가서 돌아오지 않고 있습니다."

뤼게머 소령은 안경을 휙 벗더니 인상을 잔뜩 찌푸렸다. 나는
그가 이를 악물고 있음을 턱의 윤곽을 보고 알 수 있었다. "로키
타." 그가 중얼거렸다.

"제가 게토에 직접 가서 그 여자를 찾아 옷을 받아 오도록 허락
해 주셨으면 합니다." 나는 그의 책상 옆으로 다가서며 말했다.

그는 아무 말 없이 일그러진 표정으로 책상만 노려보고 있었
다. 잠시 후 그는 책상 서랍을 열어서 통행증을 한 장 꺼냈다. 서
랍이 닫히기 전에 나는 그곳에 보관된 한 무더기의 통행증을 보
았다. 뤼게머 소령과 로키타 소령의 서명이 나란히 있는 통행증
이었다.

"이걸 가지고 가요." 뤼게머 소령은 통행증에 내 이름을 적으
며 말했다. "너무 오래 지체하지 말아요. 여기에도 할 일이 쌓여
있으니까."

나는 감사의 인사를 남기고 서둘러 세탁실로 돌아갔다. "팡카
부모님의 집이 어디인지 가르쳐주세요." 나는 옷걸이에 걸려 있
는 여러 벌의 잘 다려진 옷을 세탁 바구니에 아무렇게나 쑤셔 넣
었다. 나는 이다가 알려준 길을 머릿속에 그려보면서 휘둥그레
진 눈으로 나를 쳐다보는 유대인 친구들을 뒤로하고 다시 밖으
로 나왔다.

게토까지는 꽤 먼 길이었다. 나는 중간에 두 번 검문을 받았고
그때마다 통행증을 보여 주며 뤼게머 소령의 심부름을 가는 길
이라고 설명했다. 마침내 나는 게토의 입구에 다다랐다. 초소에
근무하는 군인들이 다시 통행증을 요구하며 무슨 이유로 게토에

들어가는지를 물었다.

"뤼게머 소령님의 심부름을 가는 길이에요." 나는 바구니에 담긴 옷을 보여 주며 다급한 목소리로 말했다. "여기에 있는 옷의 마무리 작업을 해줘야 할 사람이 저 안에 있는데요, 소령님께서 빨리 찾아오라고 하셨습니다. HKP에 가서 급히 만들 옷도 몇 벌 더 있어요."

"알겠습니다. 들어가십시오." 그들은 철문을 열어 주었다.

나는 게토 안으로 들어갔다. 거리엔 인적이 없었다. 이따금 커튼 뒤나 그늘 밑에서 미세한 움직임이 감지되었다. 문이 살짝 닫히는 소리도 들린 것 같았다. 하지만 이내 거리는 적막에 휩싸였다. 내 발자국 소리만 건물에 부딪쳐 돌아올 뿐, 거리는 너무나 고요해서 나는 내 심장의 박동 소리까지 들을 수 있었다. 가느다란 나뭇가지를 엮어 만든 바구니 손잡이의 거친 부분이 손끝을 찔렀다. 책 한 권이 펼쳐진 채로 길바닥에 떨어져 있었다. 펼쳐진 책에서 히브리 문자들이 유영하고 있었다.

이다가 가르쳐준 집의 현관문은 열려 있었다. 나는 천천히 안으로 들어갔다. 창문이 모두 닫힌 집의 내부는 어두웠다.

"팡카? 팡카, 저 이레네예요."

대답이 없었다.

나는 계단 쪽으로 다가서며 어두운 집 안을 둘러보았다. 나는 그녀가 어딘가에 숨어 있기를 간절히 바랐다. "팡카?" 나는 계단에 한 발을 올려놓았다.

그때 어디선가 튀어나온 손이 내 발목을 잡았다. 나는 소스라치게 놀라 비명을 질렀다.

계단 아래의 구석진 곳에 거실 바닥을 뜯어내고 만든 비밀 은 신처에 팡카가 숨어 있었던 것이다. 나는 바구니를 내려놓고 바 닥마루로 위장한 출입구를 들어서 팡카를 끌어올렸다. 그녀의 눈은 공포에 질려 있었다.

"팡카, 저예요. 이레네."

"이레네, 부모님이 끌려갔어요. 저는 밖에서 군홧발 소리가 들 리자마자 이곳에 숨었어요. 그런데 부모님이……." 그녀는 울먹 이기 시작했다. 나는 그녀를 꼭 안았다.

"진정해요, 팡카." 나는 그녀의 귀에 속삭였다.

그녀는 숨죽여 흐느끼며 내 품에 얼굴을 묻었다. 텅 비어 있는 어두운 거실에서 우리 두 사람은 소리도 못 내고 눈물만 뚝뚝 흘 렸다. 하지만 마냥 슬픔을 나누고 있을 수만은 없었다. 우리는 그곳을 빨리 빠져나와야 했다. 나는 그녀의 팔을 잡아끌었다.

"여기서 죽을래요." 그녀는 자포자기한 목소리로 말했다. "그 냥 여기에 남아서 죽을래요. 나 혼자 살겠다고 숨지 말아야 했어 요. 부모님과 같이 끌려가야 했어요."

"팡카, 내 말 들어요. 그런 소리 하면 안 돼요. 부모님을 위해 서라도 반드시 살아야 해요. 같이 가요."

나는 바구니를 집어 들고 그녀를 끌어내다시피 해서 밖으로 나왔다. 그녀는 말할 기력조차 남아 있지 않은 것 같았다.

"제 뒤에 바짝 붙어서 걸어요." 나는 그녀의 팔에 바구니를 걸 었다. "부모님을 위해서예요, 팡카. 꼭 살아야 해요."

게토를 나오면서 군인들이 바구니를 살펴보는 동안 그녀는 시선을 아래로 향한 채 아무 말도 하지 않았다. 나는 마치 하녀를 다루듯 그녀를 거칠게 대했다.

"야, 빨리 움직여. 꾸물대지 말고."

그녀는 고개를 들지 않았다. 그 순간 나는 그녀가 무너져 내릴 수도 있겠다는 생각이 들었다. 하지만 나는 시선을 거두고 초소를 통과했다. 나는 그녀가 자신의 배역을 충실히 수행하며 내 뒤를 따라오기를 기도했다.

게토의 정문을 지나 한 블록 가까이 걸은 뒤에야 나는 뒤를 돌아보았다. 팡카가 뒤에 있었다. 그녀는 울고 있었다. "계속 걸으세요." 나는 낮은 목소리로 말했다. "팡카, 제발. 계속 걸어야 해요."

마침내 HKP에 도착한 우리는 통행증을 제시하고 정문을 통과했다. 나는 팡카를 곧장 세탁실로 데리고 갔다. 문을 열자 모든 사람들은 할 말을 잃고 우리를 쳐다보았다. 곧이어 이다와 클라라가 울음을 터뜨리며 뛰어와 팡카를 안았다. 나는 조용히 문을 닫고 세탁실을 빠져나왔다.

로키타는 팡카에게서 부모님을 앗아갔다. 하지만 그는 우리로부터 팡카를 빼앗지는 못했다. 그리고 이후로도 결코 그렇게 할 수 없을 것이었다.

그날 밤, 나는 밀이 잘 여문 가을 들판을 걷는 꿈을 꾸었다. 그 고운 황금빛은 호박琥珀으로 만든 어머니의 묵주 색깔 같았다.

하늘은 눈이 부시도록 맑고 푸르렀다. 밀밭을 지나며 나는 바람에 흔들리는 잘 영근 이삭들이 한숨 같은 소리를 내며 땅바닥에 떨어지는 것을 보았다. 나는 몸을 굽혀 앞치마에 이삭을 하나씩 주워 담았다. 내가 이삭을 줍는 동안에도 바람은 들판을 휘저으며 자꾸만 이삭을 흐트려놓았다. 멀리 지평선에서 거대한 폭풍이 밀밭을 집어삼키며 다가오고 있었다. 손톱에 흙이 잔뜩 끼고 앞치마가 묵직해지도록 나는 계속해서 이삭을 주웠다. 폭풍은 나를 향해 조금씩 다가오고 있었다.

내 손을 빠져나간

가을이 무르익으면서 세탁실의 친구들은 내가 몰래 가져다주는 음식으로 조금씩 살이 올랐다. 그들은 벽면 한쪽의 구석에 작은 구멍을 내고 그 안쪽의 좁은 공간을 만약에 대비한 은신처로 만든 다음 여러 개의 선반으로 벽을 완전히 가로막았다. 나는 날씨가 점점 추워지면서 여전히 여름옷을 입고 지내는 친구들이 걱정되기 시작했다.

어느 날 장교식당의 아침식사 뒷정리를 하면서 나는 슬쩍 운을 뗐다. 슐츠 씨를 쳐다보지도 않고 나는 접시에 말라붙은 달걀 찌꺼기를 솔로 문지르며 말했다. "어젯밤 꽤 추웠죠? 동생과 제가 쓸 여분의 담요를 어디서 얻을 수 있으면 좋겠어요."

나는 그의 눈치를 살짝 살폈다. 그 역시 자신의 일에 집중하고 있었으나 표정이 약간 일그러지는 것 같았다. 그러더니 그는 젖은 손을 닦고 말없이 주방을 나갔다. 나는 대답도 없이 갑자기 주방을 나선 그의 행동이 무엇을 의미하는지 불안한 마음이 들었다. 그는 늘 콧노래를 부르며 활기가 넘치는 사람이었다.

몇 분 후 그가 돌아왔다. 그는 양팔 가득—두 사람을 위해 준비한 것이 아닌—담요를 들고 있었다. "이레네, 뭐든 필요한 게 있으면, 그게 뭐든지 간에, 어려워하지 말고 나한테 부탁해요." 그가 목소리를 낮춰 말했다.

그 순간 심장이 마구 뛰기 시작했다. 비밀을 들킨 사람처럼 나는 얼굴이 확 달아오르는 것을 느꼈다. 그는 알고 있었다. 그는 내가 하고 있는 일을 눈치 채고 있었던 것이다.

"자, 여하튼," 그는 평소의 목소리로 돌아가며 말을 이었다.

"우리 두 숙녀분이 추위에 떨게 내버려둘 수는 없지. 그랬다간 우리의 작업 능률만 떨어질 테니까."

여러 감정이 뒤엉키고 있었다. 고마운 마음과 안도감이 드는 한편, 내가 유대인들을 돕고 있다는 사실을 알면서도 모르는 척하고 그런 나를 도와주기까지 하는 그의 태도가 원망스럽기도 했다. 그는 독일인에 대한 내 증오를 혼란스럽게 만들었다. 눈물이 나려는 것을 간신히 참으며 나는 그에게 감사를 표하고 담요를 옮겼다.

세탁실에 담요를 들고 가자, 이다와 팡카는 즉시 담요를 잘라 겨울 외투를 만들기 시작했다. 나는 그들이 일을 하는 모습을 지켜보다가 밖으로 나왔다. 잿빛 하늘에서 첫눈이 내리고 있었다. 나는 다시 조리실로 발걸음을 옮겼다.

그 즈음 로키타 소령은 거의 매일 뤼게머 소령과 저녁식사를 했다. 식사를 마친 다른 장교들이 휴게실에서 당구를 치는 동안 로키타와 뤼게머 소령은 종종 식당 옆에 붙어 있는 바에서 술을 마셨다. 나는 담배 연기가 자욱한 휴게실과 바에서 재떨이를 비우고 빈 술병을 들고 나오며 가능한 한 많은 정보를 얻기 위해 노력했다.

12월이 되면서 그들의 화제는 성탄 파티에 관한 것뿐이었다. 장교들과 여비서들은 학생들의 무용 공연과 함께 파티를 어떻게 준비해야 할지에 대해 의견을 주고받았다. 공식적으로 나치당원은 기독교인이 아니었다. 아돌프 히틀러에 대한 광적인 숭배를 논외로 한다면 그들에게는 종교가 없었다. 하지만 독일인이라고 해서 모두가 나치당원은 아니었다. 특히 징병된 군인들 중에는 성탄절의 전통을 따르는 이들도 꽤 있었다.

HKP의 파티에는 인근 지역에 근무하는 장교들도 참석하기로 되어 있었다. 자연스럽게 우리가 할 일도 많아졌다. 슐츠 씨는 모든 사람이 일손을 보태야 할 거라고 예고했다. 나는 그때까지 야니나가 장교들과 직접 접촉할 기회를 막을 수 있었다. 나는 동생이 장교들의 시선을 끌게 되는 것을 원치 않았다. 하지만 이처럼 큰 규모의 파티를 앞두고 야니나만 근무에서 빼달라고 슐츠 씨에게 부탁할 수는 없었다.

우리는 파티 며칠 전부터 음식 준비로 분주했다. 매일 아침 세탁실의 다른 친구들과 함께 트럭을 타고 들어오는 로만과 소지아가 없었다면 나는 그 많은 일을 감당하지 못했을 것이다. 두 사람은 신혼부부였다. 자신들이 처한 절망적 상황에도 불구하고 그들은 희망을 버리지 않았다. 설거지를 하면서 늘 노래를 부르는 소지아와 그런 아내를 바라보는 로만의 애정 어린 눈빛은 지켜보는 사람의 마음을 아프게 했다.

마침내 성탄 전야가 되었다. 호텔은 파티에 참석한 사람들로 초만원이었다. 종업원의 신분이었지만 파티에 간다는 사실만으로도 야니나는 들떠 있었다. 전채요리가 담긴 접시들을 쟁반에 받쳐 들고 야니나는 내 뒤에 바짝 붙어 조리실을 나섰다.

홀은 축음기의 음악 소리가 완전히 묻혀 버릴 만큼 시끌벅적했다. 장교들은 번쩍거리는 메달과 훈장이 달린 제복을 말쑥하게 차려 입었고, 여비서들은 저마다 최신 유행의 드레스를 뽐내고 있었다. 눈을 반짝거리며 주위를 돌아보던 야니나가 내 귀에 속삭였다. "정말 멋지다."

그때 로키타 소령의 목소리가 뒤에서 들렸다. "안녕하십니까, 구트 양?"

"안녕하세요?" 나는 뒤로 돌아 무릎을 살짝 굽히며 인사를 했다.

로키타는 내 인사를 받는 둥 마는 둥 하며 야니나에게서 눈을 떼지 못하고 있었다. 야니나는 그의 응시에 어쩔 줄 몰라 했다.

"이 아름다운 아가씨는 누굴까요?" 그가 나에게 물었다.

순간 공포가 밀려들며 손끝이 찌릿찌릿했다.

"제 동생입니다." 나는 애써 차분한 목소리로 대답했다.

로키타는 나를 바라보며 말했다. "설마 여태 이곳에서 같이 일하면서 동생을 다른 곳에 몰래 숨겨 놓고 있었던 건 아니겠죠?"

그의 말에 나는 숨이 턱 막히는 것 같았다. "실례하겠습니다, 소령님. 지금 굉장히 바빠서요. 그럼 이만."

나는 야니나의 팔을 끌고 파티에 참석한 사람들 사이를 헤치며 조리실을 향했다. "잘 들어. 저 남자 조심해야 해. 아주 위험한 사람이야. 너에게 관심을 보일 틈을 주지 않는 게 좋을 거야."

"아, 그런데 너무 잘 생겼다." 야니나는 감탄하며 말했다.

"바보 같은 소리 하지 마. 저 자가 어떤 짓을 저질렀는지 이미 얘기해 주었잖아. 다음에 다시 마주치거든 그의 손가락에 껴 있는 반지를 봐. 그게 그의 진짜 얼굴이야."

나는 뒤를 돌아보았다. 로키타는 짧은 원피스를 입은 금발의 여자에게 무엇인가 속삭이고 있었다. 그 여자가 손가락으로 그의 뺨을 어루만지는 모습을 지켜본 뒤 나는 몸서리를 치며 야니나를 주방 안으로 떠밀었다.

로만과 소지아는 샴페인 잔을 씻어서 마른 헝겊으로 닦고 있었다. 슐츠 씨는 얇게 썬 빵을 러시안 캐비아가 담긴 접시 둘레에 올려놓고 있었다. "방금 전에 홀에서 이레네와 얘기를 나누고 싶다는 여자 분을 만났어요." 그가 말했다.

나는 쟁반을 들고 다시 홀에 나가려다가 그에게 물었다. "저요? 저를 보자고 할 사람이 누가 있을까요?"

"로키타 소령의 파트너로 온 폴란드 아가씨인데 내가 주방 보조로 일하는 아가씨도 폴란드 사람이라고 했더니 한번 만나보고 싶다고 합디다. 아마 잘 대해 줄 거예요."

"어쩌면 자기가 친위대 지휘관과 같이 잔다는 걸 자랑하고 싶은지도 모르죠." 나는 혼잣말로 중얼거리며 로키타와 같이 있던 그 여자를 떠올렸다.

그때 문이 열리며 파티의 소음이 쏟아져 들어왔다. 하이힐을 신은 그 여자가 내게 환한 미소를 지으며 조리실로 들어왔다.

"당신이 이레네군요. 제 이름은 나타샤예요. 슐츠 씨 말로 는⋯⋯."

그녀가 갑자기 말을 멈추고 로만을 바라보았다. 로만은 뒤로 한걸음 물러서면서 싱크대를 붙잡았다. 당황한 소지아가 남편과 나타샤를 번갈아 쳐다보았다.

"로만," 그 여자가 폴란드어로 말했다. "이곳에서 일을 하고 있었네요." 그녀는 고개를 슐츠 씨를 향해 돌리더니 독일어로 말을 했다. "장교들의 식사를 준비하는 이곳에 유대인을 두고 있다는 게 위험하다는 생각을 안해 보셨나요? 로키타 소령에게 당장 따져야겠어요."

슐츠 씨는 그녀의 팔을 가볍게 붙들고 문을 열었다. "대단히 죄송하지만 지금은 저희가 바쁩니다."

그녀는 떠밀리다시피 조리실을 빠져나가며 로만을 향해 다시 차가운 시선을 던졌다. 우리는 모두 당황해서 그를 쳐다보고만 있었다. "저 여자를 아세요?" 야니나가 물었다.

"전쟁 전에 알던 여자예요." 그는 떨리는 손을 입술에 가져다 대며 말했다. "친구였어요. 그런데 그녀는 그 이상의 관계를 원했던 것 같아요. 제가 자신의 뜻대로 움직이지 않자 앙심을 품고 저에 대한 비방과 거짓 소문을 퍼뜨리고 다니기 시작했어요. 결국 저의 부모님이 그녀에게 명예훼손으로 고소를 하겠다고 했고 그녀는 언젠가 꼭 되갚아주겠다면서 물러섰죠.”

소지아는 남편의 어깨에 얼굴을 기대며 말했다. “걱정하지 말아요. 이미 수용소에 갇힌 우리를 더 어떻게 하겠어요?”

성탄절인 다음날 두 사람은 나타나지 않았다. 수용소측은 그들 대신에 헤르쉴 모리스의 형 헤르만과 그의 아내를 보냈다. 로만과 소지아는 어딘지 모를 곳으로 보내졌다.

나는 미친 듯이 소리를 지르고 싶었다. 소지아의 검은색 곱슬머리와 그녀의 노랫소리가, 로만의 온화한 눈빛이 머리에서 떠나지 않았다. 나타샤는 결국 복수를 실행에 옮겼고, 로키타는 그녀의 도구가 되어 주었다.

나는 절벽의 끝에 매달려 있는 로만과 소지아의 손목을 붙잡고 있었는지도 모른다. 나는 끝까지 그들을 붙잡고 있었다. 그러나 조금씩 그들은 내 손에서 빠져나가고 있었다. 눈을 감으면 어둠 속으로 떨어지는 그들의 얼굴이 보였다. 그들의 비명소리가 머리에서 떠나지 않았다.

나는 기도를 하려 했다. 예수의 탄생이 세상에 약속한 것을 떠올리려 했다. 하지만 눈을 감으면 암흑 속으로 떨어지는 소지아와 로만의 모습이 보였다. 나타샤의 복수는 성탄의 약속을 지독한 거짓말로 만들어 버렸다.

로키타는 뤼게머 소령과의 저녁식사를 위해 매일 장교식당에 나타나 나에게 동생에 대한 질문을 집요하게 던졌다. 뤼게머 소령은 신사였다. 그는 로키타의 속셈을 간파하고는 그와—아마도 나에 대한 배려로—어느 정도 선을 긋고 지내려 했다. 하지만 로키타는 교활했다. 그는 잔에 위스키를 연거푸 따라서 뤼게머 소령에게 권했다. 나는 술에 취한 뤼게머 소령이 로키타의 은밀한 부탁을 들어주는 상상을 하며 몸서리를 쳤다.

성탄절 직후, 나는 뤼게머 소령에게 면담을 요청했다. 그는 반가운 미소로 나를 맞았다.

"구트 양, 무슨 일로 오셨나요?" 그가 물었다.

"제 동생을 라돔으로 돌려보내 주십사 부탁을 드리려고요."

그의 눈이 두꺼운 안경 뒤에서 휘둥그레졌다. "갑자기 무슨 일이라도 있습니까?"

"아마 소령님도 눈치 채셨으리라 생각합니다. 로키타 소령이 마치 거미줄에 걸린 파리를 향해 다가오는 거미처럼 느껴져요. 저는 동생을 지켜 주고 싶습니다. 부탁인데 제 동생을 라돔으로 돌려보내 주세요. 그 애는 아직 어려요." 소령에게 말을 하는 동안 나도 모르게 눈가에 눈물이 고였다.

"자, 구트 양. 울지 마요. 걱정하지 말아요. 동생을 보내드리죠."

"정말 고맙습니다."

"하지만, 이레네." 그가 덧붙였다. "당신은 여기 남아 있어야 합니다."

야니나의 문제가 너무 쉽게 풀렸다고 생각하는 순간 뜻밖의 암초를 만난 느낌이었다. 그가 나를 이레네라고 부르는 것은 처음이었다. 그는 야니나를 보내 주는 대신에 일종의 거래를 하자는 것이었다. 갑자기 상황이 묘하게 느껴졌다. 나는 뤼게머 소령이 나를 바라보는 시선이 불편하게 느껴졌다. 하지만 나는 고개를 끄덕일 수밖에 없었다. "알겠습니다, 소령님. 저는 전쟁이 끝날 때까지 이곳에 남아 있겠습니다."

그날 밤 장교식당에 나타난 로키타 소령은 입구에서 외투를 벗으며 고갯짓으로 나를 불렀다. "오늘은 내 테이블에 동생이 음식을 나르도록 하지?"

"소령님, 죄송합니다. 동생이 결핵 진단을 받았습니다. 전염성이 워낙 강해서 집으로 돌려보내기로 했습니다."

그의 표정이 일그러졌다. 그는 경멸의 눈빛으로 나를 잠시 쳐다보더니 아무 말 없이 홀 안으로 들어갔다. 그는 로만과 소지아를 앗아갔지만 내게서 야니나까지 빼앗아갈 수는 없었다.

1943년이 밝아오고 있었다. 곁에 유일하게 남아 있던 가족이 내게서 멀어지고 있었다.

야노프카 숲

큰 위안이 되는 일이 있었다. 헬렌 바인바움이 테르노폴 외곽
의 농장으로 거처를 옮긴 것이었다. 살을 에듯 추운 어느 겨울
날, 시내에서 만난 우리는 가판대 옆에 서서 칼바람을 피하며 그
동안의 소식을 주고받았다. 헬렌은 기쁜 소식을 들려주었다. 그
녀의 남편 헨리가 살아 있으며 로키타의 사택 집사로 일하고 있
다는 것이었다. 로키타는 헨리 같은 교양 있고 세련된 사람을 필
요로 했다. 헨리는 로키타가 개최하는 파티를 준비하고 손님들
의 시중을 들며 나처럼 로키타로부터 엿들은 정보를 유대인들에
게 전달하고 있었다. 헬렌과 나는 계속 연락을 주고받기로 약속
하고 헤어졌다.

그 즈음 동부전선의 전황이 독일에 불리하게 전개되고 있음은
공공연한 비밀이었다. 스탈린그라드에 대한 대대적인 공격이 시
작된 8월 이후 독일은 동부전선에서 교착상태에 빠져 있었다.

스탈린은 붉은 군대에게 스탈린그라드를 사수할 것을 명령했고, 독일군과 러시아군은 5개월이 넘도록 치열한 시가전을 벌이고 있었다. 도시 전체가 독일군의 포격과 무자비한 살육으로 폐허가 되었고, 거기에 모든 것을 꽁꽁 얼어붙게 만드는 북해의 바람까지 불어왔지만 러시아 군대는 물러서지 않았다. 수천 명의 독일군이 사망하거나 포로로 붙잡혔다. 테르노폴의 탄약 공장은 생산량을 늘리기 위해 철야작업에 돌입했다. 러시아 군대의 승리가 폴란드에 가져다 줄 이득은 아무것도 없었다. 나에게도 마찬가지였다. 하지만 유대인들을 위해서라도 나는 밤마다 러시아군이 히틀러의 군대를 무찌르고 진격해 오기를 기도했다.

상황이 점점 불리해지고 있음을 깨달은 나치는 1943년 봄 유대인 말살 정책에 속도를 내기 시작했다. 로키타의 부대는 게토와 수용소를 "축소"하기 위해 작전의 횟수를 늘려갔다.

"많은 사람들이 숲속으로 도망치고 있어요." 어느 날 세탁실에서 헤르쉴 모리스가 말했다. "게토에서 죽음을 기다리느니 차라리 숲속에 들어가서 짐승처럼 살아가는 쪽을 택하는 거죠. 형과 저도 각자 아내를 데리고 수용소를 탈출하기로 결심했습니다. 숲속에서 전쟁이 끝날 때까지 버틸 작정입니다."

나는 그들의 은신처가 있는 선반 뒤쪽을 바라보며 물었다. "숲속에서 어떻게 살 건데요?"

"자유인으로 살죠." 그는 장난스러우면서도 씁쓸한 미소를 지으며 대답했다.

"자유인이 아니라," 슈타이너가 냉소적인 표정을 지으며 끼어

들었다. "사냥감으로 사는 거겠지."

"야노프카 숲에서 굶어죽는 한이 있더라도 우리는 모험을 해볼 생각이에요." 헤르쉴이 말을 이었다. "이레네, 우리가 거기까지 갈 수 있도록 좀 도와줘요."

나는 헤르쉴과 그의 아내를 번갈아가며 쳐다보았다. "며칠만 시간을 주세요." 나는 그렇게 대답하고 세탁실을 나왔다.

나는 스스로에게 물었다. 내가 이 일을 꼭 해야 하나? 이렇게 위험한 일을 과연 해낼 수 있을까? 나는 생각에 생각을 거듭하다가 그 동안 내가 경험하고 선택한 모든 일들이 결국 나를 이런 갈림길까지 데리고 왔다는 결론에 도달했다. 나는 옳은 길을 선택해야 했다. 그러지 않고는 나는 더 이상 내가 아니었다.

독자들은 내가 어느 날 갑자기 유대인들의 탈출을 돕거나 독일군에 맞서 싸우는 레지스탕스 대원이 된 것이 아님을 이해해야 한다. 누구나 시작은 미약하다. 나의 싸움은 게토의 담장 밑에 음식을 가져다 놓는 것으로부터 시작되었다. 그리고 이제, 나는 헬렌에게서 마차를 빌려 모리스 형제 내외를 10킬로미터 밖에 있는 야노프카의 울창한 숲까지 데려다줄 계획을 세우는 데에까지 이른 것이었다.

하지만 게토의 담장 밑에 음식을 갖다 놓는 그 사소한 행위만으로도 내 머리에는 총알이 박힐 수 있었다. 나는 어차피 누구나 한 번은 죽는 것이며, 어차피 목숨을 걸고 그들을 돕기로 한 이상 더 위험한 일이라고 못할 게 없다고 생각했다. 나치는 게토의 담장 밑에 음식을 갖다 놓는 행위와 네 명의 유대인을 수레에 태워 피신시키는 행위를 구분하지 않았다. 나 역시 그 두 가지를 구분하지 않기로 했다. 나는 야니나가 곁에 없다는 사실에 감사했다. 무슨 일이 생긴다 하더라도 동생의 목숨은 위협받지 않을 것이기 때문이었다.

그때 내 나이는 스물 한 살이었다. 이미 4년 동안 나는 수많은 싸움을 벌여 왔다. 전쟁이 일어나지 않았다면 그 4년이라는 시간은 학교를 다니거나 누군가와 사랑에 빠져 가정을 꾸리는 데 보내졌을 것이다. 어쩌면 직업을 갖고 일에 몰두하거나 다른 수백 가지의 가능성을 위해 쓰일 수도 있었다. 하지만 그런 일은 결코 현실이 될 수 없었다. 전쟁의 소용돌이 속에서 나의 소원과 희망은 바뀌어 있었다. 나는 오로지 고통 없이 단번에 죽는 것과, 죽기 전에 가능한 한 독일인들의 계획을 많이 좌절시킬 수 있기만을 바랐다.

5월 어느 날, 헬렌이 마차를 끌고 나타났다. 나는 슐츠 씨로부터 미리 외출을 허락받았고, 모리스 형제는 전날 밤 수용소를 탈출해서 약속한 장소에 숨어 있기로 했다. 나는 전날 그들에게 수용소를 어떻게 탈출할 것인지 묻지 않았다. 그들이 탈출에 성공하지 못한다면 그것으로 모든 계획은 끝이었다. 나는 헬렌이 농장에서 빌려온 마차에 창고에서 조금씩 빼돌린 보드카와 담배를 실었다. 마차에 오르며 나는 마음속으로 섬광이 번쩍하는 것 같은 놀라움을 느꼈다. 물건을 빼돌리고, 탈출한 유대인들을 도와주는 이런 행동을 하는 사람이 바로 나라는 사실이 믿어지지 않았다.

따뜻한 햇살과 또각또각 하는 규칙적인 말발굽 소리가 곤두선 신경을 가라앉혀 주기를 바라며 나는 테르노폴을 출발해 북쪽으로 마차를 몰았다. 나는 씰룩쌜룩 움직이는 말 엉덩이에 시선을 고정시킨 채 여기저기 지푸라기가 붙어 있는 꼬리가 속살거리듯 허공을 가르는 소리에 귀를 기울였다.

테르노폴을 벗어나 1킬로미터쯤 달리자 자작나무가 양옆으로 빽빽해지며 길이 좁아졌다. 곧이어 휘파람 소리가 들리더니 누군가 내 이름을 불렀다. 나는 고삐를 당겨 마차를 세웠다. 길에는 멀리 앞쪽으로 감자밭을 끼고 도는 모퉁이까지 아무것도 보이지 않았다. 나는 뒤를 돌아보았다. 역시 마차가 지나며 일으킨 먼지 이외에는 아무것도 보이지 않았다. 나는 고개를 끄덕거렸다. 그러자 모리스 형제 부부가 숲에서 뛰어나와 재빨리 마차 뒤에 잔뜩 실린 건초더미와 감자 자루 밑으로 들어갔다.

나는 구구 소리를 내며 마차를 다시 몰았다. 마차가 멈춰 있던 시간은 1분이 채 되지 않았다. 자작나무 숲을 빠져나와 다시 넓은 길로 들어섰을 때 마차에 4명의 승객이 새로 탔다는 사실을 알아챌 사람은 아무도 없었다. 나는 긴장을 가라앉히기 위해 숨을 깊이 들이마셨다. 조금 지나자 성당의 첨탑이 시야에 들어왔다. 야노프카 마을이 가까워지고 있었다. 마차 소리에 놀란 닭과 거위 떼가 뒤뚱거리며 길 밖으로 달아났다. 장미 덤불을 들여다보고 있던 나이든 신부님이 몸을 일으켜 나를 향해 미소를 보내 주었다.

신부님의 미소가 내게 새로운 용기를 불어넣어 주었다. 나는 다시 정면을 응시했다. 드넓게 펼쳐진 야노프카 숲이 가까워지고 있었다. 말발굽 소리와 마차의 고무바퀴 구르는 소리만이 한적한 시골길의 정적을 깨뜨렸다. 나는 누군가 우리를 지켜보고 있는 것 같다는 생각이 들었다. 야노프카 숲에는 여우와 멧돼지들만 사는 게 아니었다. 숲속에는 나치를 피해 도망친 사람들과 레지스탕스도 있었다. 독일군도 소규모의 정찰대는 숲속으로 들여보내지 않았다.

길이 다시 좁아졌다. 소나무 군락의 그늘에 들어서자 공기가 서늘해졌다. 어디선가 새소리가 들려왔다. 마차를 끄는 말의 귀가 낯선 소리를 감지한 듯 빠르게 움직였다. 나는 고삐를 당겨 말을 세우고 뒤를 돌아보며 낮은 목소리로 말했다.

"이쯤이 좋을 것 같아요."

건초더미를 헤치고 모리스 형제 부부가 고개를 내밀었다. 헤르쉴은 입속에 들어간 건초를 뱉으며 아내를 일으켜 주었다. 그의 형 헤르만도 옷과 머리에 붙은 건초를 털어내며 아내를 부축했다. 네 사람은 기대와 불안이 교차하는 표정으로 주위를 살펴보았다.

"우리가 새로 살 집이네." 헤르쉴의 표정에 굳은 결의가 비쳐졌다.

우리는 모두 마차에서 내렸다. 나는 왼손으로 고삐를 잡고 오른손으로 그들과 악수를 나누었다. 아무도 말이 없었다. 잠긴 목을 가다듬으며 내가 먼저 침묵을 깼다. "상황을 봐가면서 식량과 필요한 물건들을 가져다드릴게요."

그들은 숲속으로 걸어 들어갔다. 두껍게 깔린 솔잎에 발자국 소리가 묻혔다. 나는 우두커니 서서 숲속으로 점점 깊이 들어가는 그들의 뒷모습을 지켜보았다. 한 뼘의 햇살이 비집고 들어간 곳에서 잠시 비친 그들의 모습이 이내 사라졌다.

나는 말의 콧잔등을 어루만지며 그들이 사라진 방향을 바라보았다. 위로가 필요한 것은 말이 아니라 나였다. 잠시 후 나는 고삐를 움켜쥐고 이끼가 낀 길섶에서 조심스럽게 마차를 돌렸다.

그 다음 일요일, 나는 세탁실에서 일하던 아브람 클링거와 다비드 로젠을 똑같은 곳에 내려 주었다. 건초더미를 헤치고 마차에서 내리는 두 사람을 바라보며 나는 속으로 눈물을 삼켰다. 마치 어린아이들을 숲속에 버려두고 혼자 도망쳐 나오는 엄마가 된 기분이었다. 나는 숲속으로 걸어 들어가는 그들의 모습을 말없이 바라보았다. 숲의 어둠이 곧 그들을 집어삼켰다.

그날 테르노폴로 돌아오는 길에 나는 야노프카 성당 앞에서 마차를 세웠다. 성당 울타리에 고삐를 걸어놓고 나는 성당 계단을 올라갔다. 벌 한 마리가 아담한 목조 성당 건물에 들어서는 내 앞을 지나 장미 덤불 쪽으로 날아갔다.

신자들의 수는 많지 않았다. 옷차림과 햇볕에 그을린 얼굴로 보아 그들 대부분이 농부인 것 같았다. 그들은 띄엄띄엄 앉은 채 신부님의 강론을 듣고 있었다. 나는 제대를 향해 무릎을 살짝 꿇고 출입문에서 가까운 뒤쪽 자리에 앉았다.

마치 기도를 하듯 눈을 감은 채 고개를 숙이고 있었으나 사실

나는 무척 지쳐 있었다. 나는 그저 따뜻한 손길을 느끼듯 신부님의 온화한 목소리를 듣고 있었을 뿐 강론의 내용은 귀담아 듣지 않았다. 그러다 어느 대목에서부턴가 강론이 귀에 들어오기 시작했다. 신부님은 신자들에게 나치에 저항할 것과 유대인들을 도와줄 것을 촉구하고 있었다.

"…… 또한 여러분보다 더 큰 고난에 처한 이들을 기억하십시오. 주님께서는 우리가 무고하게 피 흘리는 이들을 외면해선 안 된다고 명령하십니다. 옳은 길을 가기는 쉽지 않습니다. 그러나 그 길의 끝에는 영원한 사랑, 영원한 생명이 있습니다." 그는 분명히 자신의 교구를 둘러싸고 있는 숲에 쫓기는 이들이 있다는 사실을 알고 있었다. 그는 신자들에게 그들을 도와주라고 이야기하고 있는 것이었다. 그런 발언을 한 것만으로도 그는 독일군에 의해 가혹한 처벌을 받을 수 있었다.

나는 고개를 들고 신부님을 새로운 눈으로 바라보았다. 그는 주름진 얼굴에 머리가 벗겨진 늙은 사제였다. 하지만 자세는 꼿꼿했고 목소리엔 조금의 떨림도 없었다. 문득 내가 숲을 오가는 모습을 그가 물끄러미 쳐다보던 모습이 떠올랐다. 그와 이야기를 나누고 싶다는 강한 충동에 휩쓸려 나는 하마터면 자리에서 벌떡 일어날 뻔했다.

미사가 끝난 후, 나는 장미 덤불 주변을 서성거렸다. 신부님은 미사를 마치고 나오는 신자들과 인사를 나누었다. 인사를 마친 신자들이 주인을 기다리던 개들을 데리고 하나둘 성당을 빠져나갔다.

이윽고 그가 내게 다가왔다. "안녕하세요? 저는 요셉 신부입니다."

나는 그와 악수를 나누었다. 거칠지만 힘이 느껴지는 손이었다. "안녕하세요? 저는 이레네라고 합니다. 지나가는 길에 성당이 너무 예뻐서 잠깐 들렀어요."

"아마 하느님께서 이끄셨을 겁니다."

나는 웃음을 보이려 했지만 갑자기 눈물이 핑 돌았다. "아마도요." 나는 장미꽃 한 송이를 손으로 살짝 건드리며 어지러운 머릿속을 정리해 보려 했다. 지난 몇 년 동안 과연 하느님께서 나를 지켜보고 계시는지 의심이 들 때가 너무나 많았다.

"이 마차는 자매님 것입니까?" 바싹 마른 말을 쓰다듬으며 그가 물었다.

나는 눈물을 간신히 참으며 대답했다. "친구에게 빌린 거예요."

"뭔가 실어 나르시나 봅니다." 그는 온화한 눈빛으로 나를 쳐다보며 말했다. 그의 눈은 마치 모든 비밀을 알고 있다고 말하는 것 같았다.

나는 마음의 무거운 짐과 불안을 내려놓기 위해 그에게 모든 것을 털어놓고 싶었다. 나는 벨벳 같은 말의 콧잔등을 쓰다듬으며 그에게 말했다. "신부님, 말씀드리고 싶은 게 있어요. 제가 러시아 군인들에게 붙잡혔을 때의 일이에요."

요셉 신부는 고개를 끄덕였다. 마치 고해소에서 신자의 고백을 듣는 것처럼 그는 고개를 숙였다. 그리고는 내 손등을 가볍게 도닥거려 주었다. 나는 이야기를 시작했다. 내게 일어난 일들과 내가 한 모든 거짓말과 속임수들을 남김없이 털어놓았다. 나는 유대인들을 돕고 있다는 사실만은 말하지 않았다. 그것은 털어놓기에 너무나 위험한 비밀이었다.

이야기를 모두 마치고 나는 무거운 마음으로 그를 바라보았다. 많은 사제들이 그렇게 하듯 이제 엄숙한 훈계가 따를 차례였다. 하지만 요셉 신부는 고개만 끄덕일 뿐이었다.

"이레네, 이것은 전쟁입니다. 하느님은 자매님의 속마음까지 들여다보고 계십니다. 자매님이 오늘 저 마차를 가지고 무엇을 했는지도 알고 계시겠죠."

한동안 침묵이 흘렀다. 말이 제자리에서 조금 움직이며 말발굽소리를 냈다.

"고맙습니다, 요셉 신부님."

"다음에 야노프카에 오면 꼭 들르세요."

나는 고삐를 손에 쥐고 마차에 오르다가 그를 돌아보았다. "다음이라고요?"

요셉 신부는 손을 흔들며 인사를 했다. "조심해 가세요."

도끼질

숲에 여섯 명의 친구들을 데려다 준 이후에도 그들에 대한 생각은 머리를 떠나지 않았다. 기회가 될 때마다 나는 헬렌에게서 빌린 마차를 타고 야노프카의 숲으로 달려가 음식 꾸러미를 내려놓고 왔다. 가끔은 마치 살아 있는 모든 것이 마법사의 저주에 빠진 숲에 들어온 것처럼, 그래서 내가 움직이지 않고 기다리면 친구들이 나타나기라도 할 것처럼 나는 숲속을 한참 동안 숨죽여 응시하곤 했다. 가끔은 아주 멀리서 도끼질 소리가 들리는 것 같기도 했다.

나는 한쪽 귀를 숲속으로 쫑긋 세우고 온 신경을 집중해서 내 이름을 부르는 목소리를 듣게 되기를 바랐다. 하지만 들리는 것은 키 큰 소나무의 그늘 사이를 파르르 날아다니는 뻐꾸기의 노랫소리뿐이었다. 6월의 태양은 따가웠고 나무들은 숨을 죽였다. 나는 준비해 간 꾸러미를 나무 밑에 내려놓고 마차에 오르기 직

마차를 탄 이레네, 1943년, 야노프카 숲으로 가는 길.

전 마지막으로 뒤를 돌아보곤 했다. 말은 이제 야노프카 숲을 오가는 길을 완전히 익히고 있었다.

나는 요셉 신부를 만나기 위해 매번 성당에 들르지는 않았다. 장교식당을 오래 비울 수 없었기 때문에 나는 늘 시간에 쫓겼다. 간혹 밀짚모자를 쓴 채 일을 하며 신자들과 담소를 나누는 그의 모습을 볼 수 있었다. 그는 분명히 내가 야노프카 숲을 오가는 이유를 알고 있었다. 하지만 마을 사람들 중 나를 주시하는 사람이 있는지는 알 수 없었다. 당시에는 남의 일에 온갖 참견을 다 하거나, 아니면 사람들과의 왕래를 끊고 조용히 살아가는 두 부류의 사람들이 있었다. 적어도 겉으로는 나를 알아보거나 주목하는 사람이 없어 보였다.

놀랍게도—그리고 다행스럽게도—HKP에서도 나를 주시하

는 이는 없었다. 그 사이 장교들이 더 늘었고 장교식당은 늘 북적거렸다. 뤼게머 소령은 속이 끓었다. 로키타 소령 때문에 탄약 공장에서 일하는 유대인들을 안정적으로 관리할 수 없었고, 그럼에도 베를린에서는 더 높은 생산 실적을 요구했기 때문이다. 그것은 나치 미치광이들의 자멸적인 정책이었다. 그들은 유대인들을 모조리 없애 버리기를 원하면서, 동시에 그들의 노동력으로 러시아군과 연합군에 맞서 싸울 무기와 탄약을 만들어내기를 원했다. 로키타는 전자의 정책을 수행했으나 그것이 뤼게머 소령에게는 후자의 정책을 수행하는 것을 어렵게 만들었다.

"다음 주에 베를린에서 젊은 친구들을 몇 명 더 보내겠다는군요." 어느 날 저녁 뤼게머 소령이 여러 명의 장교들과 식사를 하면서 말했다. "방도 이젠 부족한데 말이야."

"공장을 24시간 가동하려면 젊은 친구들이 필요하겠죠." 헤스 소령이 기름기가 번질거리는 입술을 손등으로 닦으며 말했다.

뤼게머 소령이 인상을 찌푸리며 포도주잔을 입술에 가져다 댔다. "조용히 지낼 곳을 찾든지 해야지, 나 같은 늙다리가 지내기엔 젊은 장교들이 너무 많아요. 혹시 괜찮은 빈 집 아는 분 없습니까?"

"아무 집이나 그냥 고르면 되잖습니까?" 로키타가 말했다. 그는 조심성 없이 나이프를 휘저으며 소스를 식탁보에 떨어뜨렸다. "집주인한테 허락이라도 받고 집을 빌리시게요?"

로키타의 말투가 거슬렸는지 뤼게머 소령의 표정이 다시 일그러졌다. 그는 접시를 한쪽으로 밀었다. 옆 테이블을 치우고 있던 나는 재빨리 소령에게 다가갔다.

"소령님, 식사 마치셨습니까?" 나는 뤼게머 소령에게 물었다.

"네, 치우세요."

뤼게머 소령의 테이블엔 다섯 명의 장교가 더 있었다. 뤼게머 소령이 접시를 옆으로 밀어놓자 나머지 사람들도 접시를 치우라는 손짓을 보냈다. 그 중 네 명은 곧바로 술을 마시러 자리를 옮겼고, 로키타와 뤼게머 소령은 자리에 남았다. 나는 음식이 많이 남은 묵직한 접시를 치우면서 그들에게 욕을 퍼붓고 싶었다.

"이제 내가 어떻게 해야겠소?" 뤼게머 소령이 다소 짜증이 난 표정으로 물었다.

"집 문제 말입니까?" 로키타가 되물었다. 뤼게머 소령이 고개를 가로젓자 로키타는 어깨를 으쓱해 보였다. "아, 유대인이요? 공장 운영이 걱정이시라면 그럴 필요 없습니다. 대체 인력을 구해드리죠."

뤼게머 소령은 자신의 포도주잔을 가만히 들여다보았다. "그건 시간이 많이 걸릴 거요. 공장은 지금 그렇게 한가하지 않습니다."

"제가 도움이 되어 드리지 못한다니 이거 유감입니다." 로키타는 조금도 유감스럽지 않은 표정으로 말했다. "그런데 제 말 좀 들어보시죠. 우리끼리니까 하는 얘기인데, 이 점을 명심하셔야 합니다. 총통께서는 유대인의 씨를 말려 버리기를 원하십니다. 유대인들을 쓸어 버리고 나면 그 다음엔 폴란드 놈들과 지긋지긋한 가톨릭교회 놈들 차례죠. 물론 여기 이레네 같은 아리안

혈통은 훌륭한 독일인이 될 겁니다. 그러면 대체 인력이 만들어지겠죠. 다만 그 전에 청소를 깨끗이 해야 하는데 그것도 곧 끝날 겁니다. 7월 말이면 다 끝나요."

나는 여러 개의 접시를 포개어 들고 테이블에서 물러났다. 로키타 소령의 말 한마디 한마디가 도끼질 소리처럼 여전히 귓가에 울렸다. 온몸에 힘이 빠져 다리가 휘청거렸다. 히틀러는 모든 유대인을 죽이고 그 다음엔 폴란드인을 학살할 계획이었다. 어쩌면 그것은 충분히 예견된 일이었다. 하지만 나는 진실을 확인하기 전까지는 그래도 알 수 없는 일이라 생각하고 있었다. 세탁실의 친구들에게는 이제 아무런 희망도 남아 있지 않았다. 눈물이 핑 돌았다. 팡카, 이다, 라자르 그리고 나머지 친구들이 나를 향해 필사적으로 손을 내뻗는 모습이 눈앞에 그려졌다. 그들의 운명은 정해져 있었다. 그들에게는 이제 한 달의 시간도 남아 있지 않았다.

주방에 이르기 전에 몸에서 모든 힘이 빠져나가고 말았다. 들고 있던 접시들이 바닥에 와르르 쏟아졌다. 접시 깨지는 소리에 귀가 먹먹해졌다. 홀에 있던 모든 사람들의 시선이 나를 향했다. 눈물로 흐릿해진 시야에 나를 쳐다보는 로키타와 뤼게머 소령의 모습이 들어왔다.

"발, 발목을 삐었어요." 나는 엉겁결에 내뱉었다.

슐츠 씨가 조리실에서 뛰어나와 내 상태를 살피고는 깨진 접시들을 줍기 시작했다.

"제가 할게요." 나는 바닥에 손을 뻗으며 말했다. 눈물이 뚝뚝 떨어졌다. "이건 제가 해야 할 일이에요."

"내가 도와줄게요."

나는 참담한 심정으로 슐츠 씨를 바라보았다. 그는 아마도 내가 깨진 접시를 두고 말을 하고 있다고 생각했는지 모른다. 물론 지금 돌이며 보면 그의 말뜻 역시 그게 아니었던 것 같다.

다음날 뤼게머 소령이 나를 불렀다. 그의 사무실에 들어섰을 때 그는 창가에 서 있었다. 그는 창밖의 나치 깃발을 바라보고 있었다.

"부르셨습니까, 소령님?"

그는 뒤를 돌아보지 않았다. "이레네, 할 얘기가 있어요. 사택을 한 채 구했는데 가정부가 필요해요. 적임자로 이레네 말고는 떠오르는 사람이 없군요."

도끼가 내리 찍히는 것 같았다. 나는 그의 뒷모습을 바라보며 저 늙은이가 죽어 버렸으면 좋겠다고 생각했다.

내가 아무 대답도 하지 않자 그가 몸을 돌렸다. 그는 눈을 크게 뜨고 말했다. "기쁘지 않아요?"

나는 눈앞이 캄캄해지는 기분이었다. 머릿속엔 세탁실의 친구들 생각밖에 없었다. 내가 HKP에서 일을 하지 못하게 되면 그들을 도울 방법도 완전히 사라지는 것이었다. 뤼게머 소령은 대답을 기다리고 있었다.

"아, 정말 잘됐네요, 소령님." 나는 짐짓 기쁜 표정을 지으며 말했다. "저에게 그 일을 맡길 생각을 하셨다니 기쁘네요."

그는 떨떠름한 내 표정을 읽었는지 처음보다 딱딱한 말투로 말했다. "그 일을 맡도록 해요."

"네, 소령님."

"짐을 옮기기 전에 사택의 내부 도색과 간단한 수리를 할 생각인데 이레네가 작업을 감독해 줘요. 슐츠 씨에게는 내가 얘기를 해둘게요. 그리고 집수리가 끝나면 이리로 돌아와서 새로 일하게 될 사람들 교육을 좀 맡아 줘요. 아마 우크라이나인들이 오게 될 겁니다."

그 순간 심장이 멎는 것 같았다. "지금 일하고 있는 사람들이 뭘 잘못했나요? 혹시 제가 교육을 충분히 시키지 못한 거라도 있는지요?"

그는 책상 위에 놓여 있는 서류로 시선을 돌렸다. "이레네와는 아무 상관이 없어요. 참, 요즘 위궤양이 심해져서 그러는데 식단을 신경 써서 준비해 줄 수 있겠죠?"

이제 나는 늙은 장교의 끼니를 챙겨 주고 뒤치다꺼리나 하며 지내야 하는 것인가? 나는 소리를 지르며 울고 싶었다. 그의 따귀를 때리고 싶었다. 하지만 나는 독일군 장교식당에서 일하는 폴란드인 여종업원에 불과했다. 감정을 표현할 자유는 내게 허락되지 않았다. 나는 할 말을 잃고 우두커니 서 있었다. 그의 요구를 거절하고 HKP에 남아서 친구들을 도와줄 수 있는 방법이 떠오르지 않았다. 무력감이 목을 죄는 것 같았다. "물론입니다, 소령님."

뤼게머 소령은 고개를 끄덕였다. "고마워요, 이레네. 할 얘기는 다 했고 자세한 내용은 슐츠 씨한테 듣도록 해요."

지독한 좌절감을 안고 나는 조리실로 돌아왔다. 유대인들을 도와줄 대단한 힘이라도 있는 것처럼 착각하고 있던 나 자신이 우습게 여겨졌다. 나 역시 좋은 음식을 얻어먹으며 따뜻한 주방에서 일을 하든, 아니면 광산에서 노예처럼 일을 하든 어차피 그들의 변덕스러운 명령에 따를 수밖에 없는 처지였다. 이런 저런 생각으로 머리가 어지러웠다. 하지만 아무리 머리를 쥐어짜도 그들을 구해낼 방법은 없었다. 내가 할 수 있는 일은 아무것도 없었다.

나는 그날 세탁실에 가지 않았다. 그들을 마주보고 나에 대한 그들의 믿음이 헛된 것이었다고 말해 줄 용기가 없었다. 슐츠 씨가 점심식사 뒷정리를 마치고 뤼게머 소령이 살게 될 집을 보러 가자고 말하는 동안에도 나는 넋이 나간 사람처럼 그의 말을 듣지 못하고 있었다.

"여기 저기 손을 봐야 한다고 들었어요." 그는 에이프런을 벗어서 옷걸이에 걸며 말했다. "그런데 현재 그 집에 살고 있는 사람들이 있답니다. 이레네가 그 사람들한테 집을 비우라고 말을 해줘야 해요."

나는 그를 따라 밖으로 나갔다. 차 한 대가 대기하고 있었다. 뤼게머 소령이 살게 될 집은 몇 블록밖에 떨어지지 않아 걸어서도 15분이면 갈 수 있는 거리였다. 차창으로 여름 풍경이 활강하듯 지나갔다. 줄지은 가로수는 앞 유리에 그림자를 수놓으며 머리 위로 아치를 그리고 있었다. 우리는 주택가에 들어섰다. 자동차는 차도에서 안쪽으로 들어간 곳에 위치한 큰 저택 앞에 멈춰섰다. 양옆의 이웃집 사이에는 넓은 정원이 펼쳐져 있었고 저택의 뒤편에는 오래된 창고가 있었다.

"소령이 왜 이 집을 골랐는지 알 것 같네요." 슐츠 씨가 차에서 내리며 말했다. 그는 저택의 창문을 올려다보며 손수건으로 이마의 땀을 닦았다. "들어가 봅시다."

우리는 노크를 하지 않았다. 슐츠 씨는 무작정 현관문을 열고 안으로 들어갔다. 평소 친절하고 인자한 성품을 보여 준 슐츠 씨조차 그 시절 모든 독일인들이 가지고 있던 안하무인격의 모습을 보일 때가 있었다.

갑작스런 불청객의 방문에 집 안 여기저기에서 사람들의 놀란 목소리와 발소리가 들렸다. 그 집에 살고 있는 사람들이 하나둘 거실에 모습을 드러냈다. 나는 그들이 모두 모이자마자 나쁜 소식을 알려주었다. 그 집에는 우크라이나인 가족과 폴란드인 가족이 살고 있었다. 나는 독일군이 그 집을 징발하기로 했으며 퇴거까지 2주의 시간을 주겠다는 내용을 전달했다. 나를 바라보는 그들의 표정에 가슴이 무너져 내리는 것 같았다. 나는 그들의 마음을 충분히 읽을 수 있었다. 그들의 눈에 나는 적군의 앞잡이가 된 폴란드 계집애로 보였을 것이다. 하지만 나로선 어쩔 도리가 없었다. 나는 그들에게 용서를 빌며 내 상황을 이해해 달라고 말하고 싶었다.

그들 중 아무도 이의를 제기하지 않았다. 그 집의 합법적인 소유주인 유대인 건축가는 이미 자신의 재산을 포기해야 했으며 세입자들은 강제로 쫓겨나야만 했다. 독일군이 그 집을 그때까지 징발하지 않고 있었다는 사실이 오히려 놀라웠다. 언제든 찾아올 수밖에 없었던 운명이 결국 그들에게 닥치고 말았다. 그들은 집을 내놓아야 했다.

슐츠 씨와 나는 집 안 구석구석을 돌아보았다. 슐츠 씨는 내부 구조가 소령의 마음에 딱 들 것 같다고 말했다. 1층에는 주방과 별도로 커다란 식탁이 있는 방과, 피아노와 축음기가 놓여 있는 거실, 그리고 서재가 있었다. 1층에 배치된 방들은 모두 정원을 내다보고 있었다. 2층에는 여러 개의 침실과 욕실이 있었다. 1층 주방 옆에 딸린 작은 방은 내가 침실로 사용하면 될 것 같았다. 슐츠 씨를 따라 지하실로 내려가자마자 나는 어떤 직감에 의해 조금씩 흥분되기 시작했다.

"지하실 구조가 정말 훌륭하네요." 나는 탄성을 질렀다. "간이 조리실, 욕실, 거기에 식품 저장고까지. 어쩌면 이렇게 잘 만들어 놓았을까요? 예전에 하인들이 사용하던 공간이었나 봐요." 나는 보일러실의 전등 스위치를 켜보았다. 안쪽 구석에 석탄을 때는 난방용 화로가 있고 그 옆에 집의 외벽 투입구에서 쏟아 부은 석탄이 높이 쌓여 있었다. 보일러실을 나와서 잡동사니들이 보관되어 있는 창고에 들어서면서 내 가슴은 마구 뛰기 시작했다. 여러 사람이 충분히 기거할 수 있을 것 같았다.

"아주 좋은데요, 그렇죠?" 계단을 오르며 슐츠 씨가 말했다.

나는 숨을 크게 들이마셨다가 천천히 내쉬며 대답했다. "이 정도면 완벽하겠어요."

경주

그날 오후 나는 세탁실에 가서 친구들에게 그 집의 구조와 지하실에 대해 이야기했다. 라자르 할러가 내 말이 채 끝나기도 전에 고개를 끄덕이며 말했다.

"어느 집인지 알 것 같아요." 그가 말했다. "유대인 건축가가 지은 집인데, 그가 집 안 어딘가에 비밀 은신처를 만들어 두었다는 소문이 있었어요."

"그런 걸 만들면 뭐 하냐고, 누가 거기에 숨을 것도 아닌데." 슈타이너가 말했다.

모든 사람들이 일제히 하던 일을 멈췄다. 침묵이 흘렀다. 빨래가 담긴 통에서 비누거품이 이는 소리와 밖을 지나가는 트럭의 소리가 들렸다.

상기된 표정의 클라라 바우어가 두 손을 모으며 말했다. "하느님께서 드디어 우리에게 은총을 베풀어 주시는군요. 우리가 숨을 수 있을 것 같던가요?"

"네." 나는 대답했다. "수리가 끝나자마자 모두 그 집으로 이동할 방법을 찾아볼게요. 2주 가량 걸릴 텐데 그 동안 계획을 세워 볼 수 있을 것 같아요."

"늘 이런 순간을 위해 기도해 왔어요." 이다가 말했다. "하느님께서 우리의 기도를 들어주신 거예요."

다시 침묵이 흘렀다. 모두들 나와 똑같은 생각—너무나 오랫동안 하느님께서는 우리의 기도를 들어주지 않으셨다—을 하고 있었는지도 모른다. 하지만 이제 기회가 찾아왔다. 나는 두 번째 기회를 기다릴 생각이 없었다.

나는 로키타의 계획이 속도를 내고 있다는 사실에도 주의를 기울여야 했다. HKP 인근에 있는 작은 성당의 성모상 뒤에 나는 이틀 뒤에 만나자는 쪽지를 헬렌에게 남겨 두었다. 우리는 서로 연락을 주고받기 위해 이 방법을 택하고 있었다. 전화는 믿을 수가 없었다. 약속 시간에 맞춰 나는 데이지 몇 송이를 들고 성모 성당을 찾았다. 헬렌은 성모상 앞에서 눈을 감고 기도를 하고 있었다.

"사람들에게 속히 퍼뜨려야 할 소식이 있어요." 나는 무릎을 굽혀 성모상 아래에 꽃을 내려놓으며 속삭였다. "친위대가 이 달 말까지 게토를 완전히 밀어 버리고 수용소의 사람들도 어디론가 이송할 거예요."

"아마 러시아군 때문일 거예요." 헬렌은 성호를 긋고 성모상을 바라보며 조용히 말했다. "전황이 독일에 불리해지고 있대요. 러시아군이 진격해 들어와서 유대인들을 해방시킬까봐 겁을 내는 것 같아요."

나는 두 손을 모으고 눈을 감았다. "사람들에게 이 소식을 어떻게 전하죠? 도시 전체에 퍼뜨리기가 쉽지 않을 텐데."

"제가 자전거를 빌려줄 수 있어요. 도움이 되겠어요?"

"네, 내일 빌려주실 수 있어요?"

"네. 저는 마차를 타고 농장 인근 마을을 돌아다니면서 소식을 전할게요."

뒤에서 사람들의 발자국 소리가 들렸다. 헬렌은 성호를 긋고 서둘러 성당을 떠났다. 우리는 대화를 나누는 동안 한 번도 서로를 쳐다보지 않았다. 나는 몇 분 정도 더 머물다가 HKP로 돌아왔다.

정문으로 들어오다가 나는 뤼게머 소령이 차를 타고 밖으로 나가는 모습을 보았다. 그는 나를 보고 손을 흔들었다. 나는 차가 모퉁이를 돌아 시야에서 사라질 때까지 지켜보고 있다가 경비병을 힐끔 쳐다보았다. 그는 나를 보며 능글능글 웃고 있었다.

"쭈글쭈글한 독일제 소시지가 마음에 들어?" 그가 실실대며 물었다.

내가 빤히 쳐다보자 그는 내게 윙크를 보내며 허리를 앞으로 튕기듯 내밀어보였다. 나는 얼굴을 붉히며 발걸음을 옮겼다. 그의 웃음소리가 등 뒤에서 들렸다. HKP의 군인들은 나를 뤼게머 소령의 정부情婦로 여기고 있었다. 그때까지만 해도 나는 사병들의 희롱에 울음을 터뜨리기 일쑤였다. 나는 건물 모퉁이를 돌아

벽에 등을 기대고 마음을 진정시켰다. 강렬한 햇살이 달아오른 얼굴을 더욱 뜨겁게 했다. 참새 떼가 깃대 아래에서 모래를 덮어쓰며 한가로이 목욕을 즐기고 있었다. 나는 참새들을 바라보며 잠시 생각을 정리했다.

내가 소령의 정부로 여겨진다면 내가 그의 집무실에 들어간다고 해서 이상하게 생각할 사람은 없었다. 소령의 정부라면 HKP 내에서 못 갈 곳이 없었다. 나는 속으로 정문의 경비병을 비웃으며 벽에 기댄 몸을 일으켰다.

아주 태연하게 나는 공장 건물로 들어가 곧장 소령의 집무실을 향했다. 그의 집무실을 지키던 독일인 여비서는 일주일 전 독일로 돌아갔고 새 비서는 아직 오지 않은 상태였다. 나는 소령의 책상 오른쪽 서랍을 열었다. 이전에 보았던 대로 서랍 안에는 로키타와 뤼게머 소령의 서명이 나란히 적힌 통행증 수십 장이 있었다. 나는 그 중 몇 장을 집어서 에이프런 주머니에 넣었다. 나는 통행증이 분명히 쓸모가 있을 거라 생각했다.

그리고 실제로 그랬다. 며칠 동안 헬렌의 자전거를 타고 나는 시내를 돌아다녔다. 노란색 완장을 찬 사람을 지나칠 때마다 나는 재빨리 몇 마디 말—숨어요, 도망가요, 곧 독일군이 들이닥쳐요—로 경고를 해주었다. 독일군의 검문을 받으면 나는 통행증을 보여 주며 상냥한 미소를 보내고는 다시 자전거를 몰았다. 이전에도 "바람을 쐬러" HKP를 나서는 것은 그리 어려운 일이 아니었다. 한 시간 정도 외출을 해도 되는지 내가 물을 때마다 슐츠 씨는 나를 쳐다보지도 않고 매번 허락을 해주었다. 나는 그에게 내 눈을 똑바로 쳐다보며 내가 하고 있는 일을 자신도 알고 있음을 인정하라고 다그치고 싶었다. 하지만 나는 그렇게 하지 않았다. 그 역시 마찬가지였다. 그는 내게 잘 다녀오라는 인사는 건넸지만, 내가 외출을 마치고 돌아오면 아무것도 묻지 않았다.

나는 거의 매일 뤼게머 소령이 살게 될 저택에 들러 상황을 점검했다. 그 집에 살고 있는 두 가족에게는 집을 비우기까지 얼마간의 시간이 주어졌지만 나는 그들이 하루라도 빨리 나가 주기를 바랐다. 로키타가 HKP에 상당 기간 나타나지 않고 있다는 사실은 우리에게 남은 시간이 많지 않음을 의미했다. 나는 로키타와 내가 경주를 벌이고 있다는 생각이 들었다. 나는 그 가족들을 내보내고 페인트칠을 마친 다음 로키타보다 한발 앞서 친구들을 그 집에 숨겨야 했다.

7월 15일, 로키타가 오랜만에 장교식당에 나타났다. 그는 뤼게머 소령의 테이블에 앉기 전에 다른 장교들과 담소를 나누며 총통을 위해 건배를 했다. 열린 창문으로 풀냄새와 디젤 매연 냄새가 들어왔다. 누군가 축음기를 틀었고 뒤셀도르프에 있는 집에서 아들이 태어난 젊은 장교를 위해 모든 장교들이 축배를 들었다. 이미 만취한 젊은 장교는 횡설수설하며 동료들에게 감사의 인사를 했다. 다른 장교들은 비틀거리는 그의 모습에 박장대소하며 그에게 더 많은 술잔을 권했다.

자리에 앉은 로키타는 웃고 떠들어대는 장교들을 바라보며 고개를 끄덕였다. "조금만 더 있으면 정말 축하할 일이 생길 겁니다." 그가 뤼게머 소령에게 말했다.

나는 그들의 테이블에 빵이 담긴 바구니와 샐러드, 고기 요리를 내려놓고 있었다. 뤼게머 소령은 빵을 한 조각 들고 찢으면서 무슨 말인가 하려다가 갑자기 커진 장교들의 웃음소리에 잠시 입을 다물었다.

"축하할 일이 뭡니까?" 그는 로키타에게 다소 피곤한 표정으로 물었다.

로키타는 씩 웃으며 말했다. "7월 22일이 되면 테르노폴이 유대인 없는 청정지역이 된다는 것이죠. 놀랍지 않습니까?"

나는 쟁반을 들고 돌아섰다. 갑자기 정신이 몽롱해지고 눈앞에서 문이 닫히듯 시야가 좁아졌다. 나는 조리실 문을 어깨로 밀고 들어가 쟁반을 내려놓고 몸을 싱크대에 기댔다. 구토가 나올 것 같았다. 하지만 목구멍으로 신물만 넘어올 뿐이었다.

슐츠 씨가 싱크대의 물을 틀어놓고 손에 물을 묻혀 내 볼을 가볍게 두드렸다. "이레네, 괜찮아요?"

입에서 말이 나오지 않았다. 내 몸이 무거운 짐처럼 느껴지며, 내 정신을 거추장스러운 몸 밖으로 끄집어내야 할 것 같은 아주 이상한 기분이 들었다. 나는 앉고 싶었지만 소금기둥처럼 뻣뻣해진 몸은 말을 듣지 않았다.

"이레네?"

나는 부들부들 떨리는 손으로 얼굴의 물기를 닦았다. 슐츠 씨가 수건을 내밀었다. 처음으로 그와 시선이 마주쳤다. 상태가 조금 나아진 것을 확인한 그는 하던 일을 마치기 위해 돌아섰다.

"나가서 바람 좀 쐬고 와요." 그가 조용히 말했다.

나는 비틀거리며 뒷문을 열고 나갔다. 핏빛 노을이 저물녘 하늘을 할퀴고 있었다. 맞은편으로 보이는 세탁실의 출입문이 무덤의 입구처럼 나를 노려보았다.

이튿날인 7월 16일 아침, 친구들의 유일한 희망인 저택의 상황은 좋아지지 않고 있었다. 페인트 칠은커녕 집이 비워지지도 않은 상태였다. 나는 남은 시간이 엿새밖에 되지 않는다는 사실을 친구들에게 털어놓아야 할지 결정을 내려야 했다. 사실을 알게 된다면 그들은 충격과 절망에 빠질 것이었다. 세탁실에는 여섯 명의 친구가 남아 있었다. 이다와 라자르 부부, 클라라와 토마스 부부, 그리고 모제스 슈타이너와 팡카 질버만, 이들 여섯 사람에게 단 엿새의 시간이 남아 있었다. 창문을 통해 들어온 햇볕이 바닥에 네모나게 깔려 있는 모습을 나는 한참 동안 바라보았다. 결국 나는 모든 것을 사실대로 털어놓기로 마음먹었다. 함께 머리를 맞대보면 묘책이 나올지도 몰랐다.

"이젠 다 틀렸어." 슈타이너가 첫 반응을 보였다.

팡카는 가늘게 신음소리를 냈다. 이다가 그녀를 감싸 안으며 말했다. "슈타이너, 부끄러운 줄 아세요. 아직 희망을 버리기엔 일러요."

"탈출을 감행해야 할 때에요." 토마스 바우어가 말했다. "우리도 숲에 들어가서 살 길을 찾아봅시다."

"안 돼요. 잠깐만요." 나는 그의 말을 가로막았다. "제가 야노프카까지 갈 기회가 있을지 불확실하고, 그렇다고 여러분 스스로 그곳까지 간다는 것은 너무 위험해요. 탈출은 안 돼요. 방법이 있을 거예요." 나는 팔짱을 낀 채 세탁실 안을 왔다갔다 했다. 그들의 시선이 모두 나를 향하고 있었다. "21일 저녁에 수용소로 돌아가지 마세요. 이곳에 숨어 계세요. 제가 밖에서 문을 잠글게요. 다음날까지는 그 집이 비워질 거예요. 그러면 어떻게든……."

"어떻게든?" 라자르가 무거운 표정으로 물었다.

"어떻게든, 어떻게 해서든 제가 여러분을 저택까지 모시고 갈게요." 나는 낮지만 굳은 목소리로 약속했다.

클라라가 남편을 바라보았다. 그녀는 하얗게 질려 있었다. "이레네, 그러다 결국 당신도 붙잡히고 우리도 붙잡힐 거예요. 그냥 우리끼리 탈출하도록 내버려두세요. 당신만이라도 살아야 해요."

나는 필사적인 심정으로 그녀에게 말했다. "제발, 제발 탈출하지 말아요. 저에게 맡겨 주세요."

슈타이너가 고개를 가로저으며 등을 돌렸다.

"이제 모든 걸 하느님의 손에 맡깁시다." 라자르가 말했다.

"그러고 보니 이레네의 손에도 맡겨야겠네요." 그는 애써 웃음을 지으며 농담을 했다. 그는 그 상황에서도 나를 위로하고 있었다. 그들의 믿음이 도리어 나를 당혹스럽게 만들었다. 무슨 수로 그들을 구해낸단 말인가?

하지만 나는 굳은 약속을 했다. 나는 반드시 해내야만 했다.

이후 닷새 동안은 악몽 그 자체였다. 세탁실에 들를 때마다 난

평소와 다를 바 없이 행동했다. 견디기 힘들 정도로 절박한 상황이었지만 나는 그렇게 행동해야만 했다. 그들의 눈에서 회의와 절망을 읽으면서도 나는 모든 일이 순조롭게 진행되고 있다고 그들을 안심시켰다. 그리고는 세탁실을 나서며 입술을 깨물고 눈물을 삼켜야 했다.

7월 21일, 헬렌이 예고도 없이 HKP를 찾아와 면회 신청을 했다. 나는 정문에서 그녀를 만나 내 방으로 데리고 들어왔다. 그녀는 방에 들어서자마 그 자리에 주저앉고 말았다. 로키타의 집사 노릇을 하고 있던 그녀의 남편 헨리도 그날 저녁 근무를 마지막으로 수용소로 복귀하라는 명령을 받은 것이었다.

"이제 어떡해요?" 그녀는 두 손으로 얼굴을 감싼 채 숨죽여 흐느꼈다. "남편을 숨겨 줄 곳이 없어요. 어디에 숨기든 금세 발각될 거예요."

나는 그녀에게 다가가 귀엣말로 속삭였다. 홀에서 들리는 독일군 장교들의 목소리에 머리카락이 쭈뼛 곤두섰다. "헬렌, 진정해요. 제가 은신처를 한 군데 알고 있어요. 내일 밤 헨리를 그곳으로 보내세요. 대신 오늘밤과 내일은 숨어 있어야 해요. 내일 날이 어두워지면 제가 일러주는 집으로 가서 석탄 투입구를 통해 안으로 들어가라고 말해 주세요. 오늘 남편을 만날 수는 있겠죠?"

그녀는 할 말을 잃고 나를 멍하니 쳐다보았다.

"내 말 알아들었죠?" 나는 낮은 목소리로 다그치듯 물었다.

그녀는 조용히 고개를 끄덕였다.

나는 저택의 주소를 알려준 다음 그녀를 일으켜 세웠다. "가세요. 어서 남편에게 전하세요."

그녀는 달음박질치듯 홀을 빠져나갔다. 나는 평소와 다름없이 바쁘게 일하며 그날 오후를 보냈다.

저녁이 다가오면서 나는 아주 작은 소음에도 화들짝 놀랐다. 나는 사용한 행주를 빨래 바구니에 가득 담고 세탁실을 향했다. 탄약 공장에서 일하는 유대인들이 수용소로 돌아가기 위해 트럭에 오르고 있었다. 트럭 한 대는 이미 정문을 빠져나가고 있었다. 나는 세탁실 안으로 들어갔다.

여섯 명의 친구들이 일제히 나를 쳐다보았다. 라자르는 한쪽 벽면을 완전히 가로막은 선반 옆에 서 있었다.

"자, 움직이세요." 내가 말했다.

토마스가 라자르와 함께 비밀 은신처를 가로막고 있는 두 개의 선반을 끌어냈다. 벽면 구석의 구멍으로 팡카가 먼저 들어가고 이어서 이다가 들어갔다. 클라라가 뒤를 따랐고 슈타이너와 토마스가 차례로 좁은 구멍 안으로 몸을 밀어 넣었다. 밖에서는 트럭이 속속 도착하는 소리가 들렸다. 라자르는 내게 짧은 시선을 던지고는 곧바로 바닥에 엎드려 몸을 비틀며 구멍 안으로 들어갔다. 멀리서 군인들의 고함소리가 들리는 가운데 나는 선반을 벽에 붙이고 상자와 병, 바구니 따위를 그 위에 가지런히 올려놓았다. 그냥 봐서는 감쪽같았지만 샅샅이 수색을 한다면 못 찾아낼 정도는 아니었다. 하지만 그날 밤은 그것이 우리가 할 수 있는 최선의 선택이었다. 밖에서 유대인들을 태우기 위해 대기하고 있는 트럭들을 바라보며 나는 떨리는 손으로 세탁실의 문을 잠갔다. 운명의 날을 맞이한 유대인 노역자들이 순한 짐승처럼 트럭에 오르고 있었다.

두 대의 트럭이 출발했다. 기도를 하려 했지만 수천 번도 넘게 외운 기도문이 생각나지 않았다. 나는 "하늘에 계신 우리 아버지"로 시작하는 주님의 기도를 하려 했지만 "아버지의 이름"과 함께 아버지는 멀리 사라져 버린 것 같았다.

그때 반짝하는 불빛이 시야에 들어왔다. 나는 독일인 여비서들이 숙소로 사용하는 건물을 올려다보았다. 한 여자가 난간에 기댄 채 담뱃재를 떨어내며 트럭에 오르는 유대인들을 내려다보고 있었다. 방 안에서 누군가 농담을 했는지 그녀가 뒤를 돌아보며 웃음을 터뜨렸다. 잠시 후 그녀는 다시 난간에 몸을 기댄 채 담배 연기를 뿜어냈다. 그녀는 이 세상에서 벌어지고 있는 일들에 대해 아무런 관심이 없었다. 총이 있었다면 나는 아주 기쁜 마음으로 그녀를 쏘아 버렸을 것이다.

나는 저녁식사 준비를 위해 장교식당으로 들어갔다. 슐츠 씨는 이미 몇 명의 장교가 술을 마시고 있는 바에서 진열장을 정돈하고 있었다.

"참, 내가 말한다는 걸 깜빡하고 있었네." 그가 다가와서 말했다. "오늘은 저녁식사를 준비하지 않을 거예요. 시내에서 콘서트와 파티가 열리는데 사람들이 죄다 거기에 가기로 되어 있어요."

"그래요? 몰랐어요." 나는 벽에 걸린 히틀러의 초상화를 힐끔 올려다보았다.

그때 텅 빈 홀에 젊은 여자 하나가 들어왔다. 조금 전에 테라스에서 담배를 피우던 그 여자였다.

"슐츠 씨, 포도주 한 병이랑 잔 세 개만 부탁할게요. 친구들이 옷을 갈아입고 있는 중이라 제가 직접 들고 갈게요." 그녀는 내게 눈길도 주지 않고 말했다.

"네, 그러시죠." 슐츠 씨가 대답했다.

슐츠 씨가 포도주병의 코르크 마개를 따는 동안 바에서 술을 마시던 장교 하나가 천천히 다가왔다. "친위대 총각들한테 잘 보이려고 예쁘게들 꾸미시나 보네."

그녀는 그에게 눈웃음을 치며 말했다. "그래요? 친위대 장교님들이 오시나요?"

"며칠 사이 도망간 유대인 놈들이 많아서 친위대가 내일 사냥을 하러 온답니다. 당신 침대 밑에도 한 놈 숨어 있을지 모르니까 같이 가서 한번 봅시다."

그녀는 장난스럽게 비명을 지르며 슐츠 씨의 손에서 포도주병을 낚아챘다. "아뇨, 됐어요. 혹시 그런 놈이 있으면 제가 이걸로 머리통을 후려치죠." 그녀는 포도주잔을 챙겨서 도망치듯 홀을 빠져나갔다.

뒤에서 이 모습을 지켜보고 있던 장교들이 웃음을 터뜨렸다. 슐츠 씨도 웃음을 지으며 농담을 건넸다. "중위님이 친위대 소속이었으면 아마 저 아가씨도 좋다고 했을걸요."

그때 사병 하나가 출입문에 고개를 빼꼼 들이밀고 말했다. "슐

츠 씨, 여기에서 일하는 유대인들 다 갔습니까? 지금 마지막 트
럭이 나가야 하는데 인원이 안 맞습니다."

슐츠 씨에게 대답할 틈을 주지 않고 내가 나서서 말했다. "그
사람들 오늘 일찍 나갔어요. 세탁실도 이미 잠갔는데요."

그 군인은 다시 슐츠 씨를 쳐다보며 물었다. "맞습니까?"

나는 고개를 끄덕거렸다. "네, 직접 확인해 보실래요?"

"그게 좋겠습니다. 문을 열어 주십시오." 그는 미심쩍은 표정
으로 말했다.

나는 다시 고개를 끄덕였다. "따라오세요."

슐츠 씨도 내 뒤를 따랐다. 세탁실 건물까지 걸어가는 동안 나
는 그를 쳐다보지 않았다. 하지만 세탁실 벽 뒤에 숨어 있는 친
구들에게 위험을 알리기 위해 일부러 목소리를 높여 그에게 불
평을 늘어놓았다.

"슐츠 씨, 베를린에서 보내 주는 세탁비누에 문제가 있는 것
같아요. 아무리 비벼대도 빨래가 깨끗해지지 않거든요. 어떤 재
료를 쓰기에 그 모양인지 모르겠어요. 흰 옷이 전부 누렇게 변색
이 돼요. 제가 어렸을 때는 흰 옷 빨래를 풀밭에 펼쳐놓고 말렸어
요. 그러면 햇볕을 받아서 색깔도 더 하얘지고 풀냄새도 은은하
게 배거든요. 물론 여기는 땅바닥이 지저분해서 그렇게 하기는
힘들 거예요." 나는 열쇠 꾸러미를 덜거덕거리며 문을 열었다. "
자, 들어가 보시죠."

나는 문을 열고 전등 스위치를 켰다. 심장이 마구 뛰었다. 슐
츠 씨가 앞장서서 들어갔다. 세탁실은 그리 넓지 않았다. 옷장

하나 없이 세탁도구들과 한쪽 벽면에 서 있는 선반이 전부였다. 우리를 따라온 군인이 내부를 둘러보더니 어깨를 으쓱하며 다시 밖으로 나갔다. 나는 전등 스위치를 끄고 밖에서 문을 잠갔다.

"일찍 나갔다고 말씀드렸잖아요." 나는 미소를 지으며 군인에게 말했다.

그는 다시 어깨를 으쓱한 다음 시동을 걸고 있는 트럭을 향해 뛰어갔다. 슐츠 씨는 아무 말 없이 조리실로 돌아갔다.

6시가 되기 전에 이미 대부분의 장교들과 여비서들은 차를 타고 정문을 빠져나갔다. 슐츠 씨도 옷을 갈아입고 파티 장소로 출발했다. 몸살이 난 두 명의 장교만이 각자의 방에서 앓아누워 있었다. 한낮의 열기가 남아있는 호텔 건물에는 정적이 감돌고 있었다. 문득 나는 친위대의 수색조가 언제 도착할지 알아내지 못했다는 사실을 깨달았다. 그들이 들이닥치기 전에 나는 세탁실의 친구들이 숨을 다른 장소를 찾아내야만 했다.

나는 곧장 뤼게머 소령이 사용하는 방으로 뛰어 올라갔다. 나는 가끔 객실 청소를 담당한 유대인들이 수용소로 돌아간 뒤에 그의 방을 청소하는 경우가 있었다. 그가 늦은 시각에 샤워를 하고 술을 마시러 내려올 때 젖은 수건을 교체하고 욕실 뒷정리를 하기 위해서였다.

그의 방에 들어가 욕실 문을 열자 불투명한 창으로 건물 밖의 희미한 불빛이 비쳤다. 창밖 나뭇가지의 흔들리는 잎들이 불빛에 아른아른 번지고 있었다. 나는 우두커니 유리창을 바라보며 잠시나마 초를 다투는 급박함과 두려움을 잊고 아련한 불빛이 반사되는 호숫가에 와 있는 듯한 평온함을 느꼈다.

다음 순간, 변기가 있는 벽면 위쪽의 큼지막한 환기구의 쇠창살이 눈에 들어왔다. 그때까지는 서둘러 청소만 하던 그곳에서, 아른거리는 불빛의 얼룩을 가만히 따라가던 시선이 새삼 발견한 것이었다. 나는 고개를 비스듬히 기울여 환기구의 쇠창살을 살펴보았다.

좀 더 자세히 살펴보기 위해 나는 변기를 딛고 올라가 창살 사이에 손가락을 넣고 힘을 주어 당겨 봤다. 그러자 양쪽 홈에 끼워져 있던 쇠창살이 떨어져 나왔다. 나는 까치발을 하고 환기구 안쪽을 들여다보았다. 안쪽 끝은 깜깜해서 보이지 않았지만 아마 호텔 내부의 환기 통로가 이어지는 것 같았다. 나는 세탁실 바닥에서 주운 단추를 에이프런 주머니에서 꺼내 안쪽으로 던져 보았다. 단추는 깜깜해서 보이지 않는 벽에 부딪힐 때까지 1미터 정도 튕겨간 것 같았다. 여섯 명이 빽빽하게 들어갈 공간은 될 듯했다. 반드시 그래야만 했다. 지휘관이 사용하는 스위트룸의 욕실보다 더 나은 은신처는 찾을 수 없었기 때문이다.

늦여름의 긴 해를 바라보며, 나는 파티에 간 장교들과 친위대 수색조가 도착하기 전에 친구들을 데리고 올라올 수 있도록 빨리 어둠이 깔리기를 초조하게 기다렸다.

작전

초저녁 나는 차를 끓여서 객실에 누워 있는 두 장교에게 갖다 주었다. 그리고 바에서 꺼내간 브랜디를 함께 건네주며 약과 함께 들이켜고 푹 쉬라고 말했다. 나는 그들의 방에서 잠시 이야기를 나누며 그들이 약과 함께 술잔을 입에 털어넣는 것을 확인하고 나왔다. 9시 30분, 호텔 건물 전체가 나의 것이 되었다.

나는 조심스럽게 세탁실 건물로 다가갔다. 으스름한 달빛에 주위는 온통 어둠과 적막에 싸여 있었다. 멀리 정문의 경비병은 휘파람을 불며 거리 쪽을 바라보고 있었다. 나는 소리를 내지 않기 위해 아주 조심스럽게 자물쇠를 따고 세탁실 안으로 들어갔다. 나는 전등을 켜지 않았다.

선반을 톡톡 두들긴 다음 나는 낮은 목소리로 환기 통로에 대해 짧게 설명했다. 라자르와 토마스는 직접 가서 살펴보겠다고 했다. 나는 선반을 끌어내고 어둠 속에서 두 사람이 좁은 구멍을 힘겹게 기어 나오는 모습을 지켜보았다. 우리는 문 앞에서 잠시 주위를 살핀 다음 호텔 입구를 향해 쏜살같이 뛰어갔다. 두 개의 전등이 양쪽으로 켜있는 입구에서 우리는 잠시 멈춰 섰다. 나는 1층 홀을 살핀 다음 라자르와 토마스에게 계단을 가리켰다. 그리고는 손가락으로 나를 따라 3층으로 올라오라고 신호를 보냈다.

환기구의 창살을 떼어낸 다음 라자르가 밑에서 토마스를 받쳐 주었다. 토마스가 안쪽으로 기어들어가며 팔꿈치로 환기 통로 바닥을 누를 때마다 삐걱삐걱 소리가 들렸다.

"다 들어갈 수 있겠어?" 라자르가 속삭이듯 물었다.

토마스는 몸을 돌려 고개를 내밀며 대답했다. "억지로 밀어 넣으면 다 들어오겠어. 바닥이 여섯 명의 체중은 견딜 것 같아."

"나머지 분들을 데리고 올게요." 나는 욕실을 빠져나와 세탁실로 돌아갔다. 나는 한 번에 한 명씩 이동시켰다. 거리의 소음이나 나뭇가지가 바람에 흔들리며 건물 유리창을 스치는 소리에도 우리는 소스라치게 놀랐다. 이다가 2층 계단에서 넘어졌으나 재빨리 일어나 무사히 뤼게머 소령의 방에 도착했다.

"올라오기 전에 용변을 해결해요." 라자르가 무사히 도착한 아내에게 말했다. "여기에 꽤 오래 있어야 할 테니까."

나는 슈타이너를 마지막으로 여섯 사람 모두를 세탁실에서 데리고 나오는 데 성공했다. 그들은 환기 통로 안에서 누가 어느 자리에 있어야 할지에 대해 한참 이야기를 나누었다. 삐걱거리는 소리가 다른 곳보다 크게 나는 자리가 있었기 때문이다. 나는 소음을 줄일 수 있도록 창고에서 베개와 담요를 꺼내왔다. 마지막으로 하루를 버틸 수 있을 정도의 물과 빵도 가지고 왔다.

"뤼게머 소령은 틀림없이 만취해서 들어올 거예요. 깊이 잠들게 분명하지만 그래도 여러분은 절대로 잠들어선 안 돼요. 소리를 낼 수 있으니까요." 나는 환기구 안을 들여다보며 말했다.

"걱정 말아요. 이 좁은 데서 어떻게 잠을 자겠어요?" 웃으면서 말했지만 팡카의 목소리는 떨리고 있었다.

환기구의 창살을 다시 홈에 끼우고 아래층으로 내려왔을 때 시계는 자정을 가리키고 있었다. 온몸이 땀에 흠뻑 젖었고 손과 다리는 부들부들 떨렸다. 하지만 마지막으로 처리해야 할 일이 남아 있었다. 나는 세탁실로 돌아가 그들이 숨어 있었던 흔적을 없애야 했다. 나는 선반을 옆으로 밀치고 그 안에 청소도구와 양동이, 온갖 잡동사니가 담긴 상자를 밀어 넣었다. 뭔가 의심쩍은 구석은 있었지만 적어도 사람이 숨어 있었던 흔적은 남지 않았다. 새벽 1시가 되어 나는 기진맥진한 채 방으로 돌아와 침대에 쓰러졌다.

하지만 잠이 오지 않았다. 지난 며칠간의 일들과 친구들에게 일어날지도 모를 끔찍한 환영幻影이 방 안의 어둠 위에 펼쳐졌다. 불길한 생각이 꼬리에 꼬리를 물면서 그렇게 한 시간이 흘렀다. 파티에서 돌아온 사람들의 떠들썩한 소리가 밖에서 들리기 시작했다.

나는 문가에 다가가서 바깥의 소리에 귀를 기울였다. 술에 취한 남녀 한 무리의 목소리와 무엇인가에 부딪치는 소리, 서로 조용히 하라며 낄낄대는 소리가 마치 비밀 파티에 갔다가 부모님

몰래 들어오는 십대들 같았다. 잠시 후 소음이 잦아드는가 싶더니 이내 노랫소리와 욕설과 문이 세차게 닫히는 소리가 다시 들리기 시작했다. 밖은 한동안 시끌벅적했다. 그러다 조금씩 소음이 잦아들었고 마침내 호텔은 깊은 잠에 빠져들었다.

나도 스르르 눈이 감겼다.

총성과 폭발음에 나는 잠에서 깼다. 나는 침대에서 벌떡 일어나 창문의 등화관제용 커튼을 젖혔다. 멀리서 두 번째 폭발음이 들렸다. 로키타의 친위부대가 작전을 개시한 것이었다. 주체할 수 없는 눈물이 흘렀다. 에이프런의 끈을 허리에 매는 동안 바닥에 눈물이 뚝뚝 떨어졌다.

슐츠 씨는 벌써 조리실에 나와 있었다. 그 역시 매우 놀란 표정이었다. 그는 커피를 한 잔 건네주며 내 어깨를 가볍게 도닥거렸다. "곧 끝날 거예요. 힘들겠지만 마음을 잘 추스르세요."

창밖으로 공장의 지붕 너머 게토 쪽에서 짙은 연기가 피어오르고 있었다. 그때 조리실 문이 열리며 숙취가 가시지 않은 초췌한 얼굴로 뤼게머 소령이 들어왔다.

"슐츠 씨, 속을 좀 풀 만한 거 부탁합니다." 그는 의자를 끌어다 앉았다. 폭발음이 들릴 때마다 그의 어깨가 움찔움찔했다. 그는 혼잣말로 중얼거렸다. "빌어먹을, 빌어먹을 전쟁."

영내에 근무하는 장교들과 여비서들은 평소보다 늦게 아침식사를 하러 나타났다. 모두들 힘든 기색에 말이 별로 없었지만 더러 짜증이 섞인 말을 한두 마디씩 내뱉었다. HKP의 모든 근무자들은 숙취로 흐리멍덩했다. 도시 반대편에서는 사람들이 죽어가고 있었지만, 그들에게는 숙취로 인한 두통이 폭발음 때문에 심해지는 것과 친위대의 작전으로 인해 힘들어질 그날 일과가 걱정될 뿐이었다. 내가 듣는 총성과 폭발음을 친구들도 똑같이 듣고 있으리라 짐작하면서도, 그리고 미처 피신하지 못한 자신들의 친구와 친척들을 떠올리는 그들의 심정이 어떠할지를 헤아리면서도 나는 아무 일도 없다는 듯이 술이 덜 깬 독일인들에게 아침식사를 날라다 주어야 했다.

홀에 마지막까지 남아 있던 이들이 식사를 마치고 나가자마자 나는 뤼게머 소령의 방으로 뛰어올라갔다. 욕실 문은 활짝 열려 있었다. 나는 욕실 안으로 들어가 문을 닫았다. 내가 환기구를 올려다보며 막 입을 떼려는 순간 뒤에서 문이 다시 열렸다.

나는 깜짝 놀라 뒤를 돌아봤다. 젊은 친위대원이 문손잡이를 쥔 채 놀란 표정으로 나를 바라보고 있었다. 그는 내가 욕실 안에 있는 줄 모르고 문을 열었는지 적잖이 당황하는 눈치였다.

"죄송합니다. 안에 사람이 있는지 몰랐습니다." 그가 말을 더듬었다.

나는 온몸이 뻣뻣하게 얼어붙는 느낌이었다. "여기서 뭐 하시는 거예요?"

"저는, 그러니까 저희는 명령에 따라서……." 그는 잠시 머뭇거리더니 냉정을 되찾았다. "아가씨는 여기서 뭐 하고 있습니까?"

"저는 뤼게머 소령님 밑에서 일하고 있는 직원이에요. 여긴 소령님께서 사용하시는 방이라 아무나 들어올 수 없습니다. 청소를 해야 하니까 실례지만 나가 주시겠어요?"

"네, 알겠습니다."

그는 당황한 표정으로 방을 빠져나갔다. 그는 소령이 사용하는 스위트룸의 욕실에 유대인이 숨어 있을 거라고는 생각하지 못했을 것이다. 하지만 만일 그가 욕실을 자세히 살펴보았다면 틀림없이 환기구를 주목했을 것이다. 그리고 환기구 가장 가까운 곳에 쭈그리고 앉아 있던 이다 할러의 희미한 윤곽을 발견했을 것이다.

나는 욕실 문을 잠그고 떨리는 숨을 몰아쉬었다.

"이레네!" 이다가 속삭였다. "결국은 발각이 될 거에요. 차라리 우리를 그냥 신고하세요. 당신까지 너무 위험해요."

"아니에요. 조금만 참으세요. 수색조가 돌아가면 곧바로 알려드릴게요. 제가 다시 올 때까지 그대로 계셔야 해요!"

나는 그들의 목숨이 달린 문제로 말싸움을 하고 싶지 않았다. 나는 욕실 밖으로 나와 다시 식당으로 내려갔다. 수색조는 계속해서 HKP의 구석구석을 뒤지고 있었다. 나는 메추라기가 주변을 어슬렁거리는 여우를 의식하듯 그들의 움직임에 촉각을 곤두세웠다. 늦은 오후가 되어 그들은 수색을 마치고 트럭에 올랐다. 인근 지역에서는 총성과 폭발음이 계속되었다.

친위대가 영내를 떠나자마자 나는 소령의 방으로 올라가서 친구들이 환기 통로에서 내려와 허리를 펴고 화장실을 이용할 수 있도록 했다. 그들은 나까지 위험해지는 것을 더 이상 지켜볼 수 없다며 그만 포기하자고 말했지만 나는 그들의 주장을 무시하고 환기구로 다시 올라가라고 단호하게 말했다. 아울러 무슨 말을 하든 나는 듣지 않을 것이며 포기하는 일은 결코 없을 거라고 덧붙였다. 나는 환기구의 창살을 다시 홈에 끼운 뒤, 집요하게 나를 설득하려는 그들의 속삭임을 뒤로하고 욕실에서 나왔다.

장교식당의 점심시간이 끝난 뒤 나는 뤼게머 소령의 새 저택으로 달려갔다. 내가 도착했을 때 마침 그 집에 살고 있던 세입자 가족이 마지막 짐을 싸서 나오고 있었다. 그들은 나를 노려보며 독일 놈의 창녀라고 욕설을 퍼부었다. 나는 내 앞을 스쳐 지나가는 그들의 얼굴을 차마 볼 수가 없었다. 그러나 친구들의 목숨을 구하기 위해서라면 어쩔 수가 없었다. 나는 그들이 모퉁이를 돌아 영영 돌아오지 않기를 기도했다.

드디어 저택은 나의 것이 되었다. 뤼게머 소령은 이 집이 자신의 것이라고 생각했겠지만 그는 알지 못했다. 그 집은 나의 것이었다. 그 집은 나의 보물 상자, 나의 칼, 나의 닭장이었다. 나는 거실 한가운데에 서서 집 안을 둘러보았다. 창문과 천장의 샹들리에와 계단과 지하실로 통하는 문, 모두가 내 것이었다.

나는 충분한 시간을 갖고 내부 구조를 자세히 살펴보기 위해 지하실로 내려갔다. 오래 전 하인들의 거처로 사용되었음직한 공간은 필요한 모든 것—두 개의 침실, 작은 조리실, 욕실, 창고—을 갖추고 있었다. 천장 가까이에 붙어 있는 창문은 저택 바깥의 정원을 내다볼 수 있는 높이에 있었지만 등화관제를 위해 검정색 판자로 막혀 있었다. 판자를 떼어내지 않는 한 밖에서는 지

하실 안을 들여다볼 수 없을 뿐만 아니라 불빛도 완벽하게 차단
되었다. 보일러실에 들어가서 건물 외벽의 석탄 투입구로부터
미끄럼틀처럼 연결되어 있는 구조물을 보는 순간 나는 형언할
수 없는 희열을 느꼈다. 손에 묻은 석탄가루를 털어내며 나는 친
구들이 석탄 투입구를 통해 놀이터의 미끄럼틀을 타는 아이들처
럼 지하실로 내려오는 상상을 했다. 상상 속에서 나는 엄마가 되
어 푸른 하늘이 펼쳐진 놀이터에서 미끄럼틀을 타고 내려오는
아이들을 안전하게 받아 주었다.

불현듯 햇살이 가득한 상상 속의 장면이 사라지고 한 가지 질
문이 떠올랐다. 그들을 뤼게머 소령의 방과 HKP에서 어떻게 빼
내지?

열쇠가 필요했다. 호텔 건물이 거리와 맞닿은 쪽에는 경비병
이 없을 뿐만 아니라 정문에서 잘 보이지도 않았다. 하지만 그쪽
의 출입구는 특별한 때를 제외하고는 늘 잠겨 있었다. HKP에
돌아와 저녁식사를 준비하는 내내 나는 머릿속으로 소령으로부
터 열쇠를 받아낼 그럴듯한 핑계를 이리저리 궁리해 보았다. 그
러다 결국에는 열쇠를 훔치는 쪽으로 마음을 굳혔다.

HKP의 근무자들은 저녁이 되도록 전날의 과음으로 고생하고
있었다. 저녁시간의 장교식당은 웃음소리가 거의 들리지 않을
정도로 조용했다. 식사를 하는 사람들은 딸그락거리는 소리조차
내지 않으려는 듯 조심스럽게 포크와 나이프를 다루었고 식사를
마치자마자 대부분 방으로 올라갔다. 당구를 치거나 술을 마시

는 사람들도 거의 없었다.

나는 테이블에 혼자 앉아 있는 뤼게머 소령에게 다가갔다. 그는 명한 시선으로 거의 입에 대지도 않은 포도주잔을 들고 있었다.

"뭐 좀 가져다 드릴까요?" 내가 물었다.

그가 나를 올려다보았다. 불빛에 반사되는 안경알 너머로 그의 지친 눈이 보였다.

"따뜻한 우유나 한 잔 가져다 줘요. 수면제라도 먹고 일찍 자야지, 오늘 하루는 정말 끔찍했습니다."

나는 뛰는 가슴을 진정시키며 그의 앞에 놓인 접시를 치웠다. "힘드셨나 보네요. 방으로 데운 우유를 곧 가져다 드리겠습니다. 먼저 올라가 계시죠."

그가 테이블에서 일어났다. "그럽시다. 참, 내일 병사들을 그 집으로 보내 페인트 칠을 하게 할 겁니다. 이레네가 온종일 거기 머무르면서 작업 감독을 좀 해줘요."

"네, 알겠습니다. 어서 올라가 쉬세요."

나는 그가 어서 방으로 돌아가 잠에 곯아떨어지기를 기대하며 그가 계단을 올라가자마자 조리실로 뛰어가 우유를 데웠다. 5분이 채 되지 않아 나는 그의 방문을 노크했다.

뤼게머 소령은 작은 흰색 알약을 입에 넣고 쟁반에서 우유 잔을 집어 들었다. 그가 우유를 마시는 동안 나는 침대 옆 탁자를 힐끗 쳐다보았다. 그의 열쇠 꾸러미가 놓여 있었다.

그가 빈 잔을 돌려주었다. "고마워요, 이레네. 잘 자요."

"아침까지 깨지 마시고 푹 주무세요." 나는 돌아눕는 그에게 말했다.

"음? 뭐라고요?"

"안녕히 주무시라고요." 나는 미소를 지으며 말했다.

나는 거실로 나와 출입문을 살짝 걸쳐 놓은 채 객실을 빠져나왔다. 전날 밤에 이어 또 다시 호텔 전체가 깊은 잠에 빠져들기를 기다려야 했다. 나는 1층 내 방의 침대 끝에 걸터앉아 있었다. 극도의 긴장과 불안으로 잠이 올 리 없었지만 몸은 온종일 벽돌로 저글링을 한 것처럼 피곤했기 때문에 누워 있는 것은 위험했다. 나는 방문을 열어놓고 호텔 건물 내에서 들려오는 아주 작은 소음에도 귀를 기울였다. 마침내 건물 전체가 정적에 휩싸였다. 나는 신발을 벗어 놓고 조용히 3층으로 올라갔다.

나는 객실 출입문 틈 사이로 귀를 대보았다. 코고는 소리가 희미하게 들렸다. 문득 고등학교 시절 조명이 쏟아지는 무대로 뛰어나가기 직전 숨을 깊게 들이마시던 기억이 떠올랐다. 심장은 마구 뛰고 어깨를 아무리 활짝 펴려고 해도 근육이 단단하게 뭉치는 것 같은, 그때의 기분이 고스란히 느껴졌다. 나는 깊게 숨을 들이마시고 객실 안으로 들어갔다.

침실의 문손잡이를 살짝 비틀자 복도에서 비스듬히 들어오는 흐린 불빛이 탁자를 비추었다. 소령은 코를 골며 깊이 잠들어 있었다. 나는 침대 옆으로 살금살금 다가가 가만히 열쇠 꾸러미를 집어 들었다. 그리고는 조용히 침실을 빠져나왔다. 만일 소령이 깨어난다면 어떻게 해야 할지에 대해서는 생각하지 않았다. 나는 내가 할 수 있는 일을 할 뿐이었다.

지치고 굳은 몸이 일으키는 경련으로 그들은 고통스러워했다. 하지만 조금도 지체할 시간이 없었다. 한 번에 한 사람씩 그들은 조용히 환기구에서 내려왔다. 팡카는 피가 통하지 않는 팔을 원을 그리듯 조용히 휘저었다. 슈타이너가 허리를 펴면서 뚜두둑 하는 소리가 났을 때 우리는 모두 숨이 멎는 것 같았다.

"서둘러요." 나는 객실 출입문을 살짝 열고 복도를 살폈다. 나는 그들에게 손짓으로 신호를 하며 계단을 따라 내려오게 했다. 큰길 쪽으로 나가는 출입문에 이르러 나는 열쇠 꾸러미의 열쇠들을 하나씩 자물쇠에 꽂아보았다. 손이 떨려서 열쇠를 자물쇠의 구멍에 꽂기가 쉽지 않았다. 식은땀이 흘렀다. 마침내 문이 열렸다. 그들은 밖으로 나와 어둠 속에서 주변을 살폈다.

"알려드린 주소로 가세요." 나는 속삭였다. "저택의 왼쪽 편에 석탄 투입구가 있어요. 지하실로 곧장 통하니까 그리로 내려가서 저를 기다리세요. 오전 중 가능한 한 빨리 갈게요. 가세요! 행운을 빌어요."

그들은 순식간에 어둠 속으로 사라졌다. 나는 문을 잠그고 열쇠 꾸러미를 뤼게머 소령의 방에 다시 갖다 두었다. 방으로 돌아와 나는 침대에 누워 그들이 무사히 도착할 거라고 수십 번도 넘게 중얼거렸다. 스스로 다른 경우를 상상하는 것을 허락할 수 없었다.

잠이 들기 전 문득 나는 승리의 환희를 느꼈다. 로키타 소령은 그날 밤 테르노폴에 유대인이 하나도 남아 있지 않으며 자신의 작전으로 테르노폴이 '청정지역'이 되었다고 생각했다. 그러나 나 역시 나만의 작전을 수행했다. 이 도시엔 적어도 여섯 명의 유대인이 남아 있으며, 내가 그들을 도울 수 있는 한 테르노폴은 결코 '청정지역'이 될 수 없었다.

저택

　장교식당의 아침식사가 끝나고 뒷정리를 마친 후 나는 곧바로 저택을 향해 달려갔다. 땀이 비 오듯 쏟아졌다. 나는 페인트칠을 하러 온 병사들이 사다리를 가구에 부딪쳐 가며 이리저리 움직이고 있는 광경을 상상하면서 현관문을 열었다. 집 안은 조용했다. 나는 가슴을 쓸어내리며 이제 친구들이 지하실에 숨어 나를 기다리고 있기만을 바랐다.

　어떤 상황을 마주치게 될지 두렵고 떨리는 마음으로 나는 지하실로 통하는 문을 열고 일부러 발소리를 크게 내며 계단을 내려갔다. "저 이레네예요." 나는 조심스럽게 소리쳤다.

　첫 번째 방은 비어 있었다. 나는 여섯 명의 친구들과 헨리 바인바움이 있기를 기도하며 보일러실로 다가갔다. 문은 삐걱 소리를 내며 열렸다.

　"저 이레네예요!"

정적을 깨는 안도의 한숨이 들렸다. 어둠 속에서 친구들이―이다, 라자르, 클라라, 토마스, 팡카, 모제스 슈타이너 그리고 헨리 바인바움일 거라고 짐작되는 젊고 잘생긴 남자까지―하나둘 모습을 드러냈다. 나는 북받치는 감정을 억누르며 그들의 손을 맞잡았다. 모두 있었다. 그들 모두가 살아 있었다. 다음 순간, 나는 그들 가운데 낯선 얼굴 셋을 발견했다. 그들이 어색함과 경계심이 섞인 표정으로 인사를 했다. "저는 요셉 바이스라고 합니다." 나이가 가장 많아 보이는 사람이 말했다. "이쪽은 마리안 빌너, 그리고 알렉스 로젠입니다. 헨리를 따라 왔습니다."

나는 멍한 기분이 들었다. 이제 열 사람의 목숨이 내 손에 달려 있었다. 하지만 긴 이야기를 주고받을 시간이 없었다. HKP에서 언제 병사들이 도착할지 몰랐다.

"모두 서두르세요." 나는 말했다. "페인트 칠이 끝날 때까지 다락방에 숨어 계셔야 해요. 가능한 한 자주 올라가 볼게요. 한 가지 명심하셔야 할 것은 절대로 소리를 내서는 안 된다는 거예요."

모두 조용히 고개를 끄덕였다. 우리는 위층으로 올라갔다. 곳곳에 곰팡이가 피고 쥐똥이 흩어져 있는 다락방에 들어서자 창문으로 들어오는 빛줄기에 뿌연 먼지가 비쳤다. "신발을 벗으세요. 그리고 꼭 필요한 경우를 제외하고는 움직이지 마세요."

그때 밖에서 트럭이 정차하는 소리가 들렸고 나는 황급히 다락방 문을 잠그고 아래층으로 내려갔다.

나는 지하실로 통하는 출입문을 닫고 급히 현관문으로 달려갔다.

"이쪽입니다." 나는 현관문 옆에 비켜서서 페인트 칠 도구들을 들고 들어오는 병사들을 맞았다. 그들 뒤로 차에서 내리는 뤼게머 소령이 보였다.

"수고가 많아요, 이레네." 그가 밝은 표정으로 인사를 했다.

나는 고개를 살짝 숙여 인사를 했다. "안녕하세요?"

"집이 아주 훌륭하군요." 그가 손바닥을 마주 비비며 집 안으로 들어왔다. "페인트 칠과 내부 수리를 마치려면 일주일은 걸리겠어요. 이레네, 오늘 아예 짐을 싸서 이 집에 들어와 있도록 해요. 그리고 일주일 동안 작업 감독을 맡아 줘요. 장교식당 일은 저녁식사 시간만 조금 거들고 나머지는 내가 슐츠 씨와 상의해서 처리할게요."

뤼게머 소령은 1층 여기저기를 둘러보며 만족스럽다는 듯이 고개를 끄덕였다. 그의 군홧발 소리가 뚜벅뚜벅 빈 거실에 울렸다. "Ja, ja, ausgezeichnet.(좋아, 좋아, 훌륭해.)" 그는 흡족한 표정으로 연신 혼잣말을 했다. 트럭 한 대가 더 도착하자 그는 밖으로 나갔다. 그는 트럭에서 내린 군인들에게 정원을 어떻게 손볼 것인지를 지시했다. 나는 거실 창문을 통해 그가 정원의 가제보(서양식 정자-옮긴이) 주변에서 나무를 뽑거나 옮겨 심을 자리를 가리키며 무엇인가 열심히 설명하는 모습을 지켜보았다. 거실에서는 병사들이 가구를 한쪽 구석으로 밀면서 작업을 시작할 준비를 했다. 그들이 주고받는 농담 가운데 언뜻 "소령의 노리개"라는 말이 들렸다.

나는 모멸감을 참으며 군인들에게 그날 해야 할 작업을 알려
주었다.

머칠 동안 군인들이 집 안팎에서 분주하게—페인트 칠과 수
리와 정원 공사를 하며—움직이는 동안 나는 틈틈이 다락방으
로 몰래 음식을 날랐다. 과일과 치즈, 빵과 물을 올려 보냈고 용
변 문제를 해결할 수 있도록 양동이도 두 개 갖다 두었다. 한여
름의 열기에 다락방은 찜통처럼 더웠지만 우리는 창문을 열지
않았다. 그보다 훨씬 더한 상황도 경험해 본 그들은 숨이 막히는
다락방의 열기를 묵묵히 견뎌냈다. 늦은 밤, 저녁식사 뒷정리를
마치고 호텔에서 돌아오면 나는 잠긴 다락방 문을 열어 병사들
이 철수한 집에서 그들이 자유의 시간을 누리도록 해주었다. 그
들은 제일 먼저 화장실을 사용했고, 샤워와 가벼운 맨손운동으
로 굳은 몸을 풀었다. 그러는 동안에도 우리는 전등을 켜지 않았
고, 모두들 유령처럼 말을 하지 않았다.

지하실의 페인트 칠과 수리가 가장 먼저 끝났다. 작업 첫날 나
는 병사들에게 뤼게머 소령이 지하실부터 위로 올라가며 작업을
하라는 지시를 내렸다고 말했다. 지하실의 작업이 마무리된 후,
나는 어둠이 내리기를 기다려 곰팡이와 쥐똥 냄새 대신에 새로
칠한 페인트와 톱밥 냄새가 진동하는 새 거처로 친구들을 안내
했다.

그것은 우리 모두에게 새로운 생활의 시작이었다. 전기를 다
룰 줄 아는 헨리의 친구가 현관 내부의 러그 밑에 버튼을 만들어

서 지하실 천장의 전등까지 전선을 연결했다. 버튼이 숨겨진 자리를 발로 밟으면 지하실의 전등이 깜빡이게 되는 경보 시스템이 그렇게 만들어졌다. 나는 현관문을 항상 잠가두었다. 그래서 누군가 밖에서 초인종을 누르면 지하실의 친구들에게 경고를 보낼 충분한 시간을 확보할 수 있었다. 한 번을 밟으면 밖의 상황을 주시하라는 것이었고, 두 번을 누르면 위험에 대비하라는 뜻이었으며, 여러 번을 연속해서 밟으면 당장 피하라는 뜻이었다. 우리는 소문으로만 듣던 비밀 은신처를 찾아냈는데, 그것은 난방용 화로 뒤에서부터 굴을 파고 들어가 정원 가제보가 있는 땅 밑의 벙커로 이어졌다. 위험이 닥칠 경우 그들은 벙커까지 기어서 들어가야 했다. 벙커를 살피러 들어갔다가 쥐를 여러 마리 잡아서 나온 남자들은 벙커가 열 사람이 숨기에 충분하다고 했다.

식량은 부족함이 없었다. 슐츠 씨는 부속 조리실 창고에 일개 소대가 먹고도 남을 식량을 항상 쌓아두고 있었다. 나는 다시 한 번 그가 뭔가를 눈치 채고 있는 건 아닌지 의심하지 않을 수 없었다. 나는 보급 창고에서 뤼게머 소령의 명의로 담배와 보드카, 설탕과 기타 생필품을 받아 오기도 했다. 물론 창고의 병사들은 내가 받아 오는 물건의 절반이 곧장 지하실로 내려간다는 사실을 알 턱이 없었다.

지하실은 한여름의 찜통더위에도 시원했다. 화장실이 있었고, 친구들은 내가 챙겨다 주는 날짜 지난 신문도 받아 볼 수 있었다. 그들은 은신처에서 나름 호사를 누렸다.

그러나 그 모든 것이 하마터면 물거품이 될 뻔했다. 페인트 칠과 집수리가 마무리되어 갈 즈음 소령이 저택에 나타났다.

"지하실은 작업이 끝났죠?" 도착하자마자 그가 물었다.

머리카락이 쭈뼛 곤두섰다. "특별히 지하실을 사용하실 계획이라도 있으세요?" 나는 애써 태연한 표정으로 물었다.

그는 제복의 단추를 풀며 말했다. "당번병에게 지하실에 있는 방을 내줄까 하는데."

나는 얼굴에서 피가 아래로 쭉 빠져나가는 느낌이 들었다. 뤼게머 소령이 놀란 표정으로 나를 쳐다봤다. "이레네, 무슨 일 있어요?"

나는 억지로 눈물을 짜낼 필요가 없었다. "부탁이에요. 제발 당번병을 집에 들이지 말아 주세요." 나는 눈물을 흘리며 간청했다. "이제까지 말씀드리지 않았지만 전쟁이 막 터졌을 때 러시아 군인들에게 붙잡힌 적이 있었어요. 그래서……." 나는 목이 메어 더 이상 말을 이을 수 없었다.

소령의 얼굴이 일그러졌다. "그래서요?"

"러시아 군인들이 저를 성폭행했어요." 나는 그의 얼굴이 붉어지는 것을 보았다. 나는 감정을 추스르고 대담하게 밀어붙였다. "젊은 남자가 집 안에 있다면 저는 견뎌내지 못할 거예요. 아마 그 끔찍한 기억이 매순간 저를 괴롭히겠죠. 부탁드릴게요, 소령님."

뤼게머 소령은 분노한 표정으로 고개를 세차게 가로젓고는 주머니에서 손수건을 꺼내 코를 세게 풀었다. "망할 놈의 전쟁이

어떤 사람들에게는 돌이킬 수 없는 상처를 남기는 겁니다." 그는
잠시 머뭇거리더니 말을 이었다. "당신처럼 예쁜 여자가 왜 애
인이 없는지 늘 궁금했지요. 다른 여자들처럼 젊은 장교들에게
잘 보이려고 하지도 않고 말이죠."

"제가 당번병의 몫까지 다 할 수 있어요, 소령님." 나는 힘을
주어 말했다. "부족함을 느끼시는 일이 없도록 하겠습니다."

그가 내 어깨에 손을 얹으며 말했다. "그래요, 이레네. 당신이
눈물을 흘릴 일은 하지 않겠소."

나는 그에게 미소를 지어 보였다. 가끔은 여성성을 무기로 결
국 원하는 것을 얻어내는 나 자신이 혐오스러울 때가 있었다. 하
지만 나는 그것이 보잘것없는 내가 가진 거의 유일한 힘이라는
것을 알고 있었다. 어쩌면 그것을 이용하지 않는 것이 어리석은
짓이었는지도 모른다. 나는 내 외모와, 그가 내게 보이는 관심을
이용해서 내 의도를 관철시킬 수 있었다.

뤼게머 소령이 저택으로 거처를 옮긴 이후, 나는 새로운 일상
에 빨리 적응했다. 그는 매일 아침 8시 30분에 출근을 했다. 나
는 그의 아침식사를 준비하기 위해 7시에 일어났다. 가끔 그는
아침식사 시간에 내게 커피를 권하며 식탁에 앉아 말벗이 되어
주기를 청했다. 우리는 정원에 둥지를 지은 티티새와 건반 하나
가 박혀서 빠지지 않는 거실의 피아노, 그리고 돼지고기와 가장
잘 어울리는 피클 따위의 소소한 화제로 이야기를 나누었다. 가
끔 그가 저녁식사에 손님을 초대할 계획이 있을 때는 어떤 메뉴
가 좋을지 이야기를 나누기도 했다. 그는 이야기를 하는 동안 커

피 잔에 스푼을 넣고 휘저으며 딸그락 딸그락 소리를 내곤 했다.

그가 집을 나서면 나는 현관문을 잠그고 그가 예상치 못한 때에 불쑥 들어오는 일이 없도록 걸쇠를 채워 두었다. 그리고 이때부터 지하실에서는 하루의 일과가 시작되었다. 내가 위에서 청소를 하는 동안 그들은 샤워를 하고 커피를 끓이며 BBC 라디오를 청취했다. 그들은 뤼게머 소령이 읽고 치워 둔 신문과 BBC 라디오에서 들은 내용을 비교하며 전황이 어떻게 전개되고 있는지 추측했다. 나는 늦은 오후 HKP로 출근을 했다가 늘 뤼게머 소령보다 먼저 집으로 돌아왔다.

늦은 밤 그가 돌아와 초인종을 누르면 (나는 그에게 불안감 때문에 늘 걸쇠를 걸어 둔다고 말했다), 나는 문을 열고 쥐죽은 듯 조용

뤼게머 소령의 저택, 1943년, 테르노폴. 왼쪽에서 오른쪽으로 이레네, 헬렌 바인바움, 헬렌의 어머니 클리메카, 소령의 여비서.

한 집 안으로 그를 맞아들였다. 가끔은 극도로 위험하면서도 너무나 우스꽝스러운 이 아이러니 앞에 웃음이 터질 것만 같았다. 다른 시대의 다른 곳이었다면 코미디의 모든 요소를 갖추고 있는—위층에는 귀가 어두운 노인이 발밑에서 벌어지고 있는 일을 전혀 모르고 있고, 아래층에는 도망자들이 그의 식품 창고에서 빼낸 음식을 배불리 먹고 있는—이런 상황이 충분히 웃음을 자아냈을 것이다. 그들은 고양이가 잠든 치즈 가게의 생쥐들 같았다. 하지만 나는 결코 웃을 수 없었다. 어쨌거나 내가 벌이고 있는 일은 사형에 처해질 만한 중대한 범법행위였다.

그렇게 우리의 새로운 생활이 시작되었다. 나는 헬렌과 연락을 주고받으며 그녀가 남편을 만나러 올 수 있는 기회를 살폈다. 소령이 저택에 들어오고 한 달 정도가 지나 드디어 기회가 찾아왔다. 어느 늦은 저녁, 소령은 다음날 르보프에 출장을 다녀올 계획이라고 말했다. 나는 짜릿한 희열을 느꼈다. 그는 이른 새벽에 출발해서 늦은 밤에 도착할 예정이었다. 그것은 헬렌이 남편을 만나러 올 기회가 생겼으며, 나 역시 야노프카에 들러볼 기회가 생겼음을 의미했다.

그날 밤 나는 헬렌이 있는 농장에 전화를 걸었다. 우리는 사전에 약속한 암호로 대화를 나누었다.

"내일 아침에 달걀 좀 가져다 주시겠어요? 여섯 개만요."

"여섯 개요?" 헬렌이 말했다. "네, 가져다 드릴게요."

이튿날 새벽 6시, 소령이 이미 르보프를 향해 출발한 후 헬렌이 농장에서 빌린 마차를 타고 나타났다. 그녀는 머릿수건을 쓰고 농장에서 입는 작업복 차림으로 왔다. 나는 문을 열고 그녀를 안으로 들어오게 했다. 서로 옷을 바꿔 입은 다음 나는 그녀를 지하실로 들여보내고 밖에서 문을 잠갔다. 그들의 재회를 지켜보지 못하는 것이 아쉬웠지만 나 역시 시간이 많지 않았다. 지하실에서 새나오는 헨리의 환호성에 웃음이 절로 나왔다. 나는 미소를 머금은 채 밖으로 나와 현관문을 잠그고 미리 챙겨둔 식량과 의약품을 마차에 실었다.

또각또각 말발굽 소리가 이른 시각의 거리에 울려 퍼졌다. 나는 머릿수건을 깊이 눌러썼다. 거리엔 인적이 드물었다. 성긴 빗자루로 거리를 쓸고 있는 노파를 지나친 마차는 아직 잠이 깨지 않은 거리를 달렸다. 한참을 달린 마차는 푸른 들판에 꽃이 만발한 시골길에 들어섰다. 까딱까딱하는 말 머리 주변으로 파리 떼를 쫓아 제비가 날아다녔다. 나는 일부러 에움길로 돌아갔지만 어느새 야노프카의 성당 첨탑이 시야에 들어왔다. 나는 시간이 되면 돌아오는 길에 성당에 들르리라 마음먹으며 야노프카 숲을 향해 속도를 냈다.

늘 그랬듯이 숲의 정적이 안개처럼 깔려 있었다. 솔잎이 깔린 좁은 숲길을 지나는 말발굽 소리가 둔탁하게 들렸다. 나는 좌우를 살피며 천천히 마차를 몰았다. 한쪽엔 나무 한 그루가 길게 쓰러져 메마른 뿌리로 허공을 할퀴고 있었다. 반대편에는 군락을 이룬 노란색 꽃이 햇살을 받아 환하게 빛나고 있었다.

앞쪽의 블랙베리 덤불에서 수염이 덥수룩한 남자 두 명이 갑자기 뛰어나오자 말이 깜짝 놀랐다. 마차 쪽으로 다가오는 그들의 모습을 보고 나는 가슴이 뛰었다. 아브람 클링거와 헤르만 모리스였다.

"이레네!" 그들이 소리쳤다.

나는 마차에서 뛰어내려 그들을 반갑게 안았다. "제가 오늘 올 거라는 걸 어떻게 아셨어요?" 나는 그들의 모습을 제대로 살피기 위해 한 걸음 뒤로 물러서며 물었다. 그들은 누가 봐도 험상궂고 위험한 산적의 모습이었다.

"이 길은 항상 지켜보는 사람들이 있어요." 아브람이 말했다. "이레네를 발견한 건 우리에게 행운이죠."

"마차에 이것저것 잔뜩 싣고 지나다가 우리 눈에 띄어서 빈 마차를 끌고 돌아가는 불운한 사람들도 있죠." 헤르만이 웃으면서 말했다.

아브람이 말의 고삐를 쥐고 마차를 길섶 안쪽으로 끌고 들어갔다. 말이 주변의 마른 풀잎에 코를 들이대고 있는 동안 우리는 마차에서 짐을 내렸다. 아브람과 헤르만은 거친 환경에 적응한 사람들의 눈매로 내가 가져간 물건들을 재빨리 살펴보았다.

"달걀이라, 이거 오랜만에 고급 요리를 먹어 보겠네." 아브람이 까맣게 때가 낀 손으로 달걀 한 알을 만지작거리며 말했다. 그는 종이봉투에 담긴 흰색 가루를 살피며 나에게 물었다. "이건 아스피린인가요?"

"네, 필요하실 것 같아서요."

헤르만이 고개를 끄덕였다. "맞아요. 필요하고말고요. 미리암이 감기에 걸려서 고생하고 있어요. 도움이 될 겁니다."

"다른 분들은 모두 건강하세요?" 나는 두 사람을 번갈아 쳐다
보며 물었다.

"미리암을 제외하고는 다들 건강해요." 아브람이 대답했다.

"여름은 지낼 만해요. 산딸기와 버섯이 사방에 널려 있고 덫을
놓아서 토끼도 잡아요. 개울에서 물고기도 잡고요."

문득 폴란드군 부대를 따라 숲속에서 지내던 때가 생각났다.
그리고 이어지는 장면에 나는 몸서리를 쳤다. 그들은 자신들의
상황을 대수롭지 않게 얘기했지만 나는 그들의 고통이 얼마나
심할지 짐작할 수 있었다. 그나마 여름에는 숲속에 먹을 것이 풍
부하겠지만 곧 짧은 가을과 매서운 겨울이 닥쳐올 것이었다.

우리는 서로의 근황을 물었다. 그들은 뤼게머 소령의 집 지하
실에 친구들이 숨어 있다는 소식에 경악을 했다. 나는 그 상황을
익살스럽게 이야기했고 그들은 뤼게머 소령의 의도하지 않은 봉
사에 웃음을 터뜨렸다. 그들은 숲속 깊숙이 있는 자신들의 거처
를 구경해 보라고 권했다. 하지만 나는 시간에 쫓기고 있었다.

"부인들에게 안부 전해 주세요." 나는 말을 끌고 다시 숲길 쪽
으로 나서며 말했다. "기도 가운데 늘 기억할게요. 그리고 가능
한 한 자주 올게요."

그들은 내 볼에 입을 맞추며 매일 이 길을 주시하겠다고 말했
다. 나는 마차에 올라 고삐를 쥐었다. 잠시 후 뒤를 돌아봤을 때
그들의 모습은 이미 숲속으로 사라진 뒤였다.

돌아오는 길에 성당에 들렀으나 요셉 신부는 패혈증으로 죽어
가고 있는 어느 농부에게 병자성사를 주기 위해 성당을 비우고

있었다. 나는 늦은 오후 테르노폴에 도착했다.

거실에 앉아 지하실로 통하는 문을 물끄러미 바라보며 나는 생각에 잠겼다. 이다와 클라라는 남편이 곁에 있었다. 헬렌 역시 짧은 순간이나마 남편과 함께 시간을 보내고 있었다. 야노프카 숲에 있는 모리스 부부조차 앞이 보이지 않는 절망 가운데서도 의지할 가족과 친구가 있었다.

쓸쓸해졌다. 나 자신에 대한 연민이 가슴을 쓸고 지나갔다. 부모님과 동생들을 생각하자 마음이 베이는 것처럼 아팠다. 벌써 여러 통의 편지를 부쳤지만 답장은 없었고 내가 부친 편지가 가족들에게 제대로 전달되었는지조차 알 수 없었다. 나는 어린 시절 친구들의 모습과, 가족들과 함께 노래를 부르다가 가사가 생각나지 않는 부분을 아무렇게나 부르며 키득대던 기억을 떠올리려 했다. 하지만 보이는 것은 오로지 마차를 끌고 있는 내 모습뿐이었다. 머릿속에 펼쳐지는 장면에서 마차의 짐칸에는 겁에 질린 사람들이 내가 자신들을 집에 데려다줄 것이라 믿고 있었다. 나는 고삐를 놓을 수 없었다. 그러나 잠시도 나를 대신해서 고삐를 잡아 줄 사람은 없었다.

오두막

여름이 지나가고 있었다. 일상은 단조로웠으나 가끔 뤼게머 소령이 저녁식사에 사람들을 초대할 때가 있었다. 그때마다 친구들은 정원 가제보가 있는 땅 밑 지하 벙커에서 숨을 죽이고 있었다. 어느 늦은 저녁 스무 명 이상이 참석한 파티에서 로키타 소령이 젊은 독일 여자와 함께 정원의 가제보로 나가는 것을 보고 나는 소름이 확 끼쳤다. 감기에 걸린 이다가 기침을 하고 있었기 때문이다. 나는 로키타가 그녀의 기침 소리를 듣게 될까 겁이 났다. 나는 서둘러 칵테일을 쟁반에 담아 정원을 가로질러 가제보 쪽으로 다가갔다. 나는 친구들이 내 목소리를 들을 수 있도록 일부러 큰 소리로 말했다. "로키타 소령님, 뭐 필요한 건 없으십니까?" 그는 셔츠의 단추가 풀어진 채 허둥지둥 어두운 가제보에서 뛰어나오며 내게 당장 꺼지라고 고함을 질렀다. 나는 미소를 머금고 집 안으로 들어왔다. 다음날, 친구들은 파티의 남은

이레네, 1943년, HKP에서, 테르노폴.

음식을 배불리 먹으며 지난밤 그들의 머리 위에서 야릇한 난투극이 벌어졌다고 너스레를 떨었다.

뤼게머 소령의 초대를 받은 친위대와 정규군 장교들이 수시로 저택을 드나들었지만 나는 여유만만했다. 어쩌면 너무 여유만만했는지 모른다. 어느 날 오후 누군가 현관문을 두들겼다. 케이크에 시럽을 붓고 있던 이다가 급히 지하실로 뛰어내려갔고 나는 주방에 두 사람이 있었다는 흔적을 없애기 위해 재빨리 주위를 치웠다. 문을 두들기는 소리가 점점 커졌다.

나는 물을 틀어서 머리를 적신 다음 수건으로 대충 물기를 닦았다. 동시에 케이크를 찬장에 집어넣고 다른 사람이 있었던 흔적이 남았는지 마지막으로 확인했다. 현관 창문 너머로 독수리와 해골 모양의 휘장이 달린 친위대 장교의 모자가 보였다. 나는 바닥의 버튼을 밟아 친구들에게 경고 신호를 보냈다.

"뭐 하다 이제 문을 엽니까? 당신 귀머거리예요?" 친위대 장교가 버럭 화를 냈다. 또 다른 친위대 장교가 뒤에 서 있었다.

"죄송합니다. 머리를 감느라 소리를 못 들었어요." 나는 현관문 옆으로 비켜서서 버튼을 꾹꾹 밟았다. "그런데 무슨 일이시죠?"

그는 안으로 들어서서 거실을 둘러보았다. "이 집 주인이 누구죠?"

"뤼게머 소령님께서 사십니다. 저는 소령님의 가정부입니다." 나는 차분한 목소리로 대답했다. 나는 조금씩 떨리고 있는 무릎에 힘을 주었다.

두 장교는 멈칫하며 눈빛을 교환하더니 들어올 때만큼이나 재빨리 밖으로 나갔다. 그리고 한 사람은 차를 타고 사라졌고 나머지 한 명은 정원을 서성거리고 있었다. 나는 문을 잠그고 재빨리 지하실로 내려갔다. 담배 냄새가 희미하게 남아 있었고 바닥엔 신문이 떨어져 있었다. 나는 신문을 주워들고 향수를 뿌린 다음 다시 1층으로 뛰어 올라왔다.

잠시 후 자동차의 문이 닫히는 소리가 들렸다. 창밖을 내다보자 뤼게머 소령이 화가 난 표정으로 조금 전 차를 타고 사라졌던 장교와 함께 정원을 가로질러 오고 있었다. 두 친위대 장교가 그의 뒤를 따랐다. 나는 문을 열고 어리둥절한 표정을 지으며 그들을 맞아들였다.

"도대체 내 집에 유대인이 숨어 있다는 소리를 어떤 미친놈이 지껄인단 말인가!"

장교들은 난처한 표정을 지었다. "말씀드렸다시피 아마 거짓 정보가 들어온 것 같습니다. 죄송합니다, 소령님."

"아닐세. 아니야." 뤼게머 소령은 분이 풀리지 않은 표정으로 팔을 휘저었다. "직접 살펴들 보시게. 수색을 하시게나. 이쪽은 내 가정부인데 집을 안내해 줄 테니 따라들 가시게.”

그들은 떨떠름한 표정으로 거실과 주방을 살펴보았다. “저 안에는 뭐가 있습니까?” 그들 중 하나가 물었다. 그는 지하실로 통하는 문을 가리키고 있었다.

나는 그들의 난처한 상황을 이용하려 했다. 사실 뤼게머 소령이 뒤통수를 노려보고 있는 가운데 그들이 실제로 수색을 할 것 같아 보이지는 않았다. “지하실인데 예전에 하인들이 사용했나 봐요.” 나는 짐짓 도도한 태도로 말했다. “살펴보시겠어요?”

“그냥 한번 들여다보기나 하죠.”

문을 열고 전등 스위치를 켜면서 나는 멀미가 날 것 같았다.

“거의 사용을 안 해요.” 나는 큰 소리로 말했다. 나를 따라 계단을 내려오는 군홧발 소리가 저벅저벅 울렸다. “그냥 창고로만 사용하죠.”

계단을 다 내려오기도 전에 그들 중 하나가 말했다. “볼 것도 없겠네요.” 그들은 계단에 선 채로 주위를 건성으로 한번 살피고 다시 1층으로 올라갔다.

나는 그들을 따라 1층으로 올라가면서 뤼게머 소령의 격앙된 목소리를 들었다. 그는 로키타 소령에게 전화를 걸어 언성을 높이고 있었다. 두 장교는 어쩔 줄 몰라 하는 표정으로 통화를 하는 뤼게머 소령에게 경례를 하고 도망치듯 밖으로 나갔다.

현관문을 닫으면서 다리가 휘청했다. 나는 벽에 등을 털썩 기대다가 전등 스위치에 등뼈가 눌려 찌릿한 통증을 느꼈다. 누군가 이 집에 유대인들이 숨어 있다고 친위대에 신고를 했다. 누군가 비밀을 알고 있거나 최소한 의심을 하고 있다는 뜻이었다. 나는 현기증을 느꼈다. 나는 소령의 존재가 방패막이가 되어 주기를 바랄 뿐이었다. 물론 친위대도 이후로는 소령의 저택에 대한 첩보를 조심스럽게 다룰 것 같았다.

만일 신고를 한 사람이 익명이 아니었다면 그 사람은 친위대로부터 엄청난 곤욕을 치르며 아마 자신이 한 일을 뼈저리게 후회했을 것이다. 나는 그 사람이 누가 되었든 간에 미안한 마음을 갖지 않으려 했다. 그 사람으로 인해 내 친구들 모두는 죽임을 당할 수도 있었기 때문이다. 하지만 나는 스스로를 책망하지 않을 수 없었다. 모든 게 내 책임이었다. 내겐 너무나 많은 책임이 지워져 있었다.

내가 조심성이 부족했나? 가끔 이다와 클라라, 팡카가 일을 도와주러 1층에 올라오곤 했다. 우리는 커튼을 닫고 항상 조심을 했음에도 누군가의 눈에 띄고 만 것이다. 나는 기도를 했다. 기도 가운데 나는 엄마의 도움을 청했다.

하지만 엄마는 멀리 있었다. 나는 엄마의 도움을 두 번 다시 받을 수 없을지도 모른다는 사실이 두려웠다.

헬렌은 야노프카의 숲 외딴곳에 우리와 뜻을 같이할 만한 사람이 살고 있다는 소식을 전하면서, 그가 과거에 폴란드군과 레지스탕스의 일원이었다는 소문을 들었다고 했다. 만일 그 얘기가 사실이라면 나로서는 그를 알아둘 필요가 있었다. 비상시를 대비한 계획이 마련되어야 했기 때문이다. 시간이 나자마자 나는 그를 찾아 나섰다.

이따금 자동차가 지나다니는 도로에서 몇 킬로미터를 더 들어간 곳에 그의 오두막이 있었다. 키가 큰 나무 두 그루 사이에 있는 그의 오두막이 시야에 들어오면서 나는 자전거에서 내렸다. 지붕에서 굴뚝을 손보고 있는 남자를 주시하며 나는 천천히 자전거를 끌고 오두막으로 다가갔다.

"안녕하세요?" 나는 큰 소리로 외쳤다.

그는 이마의 땀을 닦으며 아래를 내려다보았다. "안녕하세요?"

"근처에 버섯을 딸 만한 곳이 있는지 모르겠어요. 저는 시내에 살고 있는데 자전거를 타고 나왔다가 숲길이 참 좋아서 여기까지 오게 되었네요."

그는 고개를 끄덕거렸다. 그는 나를 환영한다는 몸짓으로 지붕 위에서 한 손을 뻗어 보였다. "먹을 수 있는 버섯을 구별할 줄은 아십니까?"

나는 자전거를 나무에 기대어 놓으면서 미소를 지었다. "어렸을 때 버섯을 많이 따봤어요."

"어렸을 때라고요?" 그가 웃음을 터뜨렸다. "지난 주 얘기하시는 겁니까?"

"백 년은 더 된 것 같은데요." 나도 같이 웃으면서 대답했다.

그는 사다리를 타고 내려와 내 쪽으로 걸어왔다. 그는 키가 크고 마른 체구에 다듬어지지 않은 덥수룩한 콧수염을 기르고 있었고, 야니나가 늘 사냥개의 눈 같다고 일컫던 우수에 젖은 눈을 가지고 있었다.

"맞는 말입니다. 전쟁이 터진 뒤 몇 년이 몇 십 년처럼 느껴지네요."

그와 이야기를 나누는 동안 오두막의 창문으로 머리만 쏙 내밀고 있는 두 아이가 보였다. 나는 아이들에게 미소를 지으며 손을 흔들어 주었다. 문득 나는 아이들과 마지막으로 이야기를 나누어 본 게 언제인지 기억이 나지 않을 만큼 오래되었다는 사실을 깨달았다.

"우리 강아지들입니다." 그가 내 시선이 향하는 곳에서 아이들을 발견하고 말했다. "들어오시죠. 식구들과 인사나 나누세요. 먼저 제 소개를 해야겠네요. 지그문트 파지에프스키라고 합니다."

"이레네 구토브나예요."

그는 나를 집 안으로 안내했다. 그의 아내는 점심식사를 차리고 있었다. 마치 낯선 사람이 집에 들어오는 것이 이 세상에서 가장 흔한 일이라도 되는 것처럼 그녀는 식사를 같이 하자고 청했다. 우리는 갓 구운 빵과 치즈, 버섯 스튜와 블랙베리로 점심식사를 했다. 아이들은 아침에 잡은 아주 큰 개구리에 대한 이야기를 재잘거렸다. 파지에프스키 부부는 나에 대한 이야기를 좀 해보라고 했다.

그가 어떤 사람인지 떠보기 위해 나는 독일군 침공 직후 폴란드군 패잔병 무리에 섞여 숲속에서 지내던 때의 이야기를 했다. 우리는 폴란드어로 대화를 나누었다. 오랜만에 느껴보는 모국어

의 감미로움에 주체할 수 없는 향수鄕愁가 밀려와 나는 잠시 말
을 중단하고 고개를 돌려야 했다.

파지에프스키는 나를 뚫어지게 쳐다보더니 찻잔을 식탁 위에
탁 내려놓았다. "맙소사, 이레네. 당신이었군요. 당신이 러시아
군 병사들에게 잡혀가던 날, 마을에 같이 갔던 병사들 중에 저도
있었습니다. 우리는 겨우 도망쳤다가 러시아군 정찰대가 돌아간
뒤 당신을 찾았지만 이미 당신은 사라지고 없었어요."

나는 그의 얼굴을 똑바로 쳐다보았다. "우리가 처음 만나는 게
아니라니 믿기 힘든 우연이네요." 놀라움에 숨이 탁 막히는 것
같았다. "저는 그때 마을에 같이 갔던 군인들 얼굴이 생각나지
않아요."

그는 탁자 위로 손을 뻗어 내 손을 잡았다. "세상 참 좁네요.
당신이 살아 있어서 정말 기쁩니다. 당신을 다시는 만나지 못하
리라 생각했습니다."

그 순간 내가 품고 있던 모든 경계심이 무너졌다. 나는 고개를
파묻고 울음을 터뜨렸다. 당시 르보프 인접 지역의 숲속에 머물
고 있던 폴란드군 장병들의 수는 결코 적지 않았다. 모든 것이 얼
떨떨하고 두려웠던 까닭에 나는 군인들에게 감히 말조차 걸지 못
했고 편하게 이야기를 주고받을 수 있는 군인은 단 한 명도 없었
다. 파지에프스키가 그들 가운데 있었다는 사실 또한 기억할 수
없었다. 하지만 이제 내 앞에 앉아 있는 이 남자는 아주 끔찍한
과거이기는 하나 내 과거를 이어 주는 연결 고리가 되고 있었다.

어찌 보면 패잔병들에 불과했지만 마지막까지 저항 의지를 꺾

지 않은 사람들 중에 그가 속해 있었다는 사실은 분명해졌다. 문제는 그가 아직도 그러하냐는 것이었다. 나는 그에 대해 보다 분명한 확신이 들 때까지 숲에 숨어 있는 사람들과 테르노폴 저택의 지하실에 숨어 있는 친구들에 대해 이야기하지 않기로 했다. 일단 좋은 친구를 새로 사귀게 되었다는 사실만으로도 기분은 좋았다. 우리는 어렸을 때 다녀본 곳들, 즐겨 부르던 노래들, 전통 음식들—폴란드에 관해 주저하지 않고 말할 수 있는 모든 것—에 대해 이야기를 나누었다. 늦은 오후 오두막을 나설 무렵—버섯은 하나도 따지 못한 채—나는 야니나가 떠난 이후 가장 행복한 시간을 만끽할 수 있었다.

나는 다시 들르겠다고, 가능한 한 자주 오겠다고 약속을 했다. 마음속으로는 이미 파지에프스키가 가까운 시일 내에 동지가 될 것이라는 믿음이 생기고 있었다.

가을이 깊어가면서 나는 파지에프스키 가족의 오두막을 자주 찾았다. 뤼게머 소령에게는 야노프카에 살고 있는 사촌오빠와 연락이 닿게 되었다고 말했다. 그렇게 말해둔 덕분에 나는 눈치를 살피지 않고 야노프카를 오갈 수 있었다. 오두막을 방문할 때마다 나는 아이들에게 줄 초콜릿을 챙겼다. 또한 보드카와, 구하기 힘든 흰 밀가루를 지그문트와 그의 아내를 위해 각각 준비했다. 우리는 가까운 친구가 되었지만 말하지 않는 무엇인가가 있음을 서로 느낄 수 있었다. 산다는 것 자체가 위태롭던 그 시절, 마음과는 달리 누군가를 믿는다는 것은 쉬운 일이 아니었다. 물론 우리는 전쟁에 대해 많은 이야기를 나누었다. 전쟁에 대한 이야기는 어느 누구와의 대화에서도 빠지는 법이 없었다. 그는 러시아군이 진격해 오고 있다는 소문을 들었다고 했다. 지그문트를 조금씩 알아갈수록 그가 숲속에 있는 레지스탕스 조직과 연결되어 있다는 확신이 들었다. 하지만 나는 묻지 않았다. 우리는 서로의 비밀에 대해 조심스러워했다. 그는 내가 자전거 대신에 빈 마차—숲속의 친구들에게 식량을 실어다 주고—를 몰고 나타나는 이유를 묻지 않았다. 나도 그가 가끔 가족들을 남겨둔 채 여러 날 동안 어디에 다녀오는지 묻지 않았다. 친구였지만, 우리는 아직 다른 사람들의 목숨이 달린 문제를 털어놓을 수 있을 만한 친구는 아니었다.

10월 말 어느 날, 나는 파지에프스키의 오두막에서 돌아오는 길에 나무 뒤에 숨어 있는 아브람 클링거의 휘파람 소리를 들었다. 그는 보여 줄 것이 있다며 나를 그들이 살고 있는 곳으로 안내했다. 숲속으로 1킬로미터 가량을 들어간 곳에 참호처럼 땅을 파서 만든 그들의 거처가 나타났다.

땅을 깊게 파고 그 위에 나뭇가지와 인근 농가에서 훔쳐온 목재를 얹어 만든 그들의 거처는 조악하기 그지없었다.

"지붕으로 쓸 만한 다른 게 필요해요." 헤르만 모리스가 말했다. "겨울이 다가오고 있으니……."

그의 말이 떨어지기가 무섭게 차가운 바람이 구덩이를 덮고 있는 나뭇가지들을 흔들었다.

"러시아군이 진격해 오고 있대요." 나는 말했다. "아마 겨울이 오기 전에 전쟁이 끝날 거예요."

여자들은 몸서리를 쳤다. "러시아군이라니. 그들이 독일군만큼 악랄하지 않기만을 기도해야겠어요."

"가능한 한 빨리 지붕으로 쓸 만한 물건을 구해 올게요." 나는 그들에게 약속했다.

테르노폴로 돌아오면서 나 역시 그들이 해야겠다던 기도를 했다. 나는 스베틀라나의 미리암 마이어 박사가 베풀어 준 친절을 떠올렸다. 동시에 흐루쇼프 박사와 러시아군 병사들의 잔인함도 떠올렸다. 나는 러시아군과 독일군 모두를 증오했다. 나는 두 나라의 군대가 모두 폴란드를 떠나기를 원했다.

하지만 그때까지 내겐 돌봐야 할 사람들이 있었다. 그들의 목숨이 위협받고 있는 상황에서 나라를 잃은 슬픔에 눈물만 짓고 있을 수는 없었다. 더욱이 그날 오후 저택에 돌아와 라자르에게서 그의 아내에 관한 이야기를 들었을 때 내 책임감은 더욱 커지게 되었다. 이다가 임신을 한 것이었다.

다가오는 어둠

　지하실의 친구들은 할 말을 잃었다. 모두가 기뻐하고 축하해 주어야 할 일이 그들에게는 재앙의 전주곡으로 받아들여졌다. 클라라는 창백해진 얼굴로 나를 따로 불러 조용히 말했다.

　"같이 의논을 해서 내린 결정이에요. 물론 이다와 라자르를 포함해서요. 낙태를 하기로 했어요. 그래서 부탁하는 건데 구해다 주었으면 하는 게 있어요."

　"안 돼요!" 나는 뒤로 물러서며 말했다. 지하실 반대편에 이다와 라자르의 모습이 보였다. "그런 생각하시면 안 돼요. 생명을 앗아가도록 내버려둘 수는 없어요."

　이다는 울고 있었다. 하지만 클라라는 단호했다. "이레네, 현실을 직시해야 해요. 이곳에서 아이를 가진다는 것은 말도 안 되는 일이에요. 너무나 위험해요."

　나는 더욱 강하게 반대했다. "안 돼요. 제가 방법을 생각해 볼게요. 전쟁은 곧 끝날 거예요. 러시아군이 진격해 오고 있어요. 다들 알고 계시잖아요."

침묵이 흘렀다. 라자르는 말없이 아내의 손을 붙잡았다. 그의 턱이 떨렸다. 다른 사람들은 시선을 다른 곳으로 돌렸다.

"조금만 더 기다려 주세요." 나는 간곡하게 부탁했다. "그러시면 안 돼요, 이다."

마침내 이다가 긴 한숨을 내쉬었다. 그녀가 숨을 내쉴 때까지 마치 모든 사람들이 호흡을 멈추고 있는 것 같았다. "이건 저 혼자만의 결정이 아니에요. 여기 있는 사람들은 가족이나 다름없어요. 모두를 생각해야 해요."

라자르는 주위를 돌아보았다. 모두가 고개를 끄덕였다. 그 순간 나는 라자르가 고집을 꺾지 않았다고 생각했다. 그들 사이에서 리더의 역할을 했던 라자르는 친구들의 안전과 자신의 아이 사이에서 번민하지 않을 수 없었을 것이다.

"기다려 보겠습니다." 그의 반응은 뜻밖이었다. "모든 걸 하느님께 맡기겠습니다."

나는 위층으로 올라왔다. 기운이 하나도 남아 있지 않았다. 밖은 어두워지고 있었다. 나는 창가에 우두커니 서서 밀려오는 어둠을 뚫고 첫눈이 내리는 광경을 바라보았다.

다음날 슐츠 씨가 어깨에 방수포를 잔뜩 메고 저택을 찾아왔다. "창문을 가릴 겁니다." 그는 거실 바닥에 방수포를 털썩 내려놓으며 말했다. "러시아군의 공세가 거세지고 있으니 등화관제를 더욱 철저히 해야죠. 좀 거들어 줘요.”

저택의 창문 일부에는 등화관제용 커튼이 걸려 있었는데 아마 나머지는 독일군이 러시아 영토 안으로 깊숙이 진격하면서 모두 떼어진 것 같았다. 그러나 전세가 다시 불리해지면서 러시아군의 공습이 심각한 위협으로 받아들여지기 시작했다. 우리는 창틀마다 기름이 칠해진 두꺼운 방수포를 못으로 박았다. 모든 창문이 방수포로 가려진 저택의 외관은 볼품없이 바뀌었다. 집의 내부도 캄캄해졌다.

주방의 창문을 마지막으로 가린 뒤 슐츠 씨가 끈적거리는 손을 씻는 동안 나는 바닥에 남아 있는 방수포를 보았다. 숲속에 있는 구덩이의 지붕으로 쓰기에 충분해 보였다. 그것만 있으면 적어도 눈과 비는 피할 수 있었다.

“슐츠 씨, 여기 남은 건 어디로 치울까요?” 나는 대수롭지 않은 듯 물었다.

그는 수건으로 손을 닦으면서 대답했다. “제가 도로 가져갈게요.”

“혹시 제가 가지면 안 될까요?” 나는 그에게 물었다. “숲속에 사는 제 사촌오빠한테 주면 유용하게 쓸 것 같아서요. 많이 남은 것도 아니고…….”

그는 어깨를 으쓱해 보였다. “그렇게 해요. 사촌오빠 가져다 주세요.”

“고맙습니다.”

그때 누군가 현관문을 두들겼다. 뤼게머 소령이 현관 앞에서 아이처럼 웃고 있었다.

"밖에 뭐가 있는지 한번 내다봐요." 그가 가리키는 정원 초입에는 말 한 마리가 끄는 썰매가 세워져 있었다.

"저걸 어디서 구하셨어요?" 나는 웃으면서 물어보았다.

"독일군 소령이 누리는 특권이란 게 있죠." 그가 대답했다.

"어서 타요. 당신 사촌 집에 놀러 갑시다."

불빛이 비추는 곳에서 종종 그랬듯이 안경알에 빛이 반사되어 그의 눈이 보이지 않았다. 나는 그의 의도를 알아차릴 수 없었다. 혹시 나를 시험하고 있는 건 아닌지, 사촌오빠의 존재를 직접 확인해 보려는 것은 아닌지 불안감이 엄습했다. 하지만 파지에프스키에게 경고를 해줄 방법은 없었고 그의 제안을 거절할 핑계거리도 없었다.

"외투 좀 가지고 올게요. 그리고 방수포가 조금 남았는데 슐츠 씨가 제 사촌오빠한테 가져다 주라고 하셨어요."

"어서 외투나 가지고 나와요." 뤼게머 소령이 재촉했다. "꾸물거리다 눈 다 녹아요!"

눈이 내린 시골길은 아름다웠다. 하지만 나는 풍경을 감상할 여유가 없었다. 혹시라도 숲속의 친구들이 나를 발견하고 썰매 앞으로 뛰쳐나오지는 않을지, 오두막에 도착해서 일이 꼬여 버리지는 않을지 머리가 복잡했다. 다행히도 지그문트는 나치 장교의 제복에 당황할 정도로 어수룩한 사람이 아니었다. 특히 뤼게머 소령과 같이 있는 나를 알아보았을 때 그의 기지는 빛이 났다. 우리가 탄 썰매가 종을 울리며 다가가자 그는 땔감을 패던 도끼를 내려놓고 우리를 침착하게 바라보았다.

"오빠!" 나는 썰매가 멈추기 전에 큰 소리로 외쳤다. "첫눈이에요. 너무 예쁘죠?"

"정말 예쁘네. 어서 와." 그가 눈밭 위로 성큼성큼 다가오며 대답했다. 장갑을 벗자 그의 손에서 김이 모락모락 올랐다.

"오빠, 이분은 제가 모시고 있는 뤼게머 소령님이세요." 나는 독일어로 소령을 소개했다. "소령님, 제 사촌오빠 지그문트 파지에프스키에요."

"하일 히틀러!" 지그문트는 조금의 망설임도 없이 경례를 했다. 그는 강한 억양의 독일어로 말했다. "어서 오십시오."

"집이 참 예쁘군요." 뤼게머 소령이 정중하게 말했다.

"들어오십시오. 제 가족을 소개해 드리겠습니다."

나는 가슴을 쓸어내리며 그들의 뒤를 따라 들어갔다. 눈치껏 행동해 준 지그문트가 그저 고마울 따름이었다. 그의 아내는 수줍은 미소로 뤼게머 소령에게 인사를 건넸다. 그녀는 독일어를 할 줄 몰랐으나 공손한 태도로 차와 케이크를 내왔다.

"저는 사촌오빠랑 썰매에서 짐을 내릴게요." 나는 말했다.

밖으로 나오자마자 나는 귀엣말로 속삭였다. "이 방수포에 대해서는 아무 말도 하지 말고 일단 맡아 주세요. 그냥 저를 믿어 주세요."

지그문트는 나를 가만히 바라보았다. 그리고는 미소를 지으며 고개를 끄덕였다. "물론이죠, 이레네. 알겠습니다."

"고마워요." 나는 방수포를 어깨에 둘러메고 외양간으로 향하는 그에게 말했다.

우리는 한 시간 남짓 오두막에 머물렀다. 파지에프스카 부인은 잠시도 앉아 있을 틈이 없었다. 시골집의 인심은 중요한 손님에게 자신들이 가진 최고의 것을 아낌없이 내놓았다. 소령이 손사래를 쳤지만 그녀는 기어코 결혼식 이후 아마 한 번도 사용하지 않았을 법한 하얀 식탁보와 귀한 식기를 꺼냈다. 아이들은 겁많은 새끼사슴처럼 계단 뒤에 숨어 소령의 제복을 뚫어지게 쳐다보았다. 파지에프스키와 소령은 외딴 시골 생활과 날씨 따위를 화제로 이야기를 나누었다. 그의 아내는 멧돼지 고기를 굴뚝 안에 걸어 훈제한 소시지를 두껍게 썰어서 피클과 함께 내놓았다. 소시지의 맛은 훌륭했지만 나는 조마조마한 마음에 제대로 먹을 수가 없었다. 마침내 소령이 자리에서 일어났다. 그제야 안도를 하며 나도 의자에서 벌떡 일어났다.

"자주 들를게요." 나는 말했다. "오늘 대접 잘 받고 가요. 고마워요, 오빠."

돌아오는 길에 뤼게머 소령은 시골 생활의 즐거움과 젊은 시절 독일의 알프스와 삼림지대로 여행을 다녔던 추억을 이야기했다. 나는 고개만 끄덕끄덕하며 속으로는 다음에 파지에프스키를 만나면 방수포에 대해 뭐라고 이야기를 해야 할지 고민했다.

날씨가 며칠 동안 풀리면서 눈이 쌓여 있던 시골길은 썰매도, 자전거도 다닐 수 없는 진흙탕이 되었다. 하지만 11월이 되어 한 차례의 폭설이 내렸고 나는 다시 숲속의 오두막을 향해 출발할 수 있었다. 지그문트는 외양간에서 젖소에게 건초를 먹이고 있었다. 소똥과 건초 냄새가 외양간에 가득했다.

"할 말이 있나 봐요?" 파지에프스키가 말했다.

"지그문트." 나는 말문을 열었다. "방수포는 말이죠, 그러니까 방수포는 숲속에 숨어 사는 사람들에게 줄 거예요."

그는 갈퀴를 건초더미에 푹 찔러 넣었다. "이레네, 내가 눈치채지 못할 거라 생각했어요?"

나는 마른침을 꼴깍 삼켰다.

"야노프카에는 숨어 있는 사람들이 많아요. 그리고 그들을 도와주는 사람이 이레네 한 명만 있는 것도 아니고요. 당신이 언제쯤 비밀을 털어놓을까 궁금했습니다."

나는 마음을 놓으며 건초 위에 털썩 주저앉았다. "그건 제가 할 말이에요."

그는 씩 웃으며 말했다. "어쨌든 우리는 사촌지간이잖아요. 방수포를 꺼내올게요. 가지고 가세요."

나는 방수포를 썰매에 실었다. 말이 내뿜는 하얀 콧김이 작은 얼음 알갱이가 되어 갈기에 붙어 있었다.

"고마워요, 지그문트."

"부탁할 일 있으면 언제든 얘기해요."

"그럴게요, 사촌오빠."

나는 고삐를 잡고 썰매를 출발시켰다. 칼바람이 뺨을 때리며 외투의 단춧구멍 사이를 헤집고 들어와 뼛속까지 얼어붙게 만들었다. 쌓인 눈에 말발굽 소리는 묻히고 대신 썰매의 날이 얼어붙은 길을 지치며 날카로운 소리를 냈다. 나는 친구들의 은신처에서 가장 가까운 지점에 썰매를 세우고 고삐를 나뭇가지에 걸어 둔 다음 방수포를 어깨에 멨다. 발이 푹푹 빠지는 숲속의 눈길을 5분 정도 걸어 들어갔을 때 익숙한 휘파람 소리가 들렸다. 아브람이었다.

"이레네, 와줘서 고마워요." 방수포를 건네받으며 그가 말했다.

"지붕으로 쓰시라고 가져왔어요." 나는 그의 뒤를 따라 눈밭을 걸으며 말했다. "춥고 눈도 많이 내렸는데 다들 몸은 괜찮으세요?"

"미리암이 많이 아파서 헤르만이 온종일 곁에서 간호를 하고 있어요."

안타까움과 불안감이 들었다. "얼마나 아픈데요?"

그는 방수포를 멘 어깨를 으쓱해 보이며 말했다. "글쎄요, 헤르만은 폐렴이 아닐까 걱정하고 있어요."

나는 발걸음을 재촉했다. 그들의 은신처에 도착해서 나는 미리암이 심한 고열과 기침에 시달리고 있음을 확인했다. 헤르만은 몸을 웅크린 채 아내의 손을 잡고 있었다. 그는 고통스러운 표정으로 나를 바라보았다.

"이레네……."

기침을 하는 미리암의 어깨가 들썩거렸다. 깊게 판 구덩이 안에서도 공기는 살을 에듯 차가웠다. 간호사로서의 경험이 많지 않은 내가 보아도 그녀의 상태는 매우 좋지 않았다. 그녀는 어쩌면 죽어가고 있는지도 몰랐다. 나는 구덩이 밖을 내다보았다. 해는 거의 기울었고 눈발도 조금씩 날리고 있었다.

"담요로 몸을 꽁꽁 싸매 주세요. 제가 모시고 가야겠어요." 나는 몸을 일으키며 말했다.

미리암은 눈을 크게 뜨고 나를 쳐다보았다. "이레네?"

"따뜻한 곳으로 모셔다 드릴게요, 미리암. 곧 회복될 테니 너무 걱정하지 마세요."

"헤르만?" 그녀는 남편을 올려다보았다.

"자, 어서 떠날 준비해요." 그는 아내의 몸을 일으키며 말했다. "아브람, 여기 담요 좀 펼쳐 줘요."

헤르만은 아내를 두 팔에 안아 들고 힘겹게 구덩이를 빠져나왔다. 눈송이가 미리암의 얼굴에 내려앉았지만 그녀는 그것을 털어낼 힘도 없어 보였다. 우리는 썰매를 세워둔 곳으로 향했다. 헤르만은 아내를 썰매의 짐칸에 눕히고 담요를 한 장 더 덮어 주었다. 그는 마치 아내를 다시는 못 볼 사람처럼 넋이 나간 모습이었다.

"걸으실 수는 있어요?" 나는 썰매에 오르며 물었다. "저 혼자서는 옮기지 못할 거예요."

"짧은 거리는 걸을 수 있을 겁니다." 헤르만이 고개를 살짝 돌려 눈가에 고인 눈물을 감추며 대답했다.

나는 그녀가 걸을 수 있으리라 믿어야 했다. 눈발은 거세지고 날은 어두워지고 있었다. 나는 채찍을 휘두르며 썰매를 출발시켰다. 썰매가 눈길을 달리는 동안 나는 미리암이 견뎌낼 수 있기를, 뤼게머 소령이 아직 집에 도착하지 않았기를, 미리암을 지하실까지 안전하게 데리고 내려갈 수 있기를 그리고 이 사람들 모

두가 더 큰 고통을 받기 전에 전쟁이 끝나기를 기도했다. 썰매가
일으키는 눈보라가 뒤편 어둠 속으로 사라지고 있었다.

대가를 치르고

행운이 따라 주었다. 나는 비틀거리는 미리암을 부축한 채 정원을 지나 계단을 내려갔다. 두 눈이 휘둥그레진 친구들이 나를 도와 미리암을 부축했다. 추위는 점점 혹독해졌고 숲속에 있는 친구들을 떠올릴 때마다 몸서리가 쳐졌다. 폴란드 전역에서—유럽 전역과, 전쟁의 고통을 겪고 있는 많은 나라에서—사람들은 쫓기는 짐승처럼 숲과 산과 늪지에 숨어서 지내야 했다. 1943년 11월 하순, 독일의 광기는 극에 달하고 있었다. 체포와 처형, 강제 이송과 학살에 대한 소식이 매일같이 들려왔다. 인류가 경험해 본 가장 극악한 범죄의 목록이 제3제국의 이름으로 빼곡하게 작성되고 있었다.

테르노폴에서도 그들은 우리의 운명이 얼마나 하찮은 것인지 공공장소에서 본보기로 보여 주었다. 그날도 매서운 추위는 계속되었고, 하늘 높은 곳에서 지상으로 곤두박질치던 눈발은 바람의 세찬 거부에 떠밀려 다시 공중으로 날아갔다. 토요일 오후 나는 보급 창고에 들러 비누와 화장지를 받아 들고 평소에는 거의 다니지 않는 길을 택해 저택으로 돌아가고 있었다. 교수대가 설치된 광장을 지나가지 않기 위해 나는 가까운 그 길을 놔두고 항상 먼 길을 돌아가곤 했다. 하지만 얼음송곳 같은 바람이 불던 그날 나는 빨리 저택의 벽난로 앞에서 뜨거운 차를 마시며 몸을 녹이고 싶은 생각밖에 없었다. 광장에 들어서자 많은 사람들이 길을 가로막고 있었다. 친위대원들은 지나가던 사람들을 모두 불러 세워서 명령을 내릴 때까지 움직이지 못하게 했다. 나는 모자와 숄을 둘러쓴 사람들 너머로 무슨 일이 있나 고개를 빼고 살펴보았다.

친위대원들은 총구를 들이대며 군중을 교수대 주위로 몰고 갔다. 누군가 뒤에서 나를 밀쳤다. 나는 사람들의 팔과 어깨에 뒤엉키며 앞으로 떠밀렸다. 젊은 폴란드인 부부가 어린아이를 하나씩 안고 교수대 위로 끌려나왔다. 그들을 따라 또 다른 부부가 갓난아기를 안고 총구에 떠밀려 교수대 위로 올라왔다. 그들은 노란색 완장을 차고 있었다. 올가미가 일렬로 매달려 있었다.

그들의 죄목이 낭독되었다. 폴란드인 부부는 제3제국의 적인 유대인들을 숨겨 주다가 발각되었다. 유대인들에게는 사형이 선고되었다. 유대인들을 도와준 폴란드인들 역시 사형이었다. 재판 따위는 없었다. 자비도 없었다.

교수형을 집행하는 데에는 그리 오랜 시간이 걸리지 않았다. 짧은 시간 그들은 살아 있었다. 그리고는 숨이 끊어졌다. 사람의 목숨을 빼앗는 것이 그렇게 쉬울 수 있다는 사실이 비현실적으로 느껴졌다. 하지만 그것은 현실이었다. 사람들은 모두 숨을 죽이고 줄에 매달린 몸뚱이들이 흔들리는 광경을 지켜보았다. 어린 아이들의 발이 허공에서 바동거렸다. 올가미에 숨통이 조이며 아이들이 질식하는 소리가 들렸다. 그리고 침묵이 흘렀다.

사람들이 발 디딜 틈 없이 빽빽하게 서 있지 않았다면 나는 그 자리에 쓰러졌을지도 모른다. 친위대 장교의 해산 명령이 떨어지자 사람들은 일제히 움직이기 시작했다. 나는 비틀거리며 힘겹게 걸음을 옮겼다. 머릿속이 하얘지면서 저택으로 돌아가는 길이 생각나지 않았다. 광장을 할퀴는 바람과 내가 목격한 잔혹함에 온몸이 얼어붙는 것 같았다. 내가 저택까지 어떻게 돌아갔는지 모르겠다. 나는 넋을 잃은 사람처럼 현관문을 열고 거실에 들어섰다.

평소처럼 나는 지하실 문을 열었다. 하지만 이내 돌아서서 주방으로 들어갔다. 몇 분 후 팡카와 클라라가 조심스럽게 계단을 올라왔다. 그들은 주방에 우두커니 서 있는 나를 발견했다.

"이레네! 무슨 일이에요? 뭐가 잘못되었어요?" 클라라가 내 팔을 붙잡으며 물었다.

"저, 저 몸이 안 좋아요." 말을 내뱉는 것조차 쉽지 않았다. 나는 떨리는 몸을 진정시키기 위해 팔짱을 꼈다.

팡카가 내 손을 자신의 양 손으로 비벼 주었다. "몸이 꽁꽁 얼었어요. 어디 있다 온 거예요?"

그때 거실 쪽에서 마치 짙은 안개 너머로 들리는 것처럼 발자국 소리가 들렸다. 외마디를 내뱉을 겨를도 없이 주방 문이 벌컥 열리며 뤼게머 소령이 들어왔다.

그런 순간들이 있다. 손에서 놓친 접시가 바닥에 떨어지기 직전 아직 공중에 매달려 있는, 달리는 자동차 앞으로 갑자기 강아지 한 마리가 뛰어드는, 술에 취한 남자의 손바닥이 아이의 뺨으로 날아드는 그 찰나의 순간, 시간은 아주 천천히 흐르고 주위는 완전한 침묵에 뒤덮인다.

그리고 다음 순간 세상은 산산조각이 난다.

클라라와 팡카와 나는 석고상처럼 뤼게머 소령을 마주보고 서 있었다. 뤼게머 소령도 놀라서 입을 다물지 못하고 우리 세 사람을 차례로 쳐다보았다. 그의 얼굴이 떨리기 시작했다. 그리고는 아무 말 없이 뒤로 돌아 그는 주방에서 나갔다. 주방의 문이 앞뒤로 덜컹거리는 동안 우리는 아무 말도 할 수 없었다. 건너편 서재의 문이 쾅 하며 닫혔다.

"오, 하느님." 팡카가 신음을 토해냈다.

나는 주방 문을 밀치고 거실을 가로질러 서재에 뛰어 들어갔다.

"뤼게머 소령님!"

책상 앞을 왔다갔다 하던 그가 내 쪽으로 성큼성큼 다가왔다. "이레네! 나한테 이럴 수가 있어?" 그는 나에게 고함을 질렀다.

"아무 잘못도 없는 사람들이에요." 나도 거의 미친 듯이 울부짖었다. "나쁜 짓을 한 것도 아니잖아요. 잡혀가면 죽을 텐데 어떻게 구경만 할 수 있어요? 제가 어떻게 해야 돼요? 저한테 숨겨줄 곳이 있었다면 이리로 데려오지도 않았을 거예요." 눈물이 뺨을 타고 흘러내렸다. "소령님, 제발 친위대를 부르지 말아 주세요. 제가 빌게요. 소령님의 손에 무고한 사람들의 피를 묻히지 마세요. 소령님은 좋은 분이시잖아요. 전쟁도 곧…….”

"그만!" 그가 내 말을 가로막았다. 그는 분노로—그리고 두려움으로—부들부들 떨고 있었다. "어떻게 나를 속일 수 있지, 이레네? 믿어 주고 보호해 주고 살 곳을 내준 나한테 어떻게 이럴 수가 있지? 나는 독일군 장교야. 네가 내 모든 것을 망쳐 버렸어!"

"저를 처벌해 주세요. 제가 모든 책임을 질게요. 하지만 저 사람들은 보내 주세요." 나는 그의 발아래 엎드려 흐느꼈다. "제가 이렇게 빌게요. 제발이요."

그는 고개를 돌렸다. 그의 턱은 떨리고 있었다.

나는 무릎을 꿇은 채 그의 손을 잡고 손등에 입을 맞추었다. 그러나 그는 내 손을 뿌리치고 밖으로 나가 버렸다. 현관문이 쾅 닫히는 소리를 들으며 나는 엎드려 서재 바닥에 얼굴을 댔다.

"엄마! 아빠!" 목이 메었다. "하느님, 도와주세요."

나는 비틀거리며 서재를 나왔다. 공포에 휩싸여 있을 지하실 친구들의 얼굴이 떠올랐다. 눈먼 사람처럼 나는 더듬거리며 지하실 문을 열고 계단을 내려갔다. 모두 공포로 잿빛이 된 얼굴로 나를 바라보았다. 그들은 외투를 입고 있었고 거동이 힘든 미리 암조차 외투에 숄을 두르고 피할 준비를 하고 있었다.

"나가지 마세요." 나는 힘없는 목소리로 말했다. "어차피 몇 걸음 가지도 못하고 모두 붙잡힐 거예요." 나는 그들을 보일러실로 돌려 세우며 말했다.

"이레네, 이건 미친 짓이에요." 라자르가 말했다.

"벙커 안에 들어가 계세요. 뤼게머 소령이 당장 행동을 취하지 않을 수도 있어요. 그는 벙커가 있다는 사실을 모르고 있어요. 사흘만 기다리세요. 만일 제가 돌아오지 않으면 밤에 석탄 투입구로 빠져나가서 야노프카 숲으로 도망치세요."

그날 저녁에도 나는 평소처럼 장교식당에서 일을 해야 했다. 나는 차갑고 어두운 거리를 걸어 저택으로 돌아오며 내가 교수대를 향해 걸어가고 있다는 생각이 들었다. 올가미에 걸린 새처럼 당장 도망을 쳐야겠다는 충동이 일어났지만 다른 한편으로 뤼게머 소령이 자비를 베풀어 줄지도 모른다는 일말의 기대도 있었다.

장교식당에서 뤼게머 소령은 합석을 하려는 다른 장교들을 물리치고 혼자서 저녁식사를 했다. 그는 평소보다 많은 술을 마시며 나를 철저히 외면했다. 이미 눈물조차 말라 버린 가운데 나는 모든 것을 체념하고 닥쳐올 운명을 받아들이기로 했다. 나는 저택에 돌아오자마자 곧장 서재로 들어갔다. 방 안에서 창틈을 비집고 들어오는 바람소리를 들으며 나는 조용히 의자에 앉아 있었다. 라디에이터가 이따금 딱딱 쇳소리를 냈다.

마침내 소령이 돌아왔다. 현관문이 열리는 소리에 나는 자리에서 일어났다. 바닥에 끌리는 불규칙한 발자국 소리가 거실 쪽에서 들렸다. 내다보지 않고도 그가 만취했음을 알 수 있었다. 그는 서재 문을 열고 들어와 비틀거리는 몸을 벽에 기댄 채 아무 말 없이 나를 응시했다.

"소령님, 커피 좀 드릴까요?"

그는 계속해서 나를 뚫어지게 쳐다보았다. "됐어."

불안감이 엄습했다. 나는 서재 밖으로 나가기 위해 걸음을 뗐다. 그가 내 앞을 막아섰다.

"소령님……."

그는 비틀거리며 내 팔을 거칠게 끌어당겼다. "이레네, 너의 빌어먹을 비밀을 내가 지켜 주지."

그가 내뱉는 숨에서 지독한 보드카 냄새가 났다. 나는 겁에 질려 몸을 움츠렸다. 가슴은 방망이질 치고 있었다. 축 늘어져 주름이 잡힌 그의 목에 덜 깎인 흰 수염 한 가닥이 삐죽 튀어나와 있었다. 나는 그가 무슨 짓을 벌이려 하는지 예감했다. 믿을 수가 없었다. 상상조차 할 수 없는 일이었다. 그의 손이 내 블라우스의 단추를 더듬었다. 그는 내 목덜미에 입을 맞추며 중얼거리듯 내 이름을 불렀다. 나는 필사적으로 그를 밀쳐냈지만 그는 나를 더욱 세게 끌어안았다.

"이레네, 당신을 오랫동안 원했어. 내가 아무 대가 없이 비밀을 지켜 줄 거라고 생각하진 않겠지?"

또 다른 공포가 밀려들었다. "뤼게머 소령님, 제발 이러지 마세요."

"널 원해, 이레네. 대가를 치러야지."

눈물이 흘렀다. 어찌할 도리가 없었다. 그는 내 손을 잡아끌고 계단을 올라갔다.

아침에 그의 침대에서 눈을 뜨는 순간 참을 수 없는 수치심과 모멸감이 밀려들었다. 나는 침대 시트를 움켜쥔 채 덫에 걸린 짐승처럼 신음했다. 욕실의 문이 열렸다. 소령이 셔츠의 단추를 채우며 나왔다.

그는 침대 옆으로 다가와 나를 내려다보았다. 그는 알 수 없는 미소를 지었다. "그렇게 나쁘지 않았다고 말해 줘요." 그는 낮은 목소리로 말했다.

나는 아무 말도 할 수 없었다. 그가 침대 끝에 걸터앉으며 내 몸에 손을 얹었을 때 나는 움찔할 수조차 없었다.

"이레네, 내가 당신을 지켜 줄게요. 사랑해요. 지금까지 당신이 어떤 해도 입지 않도록 내가 지켜 줬다는 걸 알고 있을 거예요."

나는 넋이 나간 사람처럼 고개를 끄덕였다.

"그리고 당신의 친구들도 안전할 겁니다. 나도 목숨이 위험해지겠지만 그 여자들을 절대로 친위대에 넘기지 않겠소. 무슨 말인지 알겠죠?"

나는 다시 고개를 끄덕였다. 그는 일어나 방에서 나갔다. 잠시 후 현관문이 닫히는 소리가 들렸다. 나는 옷을 챙겨들고 맨발로 계단을 뛰어 내려갔다. 나는 내 방의 욕실로 들어가 욕조에 물을 받았다. 뜨거운 김이 올라오기 시작했다. 나는 욕조 모서리에 걸터앉아 두 손으로 얼굴을 감싸 쥐었다. 양쪽 눈이 눌리며 머리가 어지러웠다. 뜨거운 물이 욕조에 가득 채워졌다. 욕조에 몸을 담그자 물이 너무 뜨거워 눈물이 절로 났다. 몸을 빡빡 문지르는 동안 욕조 안에 눈물이 뚝뚝 떨어졌다. 강간을 당한 것보다 더

비참했다.

나는 그 치욕을 혼자 감당해야 했다. 내가 그들의 안전을 어떻게 보장받았는지 친구들에게 말할 수는 없었다. 그들은 결코 내가 받아들인 거래를 허락하지 않을 사람들이었다.

옷을 입으면서 나는 뤼게머 소령이 어떻게 그런 거래를 스스로에게 허락했는지 이해할 수 없었다. 나는 늘 독일군 제복 뒤에 숨어 있는 그의 인간적 면모를 느끼곤 했다. 그가 경솔하거나 가혹한 행동을 하는 경우를, 다른 사람을 함부로 대하는 모습을 나는 한 번도 본 적이 없었다. 어쩌면 나에 대한 그의 감정을 내가 너무나 오래 이용하고 있었는지도 모른다. 그것이 결국 이런 결과로 이어졌다면 나는 아무 할 말이 없었다.

마침내 지하실에 내려가 벙커에 있는 친구들을 불러냈을 때 나는 이미 그럴듯한 이야기를 꾸며 놓고 있었다. 그들이 보일러실에서 발을 구르며 언 발을 녹이는 동안 나는 대강 이런 식으로 이야기를 했다. 소령은 전쟁이 곧 끝날 것으로 판단하고 있다. 그는 팡카와 클라라만 보았을 뿐 지하실에 얼마나 많은 사람이 있는지 알지 못하고 있다. 그러니 그대로 머물러라. 안심해도 좋다. 모든 일이 잘 풀렸다.

그들이 내 이야기를 의심 없이 받아들였는지는 판단하기 힘들었다. 하지만 그들에게는 선택의 여지가 없었다. 그들은 나를 믿었고, 위험이 사라졌다는 사실을 믿었다. 하지만 그들이 생각하기에도 뭔가 석연찮은 구석은 분명히 있었을 것이다. 나는 누군가 질문을 던지기 전에 서둘러 지하실 계단을 올라왔다. 그리고는 외투를 입고 머리에 스카프를 두른 채 밖으로 나갔다.

내가 응어리진 마음을 털어놓고 싶었던 사람은 요셉 신부였다. 하지만 그날은 야노프카 성당까지 갈 방법이 없었다. 나는 대신에 대림 첫 주일미사가 열리는 쇼팽가街 근처의 성당을 찾아갔다. 고해소 앞에는 몇 사람의 신자가 차례를 기다리며 줄을 서 있었다. 차례를 기다리는 동안 나는 주님의 기도를 외웠다. 드디어 내 차례가 되었다. 나는 칸막이의 작은 문을 열었다. 칸막이 너머로 신부의 모습이 흐릿하게 비쳤다.

나는 머리에 떠오르는 몇 가지 죄—음식을 훔친 죄, 거짓말을 한 죄, 적들이 죽어 버리기를 바란 죄—를 먼저 고백했다. 신부가 사죄경을 시작하려는 순간 나는 그의 기도를 가로막았다.

"신부님, 고백할 게 더 있습니다." 고개를 끄덕거리는 그의 모습이 희미하게 비쳤다. 나는 숨을 크게 들이마셨다. "신부님, 저는 유대인 친구들의 목숨을 살리기 위해 독일군 장교의 정부情婦가 되었습니다."

"자매님, 그것은 대죄입니다." 그는 조금도 주저하지 않고 말했다.

가슴이 무너지는 것 같았다. 나는 칸막이에 얼굴을 좀 더 가까이 대고 말했다. "하지만 신부님, 이렇게 하지 않으면 열한 명의 친구가 목숨을 잃게 됩니다."

"그렇게 하면 자매님은 영혼을 잃게 됩니다. 그들은 유대인입니다."

갑자기 머리가 멍해졌다. 나는 칸막이 쪽으로 숙이고 있던 몸을 일으켰다. 돌로 된 바닥에서 냉기가 뿜어져 나오는 것 같았다. 고해소 밖에서 신자들의 마른기침 소리가 들렸다.

나는 칸막이를 통해 고해 신부의 흐릿한 형체를 다시 바라보았다. "신부님, 제 영혼을 잃더라도 친구들을 버릴 수는 없습니다."

"그렇다면 저도 자매님의 죄를 사해 줄 수 없습니다."

나는 고해소의 문을 밀치고 서둘러 성당을 빠져나왔다. 비록 고해소를 뛰쳐나왔지만 나는 나 자신을 여전히 하느님의 손에 맡기고 있었다. 하느님은 내 목숨을 여러 차례 구해 주셨다. 나는 거기에 이유가 있을 거라고 믿어야 했다. 그리고 나는 그 이유를 확신했다. 그것은 친구들의 목숨을 구하는 것이었다. 내가 치러야 할 대가는 그것에 비하면 아무것도 아니었다. 나는 그 신부로부터 아무런 위안도 얻지 못했으나 하느님은 나를 축복해 주고 계셨다. 나는 그 사실만큼은 조금도 의심하지 않았다.

성탄절이 다가오던 어느 날, 전쟁 기간 동안 내가 겪은 일들 가운데 가장 이상한 일이 일어났다. 나를 "소유한" 이후로 양처럼 온순해진 뤼게머 소령은 그날 저녁 현관문에 들어서자마자 "그 여자들이" 지하실에 갇혀 지낼 이유를 찾지 못하겠다고 말했다.

"내가 이미 다 알게 된 마당에 그들도 좀 편하게 지내는 게 낫지 않겠소?" 그는 군화 바닥에 묻은 눈을 털어내며 말했다. "1층에 올라와도 괜찮다고 전해요. 나는 신경 쓰지 않을 테니."

그는 당혹스런 표정을 짓는 내게 미소를 보냈다. "성탄절이잖소. 서로 인사도 나누고 마음 편히 지내야 하지 않겠어요? 데리고 오세요."

"하지만……."

"어차피 보는 사람은 아무도 없어요." 그는 방수포로 가려진 창문을 가리켰다. "안전하다니까요."

"좋아요." 나는 얼떨떨한 기분으로 지하실 출입구로 다가가 문을 열었다. "클라라! 팡카!"

잠시 후 두 사람이 지하실 계단 아래로 모습을 드러냈다. "갔어요?" 팡카가 낮은 목소리로 물었다.

나는 뒤를 돌아봤다. 소령은 이미 서재에 들어가 있었다. "소령이 두 분이 아무 때나 올라와도 상관하지 않겠대요."

라자르를 포함한 남자들이 어둠 속에서 모습을 드러내며 놀란 표정을 지었다. "그 사람 제정신이에요?" 토마스가 속삭이듯 물었다.

나는 웃지 않을 수 없었다. "네, 정신은 멀쩡해요. 두 분 어서 올라오세요. 소령이 만나보고 싶대요."

팡카와 클라라는 머뭇머뭇하며 계단을 올라왔다. 두 사람 모두 불안한 표정이었지만 가벼운 흥분도 엿보였다. 천천히 거실을 가로질러 서재의 문 앞에 이르는 동안 우리는 성탄절의 설렘을 맛보았다. 나는 노크를 했다.

"들어와요."

팡카는 얼굴이 하얗게 질렸지만 애써 미소를 잃지 않으려 했다. "정말 괜찮은 거죠?"

"그렇다니까요."

내가 먼저 들어갔다. 나는 잔뜩 긴장한 표정으로 들어오는 두 사람을 소령에게 소개했다. "소령님, 팡카와 클라라에요."

"Guten Abend!(안녕하십니까!)" 그가 말했다.

독일에서 살았던 클라라가 상냥하게 인사를 했다. 하지만 팡카는 도움을 요청하는 표정으로 나를 쳐다보았다. 지하실에서 우리는 폴란드어와 유대인들의 공용어인 이디시어를 섞어서 사용했다. 이디시어는 독일어와 여러모로 비슷했지만 그녀는 혹시 실수를 할까봐 불안해하고 있었다.

"안녕하시냐고 물은 거예요." 나는 그녀에게 말했다.

그녀는 미소를 지으며 무릎을 살짝 굽혀 인사를 했다. "Dobry wieczór!(안녕하세요!)" 그녀는 폴란드어로 말했다.

"이레네, 혹시 일손이 필요하거나 하면 언제든 친구들의 도움을 받도록 해요." 소령이 말했다. "이 분들이 1층에 올라와 있어도 나는 전혀 개의치 않을 테니까."

나는 손바닥을 위로 향하며 어깨를 으쓱해 보였다.

그는 웃음을 터뜨렸다. "긴장들 풀어요. 서로 편하게 지내자고요. 잡아먹지 않을 테니까 걱정 마세요."

클라라가 얼떨떨한 표정으로 고개를 끄덕이며 말했다. "이제 마음이 좀 놓이네요."

저녁 늦게 두 사람이 지하실로 내려가자 신경을 곤두세우고 있던 친구들이 몰려들어 그들에게 질문을 퍼부었다. 피아노 반주에 맞춰 노래를 부르는 소리가 들리던데? 웃기도 하던걸? 소령이랑 왈츠도 췄어? 팡카와 클라라의 목소리가 그들의 질문에 파묻히고 있었다. 나는 조용히 지하실 출입문을 닫았다. 깊은 안도감이 들었다.

나는 뒤돌아서는 내 얼굴의 그늘을 그들이 알아차리지 못한 것을 다행스럽게 생각했다. 나는 2층으로 올라갔다. 내 방이 아닌 뤼게머 소령의 방이었다.

숲속으로

날씨는 점점 추워졌다. 늦은 밤 굴뚝을 할퀴는 바람소리가 들릴 때마다 나는 숲속의 친구들 생각에 마음이 아팠다. 나는 짬이 나는 대로 그들에게 식량과 생필품을 가져다주었다. 어느 날 나는 몸이 많이 회복된 아내와 함께 지낼 수 있도록 헤르만 모리스를 썰매에 태워 저택으로 데리고 왔다. 이제 내가 보살펴야 할 사람은 열두 명이 되었다. 나는 열두 마리의 병아리를 날개 밑에 품고 있는 어미 닭이 된 기분이었다.

무엇보다 기뻤던 일은 헬렌 이모와 함께 있는 야니나가 편지를 보낸 것이었다. 그것은 동생이 테르노폴을 떠난 이후 처음으로 보낸 편지였다. 편지가 온 것만으로도 큰 기쁨이었지만 편지의 내용은 나를 더욱 기쁘게 했다. 야니나는 부모님과 동생들이 있는 곳으로 갈 예정이며 나를 위해 기도하겠다고 했다. 나는 수백 번도 넘게 읽은 그 편지를 나중에는 아예 외우게 되었지만 그럼에도 읽고 또 읽었다. 나는 단어 하나하나를 손으로 짚어가며 그 편지를 쓰고 있는 동생의 모습을 눈앞에 그려 보았다. 내 마음은 복잡했다. 수많은 감정들—끝없는 불안, 소령과의 관계에 대한 수치심, 내가 치르는 대가로 안전을 보장받은 친구들에 대한 안도감, 가족에 대한 그리움과 외로움—이 마구 뒤섞여 스스로 어떤 감정을 느끼고 있는지 의식할 수조차 없었다.

1944년에 접어들면서 전황은 독일에 더욱 불리해지고 있었다. 독일군이 후퇴를 거듭함에 따라 깊은 밤 적막에 빠진 테르노폴에서도 희미한 포성을 들을 수 있었다. 사람들은 도시를 빠져나가기 시작했다. 매일 저녁 장교식당에서는 탄약 공장이 과연 철수할 것인지를 두고 조심스러운 예측이 오갔다. 모두가 베를린에서 들리는 소식에 촉각을 곤두세웠다. 히틀러가 이성을 잃고 병적인 흥분 상태에 빠졌다는 소문이 들렸다. HKP의 장교들은 식당에 걸린 총통의 초상화를 더 이상 쳐다보지 않으려 했다.

뤼게머 소령 역시 안절부절못하는 때가 많아졌다. 나로서는 다행이었거니와 그는 너무나 바쁜 나머지 내게 잠자리를 자주 요구하지 않았다. 그러던 2월 어느 아침, 그가 굳은 표정으로 커피 잔을 내려놓으며 말했다.

"이레네, 좋지 않은 소식이 있어요."

"뭔데요?"

"베를린에서 전문이 왔어요. 내가 폴란드 여자를 데리고 산다는 소문을 들었나 봐요. 당신을 내보내야 할 상황이에요."

"하지만……." 나는 지하실 출입문을 쳐다보았다.

"알아서들 하라고 해요! 이레네, 내가 당신은 보호해 줄 수 있어요. 하지만 나도 한계가 있어요." 그는 화가 난 표정으로 말했다. "나도 당신의 친구들을 좋아해요. 하지만 이젠 어쩔 수 없어요. 내보내야 해요."

"알겠습니다." 나는 어쩔 수 없이 대답을 하면서도 나 자신이 어떻게 될 것인가에 대한 생각은 들지 않았다. 머릿속은 온통 전투대비태세가 내려진 테르노폴에서 친구들을 어떻게 빠져나가게 할 것인가 하는 생각밖에 없었다.

"오늘 르보프에 갔다가 며칠 뒤에 돌아올 거요." 뤼게머 소령은 코트를 입으며 말했다. "내가 돌아오기 전에 친구들을 내보내도록 해요."

"알겠습니다, 소령님."

"그리고 우리도 곧 테르노폴을 떠나야 할 거요. 이미 짐작하고 있겠지만 러시아군이……."

그는 서류가방을 집어 들고 현관문을 나섰다. 나는 식탁을 치우면서 내게 주어진 선택들을 놓고 고민했다. 마침내 나는 내 계획을 전하기 위해 지하실로 내려갔다.

"이레네가 내려와요." 빌너가 계단을 내려오는 나를 보고 소리쳤다.

"잘 잤어요, 이레네?" 이다가 인사를 건넸다. 그녀는 자신의 배를 어루만지며 의자에 앉았다. 뱃속의 아기가 점점 자라면서 그녀의 몸은 무거워지고 있었다.

"모두가 들어야 할 이야기가 있어요." 나는 그들이 모두 모이기를 기다리며 하나하나 내 곁에 모여드는 친구들의 얼굴을 바라보았다. 미소를 띤 얼굴, 불안한 표정 그리고 조용히 고개를 끄덕이는 모습. 그들의 표정은 제각각이었다.

"곧 러시아군이 밀고 들어올 거예요. 모두들 포성을 듣고 예상하셨을 거예요." 나는 잠시 숨을 고르고 말을 이었다. "이곳을 떠나야 해요. 저의 계획을 말씀드릴게요. 썰매를 타고 먼저 남자들이 숲속으로 들어갈 거예요. 헤르만과 미리암이 잘 설명해 주겠지만 숲속의 은신처는 너무 좁아요. 남자들이 먼저 가서 여기 있는 사람들이 모두 들어갈 수 있도록 구덩이를 파셔야 해요. 제가 삽과 필요한 자재들을 준비해 놓을게요. 은신처가 완성되면 그때 제가 여자 분들을 모시고 갈게요. 제 계획에 대해 의견 있으신 분 말씀해 주세요." 나는 말을 마치고 라자르를 쳐다보았다.

모두가 그를 바라보았다. 중요한 결정을 내려야 할 때 그들은 모두 라자르의 판단에 의지했다. 그가 천천히 고개를 끄덕이며 말했다. "그렇게 합시다. 빠르면 빠를수록 좋을 것 같은데 썰매는 언제쯤 준비될 수 있겠어요?"

"지금 당장 구해 볼게요." 나는 계단을 향해 걸음을 옮기며 말했다. "오늘 날이 어두워지면 움직이기로 해요. 지금부터 떠날 준비를 시작하세요. 헨리, 당신이 소령과 몸집이 비슷하니까 소령의 제복을 입고 썰매를 몰아 줘요. 제가 옆에 탈게요."

그날 저녁, 대포의 섬광이 쉴 새 없이 번쩍거리는 지평선을 따라 동쪽 하늘은 동틀녘처럼 환했다. 쌓인 눈이 얼어붙은 길을 달리며 썰매의 미세한 진동까지 온몸으로 느껴졌다. 나는 썰매를 저택 앞에 세워놓고 현관문으로 뛰어갔다.

헨리 바인바움은 현관문 안쪽에 서서 자신의 모습을 유리문에 비추어 보고 있었다.

나는 그에게 인사를 건넸다. "안녕하십니까, 소령님?"

"안녕하십니까, 구트 양?" 그는 군화 굽을 맞부딪치며 경례를 했다. 제복을 입고 모자를 쓴 그의 모습은 영락없는 독일군 장교였다.

우리는 헛간에서 삽을 포함한 연장들과 목재를 꺼내 썰매에 실은 다음 그 위를 담요로 덮었다. 그리고 라자르, 토마스 그리고 헤르만을 한 사람씩 지하실에서 불러내 썰매를 덮은 담요 밑으로 들어가게 했다. 헨리가 고삐를 잡았다. 말은 얼어붙은 눈길을 박차며 썰매를 끌고 출발했다.

러시아군이 점점 다가오면서 독일군은 경계태세를 강화하고 있었다. 우리는 야노프카까지 가는 길에 순찰대를 두 번 마주쳤다. 하지만 헨리가 입은 장교 제복은 눈이 내린 풍경과 대비되어 눈에 잘 띄었고, 통금시간 이후였음에도 우리는 한 번도 검문을 당하지 않았다. 순찰대원들은 썰매를 타고 지나가는 우리에게 경례를 붙이기까지 했다. 물론 그들은 이 "장교"가 유대인들을 숲속으로 실어 나르고 있으리라고는 상상도 하지 못했을 것이다. 동쪽에서 들리는 포성이 점점 커지는 가운데 우리는 야노프카 숲에 도착했다. 헤르만이 담요를 살짝 들치고 밖을 내다보았다. 우리는 그의 신호에 따라 썰매를 멈추었다. 썰매 뒤에 타고 있던 세 사람이 재빨리 내려 짐을 내리기 시작했다.

헨리와 나는 짐을 잔뜩 들고 숲속으로 사라지는 그들의 모습을 지켜보았다. 그들이 시야에서 완전히 사라진 뒤 우리는 썰매를 돌려 테르노폴로 돌아왔다. 우리는 빌너, 슈타이너, 로젠 그리고 바이스를 담요 한 무더기 밑에 숨겨 다시 10킬로미터 거리의 야노프카 숲으로 썰매를 몰았다. 그들은 은신처에서 사용할 담요를 나누어 들고 썰매에서 내렸다. 헨리는 뤼게머 소령의 제복과 모자를 벗어서 내게 건네주었다.

"행운을 빌어요." 헨리가 말했다. 그는 다른 사람들과 함께 눈 쌓인 나무들 사이로 걸어 들어갔다. 그는 뒤를 한 번 돌아보며 내게 손을 흔들어 주었다.

나도 그를 향해 손을 흔들었다. 나는 혼자서 테르노폴로 돌아왔다. 순찰대와 마주치게 될까 긴장을 했으나 다시 한 번 나는 하느님의 도움으로 테르노폴에 무사히 도착할 수 있었다.

뤼게머 소령은 (지하실이 당연히 비어 있으리라 생각하며) 온종일 HKP의 일에 매달렸다. 나는 일주일 만에 야노프카 숲에 있는 은신처를 다시 찾았다. 그 사이 남자들은 언 땅을 파고 나무뿌리를 잘라서 구덩이를 깊게 파냈다. 그들의 은신처에는 양철 양동이로 만든 화덕도 새로 놓여졌다. 얼기설기 이어 만든 연통에서 나오는 연기가 구덩이 안에 가득 찼다. 화덕의 온기에도 불구하고 구덩이 안은 여전히 싸늘하고 축축했다. 임신을 한 이다를 그곳으로 데려온다는 것은 상상할 수도 없었다. 그녀에게는 땅을 파낸 구덩이보다 더 나은 장소가 필요했다.

나는 파지에프스키를 찾아갔다.

"지그문트, 도움이 필요해요. 소령의 저택 지하실에 임신을 한 분이 계세요. 현재의 몸 상태로는 숲속의 은신처로 보낼 수 없을 것 같아요."

멀리서 포성이 들리고 있었다. 지그문트는 난로 옆에서 놀고 있는 아이들이 듣지 못하도록 내 쪽으로 의자를 끌어당기며 낮은 목소리로 말했다. "이 집에 은신할 공간이 있어요. 벽 사이에 있는데 임신을 한 분과, 만일 그분이 원하면 옆에서 몸조리를 거들어 줄 한 사람 정도는 들어갈 수 있을 거예요."

나는 가슴이 뛰었다. 그의 손을 잡으며 나는 말했다. "정말 고마워요. 그럼 언제 데려올까요?"

"언제든지요. 그런데 이레네 당신은요?" 그는 멀리서 포성이 들리는 방향으로 고개를 돌렸다가 다시 나를 바라보았다. "독일군이 곧 후퇴할 텐데요?"

나는 입술을 깨물었다. "모르겠어요. 아직 생각해 보지 않았어요. 저도 어디로든 가야겠죠. 소령은 저를 내보내야 하는 상황이에요."

"그럼 당신도 우리 집으로 들어와요." 지그문트가 말했다.

"하지만……."

"당신은 우리 가족이잖아요. 잊었어요?" 그가 말을 이었다.

"우리와 함께 있도록 해요."

나는 무슨 말을 하려 했지만 목이 메어서 말이 나오지 않았다. 그때까지 겪어 온 온갖 끔찍한 일들에도 불구하고 나는 여전히 선하고 용기 있는 사람들을 만날 수 있었다.

"상황을 봐서 내일이나 모레 다시 찾아올게요." 나는 그렇게 말하고 자리에서 일어났다.

1944년 3월 6일, 러시아군의 진격을 늦추기 위한 소수의 전투 병력을 제외하고 테르노폴에서 퇴각하라는 명령이 내려왔다. 러시아군의 진격은 멈추지 않았고 밤낮을 가리지 않고 들리는 포성은 점점 가까워지고 있었다. 3월 15일, 뤼게머 소령이 탄약 공장 시설의 해체를 지휘하느라 정신이 없었을 때 나는 지하실에 남아 있는 여자들을 마저 데리고 나갈 준비를 했다.

"헬렌이 농장에서 마차를 가지고 올 거예요. 우리는 러시아군을 피해 피난을 가는 사람들처럼 보이면 돼요. 챙길 수 있는 건 다 챙기세요. 식기와 담요를 포함해서 숲속에서 쓸 수 있는 건 모두 다요."

클라라, 이다, 팡카 그리고 미리암은 내 말이 끝나기도 전에 움직이기 시작했다. 절도범들보다 더 조직적이고 이삿짐을 옮기는 짐꾼들보다 더 우악스럽게 우리는 저택에 있는 물건들을 들어냈다. 헬렌이 도착하자마자 우리는 밀가루 자루와 담요와 온갖 살림 도구를 마차에 실었다. 여자들은 모두 숄과 목도리를 두르고 머리에서 발끝까지 피난민의 행색을 갖추었다. 우리는 서쪽—르보프, 드로고비치, 프르제미슬 그리고 러시아군을 피할 수 있는 곳이라면 어디든—으로 향하는 마차와 트럭의 행렬에 끼어들었다.

우리는 검문을 받지 않았다. 우리의 행색이 다른 피난민들과 다를 게 없었기 때문이다. 피난민들의 모습은 처량했다. 뼈가 앙상한 소를 몰고 가는 노인, 어깨에 불룩한 가방을 멘 팔이 하나 없는 남자, 트럭에 고아들을 태우고 있는 신부님. 다리를 건너는 지점에서 행렬이 정체되자 트럭들은 연신 경적을 울려댔고 사람들은 욕설과 고함을 퍼부었다. 문득 1939년의 라돔이 생각났다. 상황은 비슷하면서도 달랐다. 5년 전에는 독일군을 피해 떠났다면 이번에는 독일군과 함께 떠나고 있었다. 도처에 군인들이 있었다. 하지만 그들은 병력과 장비의 이동을 돕는 데 급급해 민간인들은 거들떠볼 여유가 없었다. 사람들의 얼굴에는 공포가 아닌 근심과 분노가 배어 있었다. 전쟁을 겪으며 그들은 혼돈 이외에는 아무것도 기대하지 않게 되었다. 그들은 오로지 목숨을 부지하고 얼마 남지 않은 알량한 재산을 지킬 수 있기를 바랄 뿐이었다. 우리는 야노프카로 가는 길이 나타날 때까지 피난 행렬을 따라 천천히 이동했다.

마침내 우리는 클라라와 미리암을 숲에 내려 주었다. 길을 알고 있는 미리암이 클라라를 데리고 빽빽한 나무 사이로 사라졌다. 우리는 지그문트의 오두막을 향해 몇 킬로미터를 더 달렸다. 헬렌과 내가 짐을 내려 헛간으로 옮기는 동안 팡카가 이다를 부축해서 안으로 들어갔다.

"자주 보러 올게요." 헬렌이 내 볼에 입을 맞추며 말했다. "오늘은 농장에서 마차를 사용해야 하기 때문에 일찍 가야 해요. 다음에 봐요. 헨리가 이곳에 있는 한 저는 야노프카를 떠나지 않을 거예요."

그녀는 마차에 올라 나에게 미소를 지어 보이고는 고삐로 말의 엉덩이를 찰싹 때리며 마차를 출발시켰다. 그녀의 모습이 시야에서 곧 사라졌다.

나는 두 번 다시 헬렌을 만날 수 없으리라는 것을 알고 있었다. 파지에프스키의 오두막 앞에서 나는 또 다시 혼자라는 생각이 들었다. 멀리서 연이은 포성이 흐릿하게 들렸지만 숲속은 고요했다. 차가운 공기가 주위의 정적을 더욱 무겁게 했다. 머리 위로 까마귀 떼가 서쪽으로 날아갔다. 나는 까마귀 떼가 숲의 지붕 너머로 사라질 때까지 우두커니 하늘을 바라보았다.

오두막 안으로 들어가면서 나는 멍한 기분이 들었다. 전쟁이 이번에는 나를 어디로 데리고 갈지 나는 알지 못했다. 분명한 것은 독일군이 퇴각하고 있다는 것이었다. 독일이 점령하고 있던 폴란드 동부 지역의 빗장이 풀리고 있었고 친구들은 자유의 몸이 되었다. 나는 결국 그들을 살려냈다.

"이레네가 모세 같다는 생각이 들었어요." 지그문트가 말했다.

"아니에요." 나는 내 손을 내려다보았다. 차가웠다. 나는 왠지 낯설게 느껴지는 두 손을 천천히 비볐다. 행복감이 들어야 할 순간이 아닌가? 하지만 이상할 정도로 기운이 없었다. 정의롭고 위대했던 나의 과업은 모두 끝이 났다. 나는 모세가 유대인들과 함께 가나안 땅에 들어가지 못했음을 알고 있었다. 하느님은 모세를 피스가 산으로 데리고 가셨다. 그리고 그곳에서 모세에게 약속의 땅을 보여 주셨다. 하지만 하느님께서 정하신 뜻대로, 모세는 가나안 땅을 밟지 못하고 숨을 거두었다.

하느님께서 내 앞에 정하신 뜻은 무엇이었을까?

그로부터 일주일 후 뤼게머 소령이 로키타 소령과 함께 오두막으로 나를 찾아왔다.

"빌어먹을!" 자동차 소리에 창밖을 내다보던 지그문트가 당황하며 말했다. "뤼게머 소령이 친위대 장교 한 사람을 데리고 왔어요."

나는 썰고 있던 빵을 내려놓고 창가로 다가갔다. 뤼게머 소령이 눈이 녹아 진흙탕이 된 땅을 밟으며 오두막 쪽으로 걸어오고 있었다.

나는 어깨에 숄을 걸치고 밖으로 나갔다. 테르노폴 쪽에서 폭발음이 연이어 들렸다. 그날 내내 포성은 점점 커지고 있었다.

"소령님!"

"짐을 싸요, 이레네. 테르노폴에서 퇴각합니다."

"러시아군이 들어왔나요?" 차 안에서 손가락으로 운전대를 초조하게 두드리고 있는 로키타의 모습이 보였다. 내 뒤에는 열린 문 밖으로 지그문트가 나와 있었다. 새삼 그의 존재가 든든하게 느껴졌다.

뤼게머 소령은 굳은 표정으로 그에게 눈인사를 했다. "아군 기갑부대가 곧 반격을 할 겁니다." 그가 나를 보며 말했다. "일단은 키엘체로 퇴각을 합니다. 서둘러요, 이레네. 같이 갑시다."

나는 눈물을 감추기 위해 고개를 돌렸다. 거절을 해야 할까? 하지만 키엘체는 라돔에서 가까웠고 가족들과도 그만큼 더 가까워질 수 있었다. 나는 오두막으로 들어가 짐을 꾸렸다.

지그문트가 소령을 밖에 세워두고 나를 따라 들어와 문을 닫았다. "이레네, 내 말 잘 들어요." 그가 다급한 목소리로 말했다. "일단 키엘체에 도착하면 곧바로 도망을 쳐서 오보코바 거리를 찾아가세요. 그곳에 매형이 살아요. 이름이 마렉 리델인데, 가서 메르세데스 벤츠를 만나러 왔다고 하세요."

"뭐라고요?" 나는 손바닥으로 눈물을 훔치며 그를 쳐다봤다.

"레지스탕스 조직에 합류하세요. 그들은 당신 같은 사람을 필요로 하고 있어요."

나는 순간 몸이 얼어붙는 것 같았다. "레지스탕스요?"

나는 계속해서 싸울 수 있게 되었다. 나는 이것이 내가 기다리고 있던 것임을 깨달았다. 나는 전쟁이 일어났을 때부터 줄곧 싸워 왔다. 전쟁이 끝나지 않는 한 내가 다른 방식으로 살아가는 모습은 상상할 수가 없었다. 나는 계속 싸워 나갈 생각이었다. 그것이 내 삶이었다. 폴란드의 적과 맞서 싸우는 것, 그것이 내가 살고 싶은 삶이었다. 하느님께서는 "복수와 보복은 내가 할 일"(「신명기」 32장 35절―옮긴이)이라고 말씀하셨지만, 나는 독일군과 러시아군에게 되갚아 줘야 할 것이 너무나 많았다.

"메르세데스 벤츠," 나는 그가 일러준 이름들을 읊어보았다.

"마렉 리델, 오보코바 거리…… 행운을 빌어요, 지그문트. 그리고 친구들을 부탁해요. Do widzenia.(잘 있어요.)"

20분 후, 나는 러시아군의 포격을 피해 서쪽으로 달리는 뤼게머 소령의 자동차 트렁크에 몸을 숨기고 있었다.

이틀 동안 자동차는 가다 서다를 반복하며 군인과 민간인들의 차량 행렬을 따라 우크라이나의 서부 지역을 가로질렀다. 뤼게머 소령과 로키타는 내가 군인들의 눈에 띄지 않도록 트렁크에서 나오지 못하게 했는데, 그것은 아마도 폴란드 민간인을 데리고 가는 것이 군법에 위배되기 때문인 것 같았다. 나는 그런 위험을 감수하는 뤼게머 소령이나 그것을 묵인하는 로키타 모두가 의아하게 생각되었다. 좀약과 땀 냄새가 뒤섞인 담요를 뒤집어 쓴 채 나는 덜컹거리는 트렁크 바닥에 연신 머리를 찧었다. 자동차가 일정한 두 지점을 반복해서 왕복했다 해도 나는 알 수 없었을 것이다. 밖을 전혀 내다볼 수 없었기 때문이다. 도로를 구르는 타이어와 엔진의 소음으로 뤼게머 소령과 로키타 소령의 대화 또한 들리지 않았다. 물론 그들이 어떤 대화를 나누든 내게는 중요하지 않았다. 나는 나만의 계획을 가지고 있었다.

나는 키엘체에 도착해서 두 사람을 따돌릴 방법을 궁리했다. 나는 이미 그들을 오랫동안 속여 왔고 이번에도 그들을 따돌릴 수 있으리라 확신했다. 몇 년 만에 처음으로 나는 타인이 아닌 나의 안전을 걱정했다. 내 마음은 벌써 독수리의 날개 위에서 레지스탕스 조직을 향해 날아가고 있었다.

둘째 날 늦은 오후 로키타 소령이 친위부대에 합류하기 위해 차에서 내리면서 뤼게머 소령이 운전대를 넘겨받았다. 속이 울렁거려서 더 이상 버티지 못할 지경이 되었을 때 자동차가 멈췄다. 뤼게머 소령이 트렁크를 열고 밖으로 나와도 좋다고 말했다.

나는 담요를 걷어내고 몸을 일으켜 정전기 때문에 헝클어진 머리를 가다듬었다. 이미 어둠이 깔린 시각이었다. 나는 밖을 내다보았다. 우리는 어느 호텔 근처에 있었다. "키엘체에 도착했어요?"

"네, 어서 내려요. 방을 구해 줄게요."

오랜 시간 덜컹거리는 트렁크 안에서 웅크린 자세로 있었던 까닭에 온몸이 두들겨 맞은 것처럼 아팠다. 나는 트렁크에서 내려 기지개를 쭉 켰다. 흐릿한 전등 두 개가 호텔 입구 양쪽에 켜 있었다. 나는 절룩거리며 안으로 들어갔다. 호텔 프런트의 직원은 소령과 잠깐 이야기를 나눈 뒤 객실 열쇠를 건네주며 나를 의심쩍은 눈으로 힐끗 쳐다보았다. 뤼게머 소령이 열쇠를 받아서 계단을 올라갔다. 좁은 복도엔 맥주와 담배 냄새가 찌들어 있었다.

"상관을 찾아가서 보고할 게 있어요. 내일 오후에 돌아올 겁니다." 소령이 문을 열어 주며 말했다. "그때까지 푹 쉬도록 해요."

나는 안으로 들어갔다. 그는 시계를 쳐다보며 문 밖에 그대로 서 있었다. 나는 뜻밖의 행운에 속으로 환호를 했다.

"방이 썩 좋지는 않죠?" 그가 물었다.

"아뇨, 괜찮아요." 나는 방을

에두아르트 뤼게머 소령, 1949년, 뮌헨.

둘러본 뒤 그를 바라보며 말했다. 그는 몇 주 사이 수척해진 것 같았다. 입가의 주름은 더욱 깊게 패였고, 눈가에는 피로로 인한 경련이 일어났다. 그 모든 우여곡절에도 불구하고 나는 그가 고마웠다. 그가 여러 사람의 목숨을 살리는 데 도움을 주었기 때문이다. 이미 나는 그가 나에게 저지른 일을 용서하고 있었다. 나는 그의 팔에 손을 얹고 볼에 입을 맞추었다. "고마워요. 정말 고마워요."

그가 엷은 미소를 지었다. "잘 자요."

"잘 가요."

그는 잠시 나를 바라보고는 복도 저편으로 성큼성큼 걸어갔다.

3부

내 쉴 곳은 어디인가

저항

나는 긴 여정의 피로로 깊이 잠들었다. 하지만 이튿날 동이 트자마자 서둘러 씻고 옷을 갈아입은 다음 호텔을 빠져나왔다. 미적거릴 수가 없었다. 거리에는 내린 지 오래된 눈이 가장자리로 치워져 검댕과 말똥으로 얼룩져 있었다. 나는 외투를 품에 안고 주위를 둘러보았다. 길 건너편에 석유통을 들고 가는 노파가 보였다. 나는 길을 건너서 그녀에게 다갔다.

"오보코바 거리를 찾고 있는데 어떻게 가야 하죠?"

그녀는 석유통을 내려놓고 해가 떠 있는 방향을 향해 눈이 부신 듯 이마를 찡그리며 말했다. "이 길로 쭉 가면 광장이 나오는데 거기에서 왼쪽으로 돌면 성모 성당이 있어요. 오보코바가 그 근처니까 거기서 사람들한테 다시 한 번 물어봐요."

"고맙습니다."

나는 고개를 푹 숙이고 광장을 향해 걸음을 재촉했다. 독일군

차량들이 눈이 녹은 도로의 진창물을 인도에 쫙 뿌리며 빠른 속
도로 지나갔다. 나는 신분증이나 통행증이 없었지만 설령 검문
을 받더라도 적당히 둘러댈 거짓말을 생각해 두었다. 한 차례 길
을 더 물은 뒤 마침내 오보코바 거리에 도착했다. 웅덩이에 돌멩
이를 던지며 혼자 놀고 있던 사내아이가 리델 씨의 집을 손가락
으로 가리켰다. 나는 옷매무새를 고치고 숨을 크게 들이마신 뒤
노크를 했다.

지그문트의 눈매를 닮은 금발의 중년 부인이 문을 빼꼼 열었
다. "네?"

"리델라 부인이신가요? 메르세데스 벤츠를 만나러 왔습니다."

어안이 벙벙한 그녀의 표정에 나는 혹시 실수를 한 것이 아닌
지 불안해졌다. 뺨이 확 달아올랐다. "야노프카에서 왔어요. 파
지에프스키가 이리로 가라고 했습니다." 나는 말을 조금 더듬거
렸다.

내 말이 끝나자마자 그녀가 문을 활짝 열었다. "어서 들어오세
요. 독일인인 줄 알았어요. 지그문트는 잘 지내죠?"

"이틀, 아니 사흘 전에 야노프카에서 출발했는데 파지에프스
키와 가족들 모두 건강해요." 나는 목에 두르고 있던 스카프를
풀며 말했다. "저는 이레네 구토브나라고 합니다."

리델라 부인은 나를 주방으로 안내했다. 스토브에서 주전자의
물이 끓고 있었다. "차 드시겠어요?" 그녀는 주전자를 들며 물
었다. "찻잎을 이미 여러 번 우려내긴 했는데 그래도 아직은 색
깔이 조금 나와요."

여러 해 동안 나는 원하는 음식을 마음껏 먹을 수 있었다. 파지에프스키 가족도 풍요로운 숲을 식료품 창고 삼아 괜찮은 식단을 차릴 수 있었다. 그러나 도시에 거주하는 폴란드인들은 부족한 식량으로 늘 고통 받았다. 육류는 구경하기 힘들었고 저녁 식사는 대개 감자가 전부였다.

그녀는 밀짚 색깔이 나는 찻잎을 넣고 물을 부으며 몇 년 동안 만나지 못한 자신의 남동생에 대해 이야기했다. "오늘 아침에 테르노폴이 러시아군에 의해 완전히 장악되었다는 소문을 들었어요."

나는 의자에 등을 기댔다. "잘 됐네요. 정말 잘 됐어요."

그녀는 의심쩍은 눈으로 나를 쳐다보았다. "공산주의자세요?"

"제가요? 천만에요. 저는 소비에트를 증오해요." 나는 정색을 하며 대답했다. "제가 잘됐다고 말씀드린 것은, 그러니까 제가 도와드리던 분들이 독일군 수중에서 벗어났다는 뜻이었어요."

리델라 부인이 찻잔을 내 앞에 내려놓았다. "유대인들이요?"

나는 고개를 끄덕였다. 그 이야기를 할 수 있게 된 현실이 새삼 감격스러웠다. 어쩌면 그녀를 그렇게 쉽게 믿어 버리는 것이 어리석은 행동일 수도 있었겠지만 적어도 레지스탕스 조직과 관련된 인물인 만큼 비밀을 털어놓아도 괜찮겠다는 생각이 들었다. 나는 차를—뜨거운 물이라고 하는 게 더 정확한—마시며 지난 2년 간 내가 해온 일을 이야기했다. 이야기를 하는 동안 밖에서 개 짖는 소리, 엄마를 부르는 아이의 목소리, 망치질 소리,

진창길을 지나는 자동차 소리가 들려왔다. 그 소음들이 마치 영화의 배경 음악처럼 느껴졌다. 내 귀에는 그것이 게슈타포의 고함소리, 겁에 질린 유대인들의 울부짖는 소리, 쉴 새 없이 돌아가는 탄약 공장의 기계음, 그리고 썰매가 얼어붙은 눈길을 달리는 소리로 들렸다. 리델라 부인은 찻잔에 따라진 물의 표면에 마치 영화 장면이 비춰지기라도 하는 것처럼 조용히 찻잔을 내려다보고 있었다.

그때 문이 열리며 반백의 중년 남자가 들어왔다.

"제 남편, 마렉 리델이에요." 리델라 부인이 말했다. "이쪽은 이레네 구토브나예요. 메르세데스 벤츠를 찾아오신 분이에요."

"Dzień dobry.(안녕하세요.)" 그가 고개를 끄덕이며 인사를 했다.

"Dzień dobry, 리델 씨."

그는 나를 쳐다보다가 자신의 아내에게 시선을 돌렸다. 그녀는 말없이 고개를 끄덕였다.

그는 잠시 다녀올 데가 있다며 양해를 구하고 다시 밖으로 나갔다. 리델라 부인은 소비에트의 점령으로 폴란드의 운명이 어떻게 바뀔 것인지에 대한 이야기로 화제를 돌렸다. 우리는 창문으로 들어오는 햇빛이 거실 바닥에 길게 누울 때까지 오랜 시간을 이야기했다. 마치 옛 친구를 만난 것처럼 나는 그녀에게 가슴에 간직하고 있던 추억들을 이야기했다. 야니나의 또랑또랑한 목소리, 엄마가 만든 파이, 아빠의 파이프 담배 냄새를 자세히 묘사하다가 나도 모르게 눈가가 젖었다.

"정말 예쁘네요." 나는 리델라 부인의 에이프런에 수놓아진 전통 자수를 어루만지며 중얼거렸다. "엄마도 이것과 비슷한 걸 가지고 계세요."

"나도 이걸 어머니로부터 물려받았답니다." 그녀가 말했다. "이제는 다 해졌지만 그래도 소중하게 간직하고 있죠."

"저는 엄마의 물건을 아무것도 가지고 있는 게 없어요. 아버지의 것도요." 리델라 부인이 가만히 내 손을 잡아 주었다. 티스푼의 볼록한 아랫면에 내 얼굴이 일그러진 채 비쳤다. 내 얼굴에 가족에 대한 기억이 엿보이지 않았다. 친구들을 보살피는 동안 나는 가족을 잃고 말았다. 그리고 이제는 그 친구들마저 잃었다. 나는 혼자였다.

그때 문이 열리고 마렉 리델이 주방으로 들어왔다. 그의 뒤를 따라 젊은 남자가 들어왔다. "제 아들, 야넥이에요." 리델라 부인이 그를 소개했다.

"저를 찾아오셨다고 들었습니다." 야넥이 말했다.

나는 아무 대답도 하지 못했다. 한 순간 나는 철저히 혼자였다. 그리고 다음 순간 그곳에 야넥이 있었다.

"제가 메르세데스 벤츠입니다." 그가 식탁 반대편에 앉으며 말했다. "만나서 반갑습니다."

첫눈에 반하는 사랑은 모든 여자의 꿈이다. 1944년 3월, 나는 스물두 살 생일을 앞두고 있었다. 하지만 나는 오랫동안 스스로 여자임을 잊고 지냈다. 전쟁의 상처로 나는 그런 꿈을 믿지 못하게 되었다. 그런데 갑자기 모든 달콤한 사랑의 노래가 완벽하게 이해되기 시작했다. 사제가 하느님을 사랑하듯 나는 야넥을 사랑했다. 나는 그와 함께 키엘체 외곽 숲에 있는 레지스탕스 조직의 은신처를 찾아갔다. 나는 아무것도 묻지 않고 그를 따랐고, 아무것도 묻지 않고 그의 조직에 합류했다. 나의 행동은 폴란드를 위한 것이었다. 동시에 나를 위한 것이기도 했다. 적이 폴란드에서 물러나는 그날까지 싸우겠노라 스스로 다짐을 했기 때문이다. 하지만 그것은 무엇보다도 야넥을 위한 것이었다.

그들은 나를 시험해 보기 위해 먼저 작은 일들을 맡겼다. 나는 레지스탕스 지도부와 독일군 부대에서 일하는 조직원들을 오가며 쪽지를 전달했다. 또한 영국 등지에서 들어온 군자금을 다른 조직에서 받아오거나 전달해 주는 일도 했다.

나는 명령이 어디에서 하달되는지 정확히 알지 못했다. 아무도 나에게 그런 정보를 주지 않았고 나 역시 야넥에게 묻지 않았다. 간혹 다른 조직과 연계하여 작전을 벌이는 경우도 있었으나 대체로 우리 조직은 독자적인 지휘체계를 가지고 활동하는 것으로 보였다. 우리는 주로 소규모로 이동하는 독일군 병력에 대한 첩보가 입수되면 행동에 나섰다.

폴란드의 적—독일과 소비에트—이 곧 우리의 적이었다. 우리의 목표는 오로지 그들을 폴란드 땅에서 몰아내는 것이었다. 독일군이 물러난 지역을 러시아군이 속속 점령하고 있다는 소식이 들려왔다. 러시아군이 점령한 지역에서 독일군 장교들, 특히 친위대 장교들이 뱀이 허물을 벗듯 제복을 벗어던지고 민간인으로 위장해서 도망을 치고 있다는 소문이 들렸다. 심지어 노란색 완장을 차고 독일 출신 유대인들 사이에 숨어든 독일군 장병들도 있다고 했다. 물론 그들은 쉽게 발각이 되었다. 토라를 전혀 외우지 못했기 때문이다. 많은 지역에서 독일군을 처형하는 총성이 울려 퍼졌다.

나는 우리 조직이 무기를 훔치고 사제 폭탄을 만들 뿐만 아니라 나치 장교를 암살하고 독일군의 앞잡이가 된 폴란드인을 처단한다는 사실을 알고 있었다. 나는 사람을 죽이는 일에 동참하고 있었다. 그때까지 사람을 살리기 위해 온갖 고통을 받아 온 내가 사람을 죽이는 일에 어쩌면 그토록 거리낌 없이 동참할 수 있었는지 설명하기는 쉽지 않다. 가끔 나는 모닥불이 피워진 숲속의 은신처에서 보잘것없는 저녁식사가 준비되는 동안 사람들의 모습을 하나하나 살펴보곤 했다. 평소에 생기가 넘치던 예르지가 말없이 숫돌에 칼—그가 소시지를 자르던—을 갈던 날, 나는 그 칼이 사람에게 사용되었음을 눈치 챌 수 있었다. 아론이 인근 지역의 지도를 펼쳐놓고 다른 대원들과 무엇인가를 속삭이고 있을 때 나는 그들이 매복을 계획하고 있음을 알 수 있었다. 그럴 때마다 내 머릿속엔 공중에 던져져 총을 맞은 갓난아기의 모습이 떠올랐다. 나는 혼잣말을 하곤 했다. 그래요, 칼을 갈아요. 매복을 하세요.

위험과 저항 의지가 교차하는 분위기가 우리를 살아 있게 했다. 우리는 숲속에서 살았고 우리의 감각은 야생동물처럼 예리해졌다. 모닥불의 연기, 숲속에서 우연히 마주친 초롱꽃 한 송이, 새 한 마리의 반짝이는 날갯짓 그리고 전의를 다지는 대원들의 노래 한 소절에도 우리는 감정에 북받쳐 눈물을 흘렸다. 우리는 모두 젊었다. 우리는 조국을 위해 싸웠다. 그리고 우리는 사랑했다.

4월 초 어느 날, 나를 정식 대원으로 받아들이는 의식이 열렸다. 우리와 뜻을 함께한 타데우시 신부가 숲속에서 의식을 이끌었다. 나는 조국을 지키겠다는 피의 맹세를 했다. 신부님은 나를 축복하며 '마와'라는 새 이름을 지어 주었다. 폴란드어로 "작다"는 뜻이었다. 조직은 내게 총기 휴대를 허락하지 않았다. 내가 외부를 자주 왕래했기 때문이다. 대신 나에게는 독약 캡슐이 주어졌다. 나는 독일군이나 러시아군에 체포되는 경우 자결을 하겠다는 맹세를 했다.

의식을 마치고 야넥과 나는 꽃이 흐드러지게 핀 개울을 따라 걸었다. 개울물에 반사된 햇빛이 야넥의 얼굴에 반짝거렸다.

"제가 행복해서는 안 된다는 걸 알아요." 나는 조심스럽게 그의 손을 잡으며 말했다. "조국은 아직 적들의 손에 있고 가족은 멀리 떨어져 있으니까요. 그런데도 행복해요."

"저와 함께 있어서겠죠." 그가 걸음을 멈추고 나를 바라보았다. 그는 내 얼굴을 손가락으로 어루만졌다. "마와, 당신이 무슨 말을 하는지 알아요. 제 마음도 똑같으니까요. 사랑해요. 저와 결혼해 주시겠습니까?"

나는 그의 가슴에 고개를 묻었다. "네."

우리는 그날 저녁 키엘체로 돌아가서 이 소식을 전했다. 그의 부모님은 크게 기뻐하며 결혼식 날짜를 잡자고 했다. 우리는 한 달 후인 5월 5일, 내 생일을 결혼식 날짜로 정했다. 그날 저녁 내 내 나는 식탁 맞은편에 앉아 있는 야넥을 똑바로 쳐다볼 수 없었다. 그와 눈이 마주치면 설레는 감정을 주체할 수 없을 것 같았다. 나는 아주 오랫동안 속마음을 숨기는 데 익숙했다. 내가 행복해질 수 있다는 사실이 꿈만 같았다.

녹음이 우거지고 매복이 용이해지면서 조직은 다시 행동에 나설 준비를 했으나 내게는 결혼 준비를 위한 특별 휴가가 주어졌다. 5월 2일, 시부모가 될 야넥의 부모님 댁에 머물고 있던 나는 의자 위에 올라가서 웨딩드레스를 입어 보고 있었다. 리델라 부인이 드레스를 손보기 위해 여기저기에 핀을 꽂았다.

"이렌카, 결혼식장에서 천사처럼 보일 것 같구나." 리델라 부인이 입에 핀을 물고 환한 표정으로 말했다. "천사 같아!"

그때 얇은 커튼이 드리워진 창밖으로 야넥이 현관에 들어서는 모습이 보였다. 잠시 후 그가 문을 열고 들어오더니 내 허리를 잡고 나를 번쩍 안았다.

"야넥!" 나는 그를 밀치며 웃음 띤 얼굴로 소리를 질렀다. "핀이 잔뜩 꽂혀 있어요."

"결혼식 전에 신부가 웨딩드레스 입고 있는 모습을 보면 안 좋단다." 리델라 부인이 그를 나무랐다.

그는 나를 내려놓으며 내 머리카락을 어루만졌다. "저희는 그런 미신 신경 안 써요. 그렇죠? 오늘 저녁엔 당신을 못 볼지도 몰라서 미리 왔어요."

"왜요?" 나는 미소를 지으며 그에게 물었다.

"오늘밤 탄약을 실은 독일군 트럭이 숲을 통과한다는 첩보가 있어요. 매복을 할 겁니다. 탄약이 떨어져 가고 있거든요. 또 한 번의 달콤한 승리를 기대하세요."

나는 갑자기 속이 울렁거렸다. "가지 마세요, 야넥. 오늘은 다른 사람을 보내세요."

"하지만 아가씨, 저는 두려움을 모르는 지도자 아닙니까?" 그가 나를 놀리듯 말했다. "아침에 올게요. 침대로 아침식사를 대령하겠나이다."

그의 장난스러운 말투에 피식 웃음이 나왔다. 하지만 나는 다시 진지한 표정으로 말했다. "안돼요, 야넥. 제발 부탁이에요. 가지 마세요."

"미안해요. 준비는 모두 끝났어요. 아침에 봐요." 그는 미소를 지으며 돌아서다가 잠깐 멈춰서 내게 손시늉으로 키스를 보냈다.

그는 문을 열고 밖으로 나갔다.

야넥은 매복 작전 중 목숨을 잃었다. 우리는 숲속에 그를 묻었다.

죽고 싶었다. 나는 동전 지갑에서 여러 차례 독약 캡슐을 꺼냈다. 나는 야넥이 쓰던 방의 침대에 누워 베개 옆에 캡슐을 꺼내 놓고 그것을 한참 동안 바라보곤 했다. 그것을 삼키기만 하면 저 세상에서 나의 사랑을 다시 만날 수 있었다. 당시 내 마음에 평화를 주는 것은 오직 그 생각밖에 없었다.

나는 다시 숲속으로 돌아갔다. 타데우시 신부가 매일 나를 찾아왔다. 그는 나를 사로잡고 있던 어둠에서 나를 조금씩 꺼내 주었다. 하느님의 뜻이라는 설명은 이미 내게 아무런 의미도 없었다. 나는 전쟁 기간 동안 너무나 많은 사람들이 죽어가는 모습을 목격했다. 그런데 타데우시 신부는 내가 죽을 위기를 얼마나 많이 넘겼는지, 나에게 얼마나 많은 행운이 따랐는지를 상기시켜 주었다. 또한 수많은 사람들이 목숨을 잃었지만 나로 인해 살아남은 이들도 많다는 사실을 거듭 상기시켜 주었다. 그것이 하느님의 뜻이라고 타데우시 신부는 말했다. 하느님은 모든 일에 당신의 뜻을 가지고 계시지만 우리는 그 뜻을 이해할 수 없다는 것이었다.

하느님이 야넥을 죽게 내버려두신 데에 뜻이 있을 거라고 생각할 수는 없었다. 그것은 가슴을 찢는 것처럼 아픈 일이었다. 나에게 잠시 행복을 보여 주셨다가 그것을 도로 채간 것도 하느님의 뜻이었다고 어떻게 받아들일 수 있었겠는가? 타데우시 신부의 위로는 나에게 온전히 받아들여지지 않았다. 하지만 나는 스스로 목숨을 끊지 않았다. 나는 레지스탕스 대원으로서 복수를 다짐했다. 나는 자살을 하지 않았지만 어차피 적들에 의해 곧 죽음을 맞을 거라 생각했다.

나는 조직의 활동에 미친 듯이 매달렸다. 죽음에 대한 두려움은 없었다. 나는 무모한 일을 벌이지는 않았지만 어떤 일도 주저하지 않았다. 그해 봄과 여름 내내 나는 여러 지역을 다니며 비밀문서와 군자금을 전달했다. 어느 날 나는 다른 조직에 전달할 쪽지를 가지고 숲을 나서는 길에 독일군 순찰대와 맞닥뜨렸다.

검문을 하려고 나를 불러 세운 그들에게 갑자기 "장이 꼬이는" 것 같다고 연기를 하는 것은 그리 어려운 일이 아니었다. 나는 볼일이 급한 사람처럼 뒤뚱거리며 다시 숲속으로 뛰어 들어갔다. 그들은 폭소를 터뜨리며 나를 향해 손까지 흔들어 주었지만 정작 그들은 내 신원조차 확인하지 않았다. 한번은 자전거를 타고 어느 다리를 건너다가 검문을 당했다. 독일군 장교가 나에게 다가와 농담을 하며 수작을 걸었다. 나는 그에게 미소를 지으며 유창한 독일어로 농담을 받아 주었다. 나는 친구네 집에 갔다가 돌아오는 길에 다시 만나자고 그와 약속까지 했다. 자전거 앞에 매달린 바구니에는 종이에 둘둘 말린 수천 파운드의 군자금이 있었다. 그의 시선이 내 금발 머리에 꽂혀 있음을 눈치 채고 나는 그와 이야기를 나누는 동안 연신 손가락으로 머리카락을 꼬았다. 그는 바구니에 담긴 꾸러미는 쳐다보지도 않았다. 우리는 무기나 탄약을 옮길 때는 그 위에 건초를 가득 얹고 여럿이 함께 농부의 옷차림으로 마차를 타고 움직였다. 검문을 당할 경우 나는 항상 미소를 띤 얼굴로 장교에게 말을 걸었다. 그들과 이야기를 주고받는 동안 나는 항상 유혹을 하는 표정을 지었지만 마음속으로는 그들이 총탄에 고꾸라지는 모습을 상상했다.

그것은 스물두 살의 여자가 적들을 무너뜨리는 방법이었다.

도주

여름과 가을이 그렇게 지나고 1944년 12월, 나는 죽어가고 있었다. 숲속의 고된 생활과 체력 고갈로 인해 나는 폐렴에 무릎을 꿇었다. 몇몇 대원들이 나를 키엘체로 데려갔다. 야넥의 부모님은 내 몸 상태를 보고 눈물을 흘렸다. 세 사람이 함께 있게 되자 깊은 상실감이 다시 밀려들었다. 나를 살려내기 위한 정성스러운 간호가 이어지는 동안에도 우리는 슬픔으로 휘청거렸다. 나는 꼬박 석 달을 심하게 앓았다. 그리고 마침내 자리에서 일어났을 때 나는 폴란드 전역이 소비에트의 손에 넘어갔다는 사실을 알게 되었다. 그것이 무엇을 뜻하든 우리는 "해방"되었다.

붉은 군대는 독일의 심장부로 용암처럼 밀려들어갔다. 베를린 공방전은 도시를 잿더미로 만들었고, 1945년 4월 30일 히틀러는 지하 벙커에서 자살을 했다.

히틀러는 사라졌다. 나치도 사라졌다. 폴란드는 이제 "자유"

였다. 그러나 나는 고단했다. 더 이상 싸울 힘이 남아 있지 않았다. 엄마가 보고 싶었다. 나는 다시 가족들을 찾아나서야 했다.

리델 부부는 내게 머물러 있을 것을 권했다. 하지만 그들은 나의 간절한 소망을 이해했다. 그들은 있는 돈을 모두 긁어모아 나에게 건네주었다. 나는 행복과 고통이 뒤섞인 추억을 뒤로하고 키엘체를 떠났다. 전쟁의 상처로 얼룩진 폴란드 땅을 지나며 곳곳에 레지스탕스 조직원들에게 무기를 내려놓을 것을 촉구하는 공고문이 러시아어와 폴란드어로 붙어 있는 것이 보였다. 이제는 더 이상 숨어 있을 필요가 없으며 무기를 넘기고 사회로 복귀해 영웅으로 환영을 받으라는 내용이었다.

나는 그것이 빤한 속임수임을 쉽게 알아차릴 수 있었다. 혹시라도 그것을 곧이곧대로 믿을 만큼 순진한 레지스탕스가 있다면 그는 감옥에 갇히거나 그보다 더 끔찍한 상황에 처하게 되리라는 것은 의심할 여지가 없었다. 5월 5일, 내 생일에 어느 거리의 모퉁이에서 그 공지문을 읽던 기억이 생생하다. 나는 이제 스물세 살이었다. 그러나 이미 백만 년을 살아낸 것 같은 기분이 들었다. 때로는 너무 지친 나머지 거리에 그냥 드러누워 다시는 일어나고 싶지 않다는 생각도 들었다. 나는 잠시라도 소비에트의 붉은 군대와 같은 곳에 머물고 싶은 생각이 없었다.

나는 고개를 깊이 숙이고 길을 걸었다. 여정은 멀고 힘들었다. 도로와 철도는 전쟁으로 파괴되어 한 도시에서 이웃 도시까지 이동하는 데 몇 시간이 아닌 며칠이 걸려야 했다. 집으로 돌아가기 위해 길을 떠난 사람들을 위해 임시 숙박 시설이 여기저기 문을 열었다. 나는 기차역이나 공원의 벤치에서 잠을 자기도 했다. 여러 마을과 도시를 지나며 나는 폴란드에서 일어난 참담한 일들을 눈으로 확인할 수 있었다. 연합군에 의해 폴란드 도처에서 발견된 나치의 강제수용소에 대한 소문이 퍼지고 있었다. 많은 소도시들이 나치에 의해 더럽혀져 있었다. 오슈비엥침은 아우슈비츠라는 이름으로 영원히 저주받게 되었고, 로고즈니카는 그로스 로젠으로, 슈투토바는 슈투트호프라는 오명으로 기억될 것이었다. 트레블링카, 벨제크 그리고 소비보르는 나치에 의해 독일어 이름조차 주어지지 않았다. 폴란드 전체가 죽음의 땅으로 변해 있었다. 당시 집으로 돌아가기 위해 폴란드 땅 이곳저곳을 지나가 본 사람이라면 누구나 거대한 묘지를 밟고 있다는 느낌을 받았을 것이다.

나는 먼저 키엘체에서 80킬로미터 떨어진 라돔을 향했다. 헬렌 이모와의 재회는 내게 큰 기쁨이었다. 재혼을 한 이모는 라돔에서 새로운 출발을 계획하고 있었다. 하지만 내 기쁨은 곧 실망으로 바뀌고 말았다. 이모는 야니나가 가족에게 돌아간 이후 소식을 전혀 듣지 못하고 있었다. 이모는 우리 가족이 코즈워바 구라를 떠난 것으로 믿었다. 또 다시 나는 갈 곳이 없어졌다.

하지만 반가운 소식도 있었다. 다시 문을 연 라돔의 유대교 회당을 찾았다가 나는 테르노폴에서 온 유대인들이 크라쿠프로 갔다는 이야기를 듣게 되었다. 수많은 유대인들이 목숨을 잃었지만 뼈만 앙상하게 남은 생존자들이 혹시 가족들을 찾게 되지 않을까 하는 기대로 너도 나도 도시로 몰려가고 있다는 것이었다.

나는 다시 키엘체를 거쳐 크라쿠프를 향했다. 가족들을 찾아 서쪽으로 가기 전에 가능하다면 친구들을 다시 한 번 만나보고 싶었다. 어쩌면 나는 받아들이고 싶지 않은 진실—가족들을 다시 만나기 힘들 것이라는—을 두려워하고 있었는지도 모른다. 나는 여러 이름들—할러, 질버만, 빌너, 마우어, 바이스—을 대며 그들을 아는 사람들을 찾아 크라쿠프의 유대교 회당을 기웃거렸다. 그리고 마침내 팡카를 아는 사람을 찾아냈다.

팡카는 의복 수선점에서 일하고 있었다. 내가 수선점 안으로 들어갔을 때 그녀는 무릎 위에 낡은 코트를 펼쳐놓고 고개를 숙인 채 작은 칼로 솔기를 뜯어내고 있었다. 그녀를 발견하는 순간 숨이 턱 막히는 것 같았다.

"팡카." 나는 작은 목소리로 그녀를 불렀다.

고개를 든 그녀가 깜짝 놀라더니 코트와 칼을 떨어뜨리고 의자에서 벌떡 일어났다. 짧은 순간 우리는 아무 말도 하지 못하고 서로를 바라보기만 했다. 그리고 다음 순간 우리는 눈물과 웃음이 뒤섞인 채 서로를 껴안았다. "이레네, 이레네." 그녀는 나를 부둥켜안고 말을 제대로 잇지 못했다. 나 역시 아무 말도 할 수 없었다.

우리는 겨우 진정을 하고 그녀의 작업대에 앉아 그 동안의 소식을 주고받았다. 우리는 서로의 이야기에 끼어들기도 하고 아찔했던 순간들에 대해 농담을 던지며 웃음을 터뜨리기도 했다. 내가 첫사랑 이야기를 꺼냈을 때 우리는 같이 눈물을 흘렸다.

이레네, 헤르쉴과 폴라 모리스 부부, 1945년, 크라쿠프. 이레네는 헤르쉴이 손수 만들어 준 옷을 입고 있다.

"다른 분들도 모두 여기 계세요?" 나는 꼭 잡은 그녀의 손을 놓지 않고 물었다.

그녀는 미소를 지었다. "대부분은 여기 있어요. 자주 만나고 있어요. 모리스 부부는 물론이고 로젠과 바우어 부부도 있는데 그분들은 아마 독일에 있는 고향으로 돌아갈 것 같아요. 빌너도 여기에 있어요."

나는 맞잡은 그녀의 손을 꾹 누르며 말했다. "늘 느꼈던 건데 혹시 빌너가 당신을 마음에 두고 있는 건 아니에요?"

팡카의 얼굴이 빨개졌다. "그런 것 같아요."

나는 웃음을 참을 수 없었다. "두 사람이 앞으로 어떻게 될지 궁금하네요. 참, 이다와 라자르는요? 아기는요?"

"아기는 파지에프스키 씨의 집에서 태어났어요. 아주 건강하고 잘생긴 아들이에요. 이름은 로만이고요."

그 이야기를 듣는 순간 온몸에 전기가 흐르는 것 같았다. 마치 그 아기가 내가 낳은 아기인 것처럼, 내가 견뎌낸 모든 순간들이 그 아기를 위한 것이었다는 느낌이 들었다. 그 모든 끔찍한 일들을 겪어내며 나는 아이가 세상에 나오는 데 도움을 주었다. 나는 하느님께 감사했다. 내가 할 수 있는 일은 그것밖에 없었다.

"아기를 보고 싶어요. 두 사람은 어디에 살아요?"

팡카의 미소가 희미해졌다. "이레네, 이다의 가족은 크라쿠프에 살지 않아요. 카토비체에 있어요."

나는 입술을 살짝 깨물며 잠시 생각했다. "카토비체면 여기에서 60킬로미터밖에 안 되잖아요?"

"맞아요. 하지만 이레네, 여기에 좀 더 머물러 있도록 해요." 그녀는 애원하듯 말했다. "이렇게 급하게 떠나지 말아요. 다른 사람들도 보고 싶어 할 거예요. 그리고 이레네, 좀 아파 보이는데 몸은 괜찮아요?"

"사실 좀 아팠어요." 나는 대답을 하며 새삼 몸 상태가 얼마나

머리를 검정색으로 염색한 이레네, 마리안 빌너, 팡카 질버만, 1945년, 크라쿠프.

재회, 1945년, 크라쿠프. 왼쪽에서 오른쪽으로 마리안 빌너, 팡카 질버만, 헨리 바인바움, 알렉스 로젠, 폴라 모리스, 이레네, 모제스 슈타이너.

좋지 않은지를 깨달았다. 팡카를 다시 만난 기쁨과 흥분으로 온몸에 기운이 쑥 빠졌다. "그럼 며칠 신세를 질게요. 하지만 곧 아기를 만나러 떠날 거예요. 가족들도 찾아야 하고요."

팡카는 내 볼에 입을 맞추며 말했다. "알았어요, 이레네. 우리가 도울 수 있는 일은 뭐든지 할게요."

이후 며칠 간 반가운 재회가 이어졌다. 나는 흩어져 있던 새끼 병아리들을 한데 모은 어미 닭이 된 기분이었다. 식탁에 둘러앉은 그들의 얼굴을 바라보며 벅찬 기쁨이 떠나지 않았다. 그들은 법석을 떨며 각자 준비해 온 음식을 권했다. 그들은 나를 생명의 은인이자 구원자라 부르며 거듭 고마움을 표시했다. 마침내 작별의 순간이 다가왔을 때 그들은 내게 상당한 액수의 여비를 건네며 가족들을 꼭 찾기를 기원해 주었다.

크라쿠프에서 카토비체까지의 거리는 60킬로미터에 불과했으나 기차는 연착과 우회를 거듭하며 이틀 만에 목적지에 도착했다. 나는 유대교 회당을 찾아 그곳에 있는 랍비에게 이다와 라자르를 아는지 물었다. 그의 태도는 냉랭했다. 그는 외모를 보고 나를 독일인으로 판단한 것이었다. 하지만 내가 이름을 밝히는 순간 그는 놀란 표정으로 내 팔을 붙잡았다. "당신이 이레네군요! 할러 부부로부터 당신에 대한 이야기를 많이 들었습니다." 그는 그들의 주소를 불러 주며 나를 회당 밖으로 데리고 나가 길을 알려주었다. 나는 그들의 주소를 중얼거리며 길을 걸었다. 흥분을 가라앉힐 수 없었다. 나는 그 아이의 미래를 머릿속에 그려 보며 곧 아이를 만나게 된다는 설렘과 기대감에 빠져 있었다.

두 명의 러시아군 병사가 다가오는 것을 눈치 채지 못한 것도 어쩌면 그 때문이었다. 나는 완전히 방심한 상태에서 체포되고 말았다.

나는 키엘체와 인접 지역에서 멀리 벗어나 있어야 했다. 내가 몸담았던 레지스탕스 조직이 폴란드 남부 전역에서 활동을 했기 때문이다. 하지만 그 아기를 보고 싶다는 생각에 나는 냉철한 판단을 하지 못했다. 당시 키엘체와 크라쿠프에 이르는 지역에서 마와라는 레지스탕스 대원의 이야기는 꽤 잘 알려져 있었다. 그들은 나를 알아보았을 뿐만 아니라 나를 레지스탕스 조직의 지도자로 지목하고 있었다!

심문은 며칠 간 계속되었다. 나는 첫 심문이 끝나고 독방에 던져져 잠이 들기가 무섭게 다시 심문을 받기 위해 끌려 나갔다. 나는 모든 혐의를 부인했다. 6년간의 전쟁은 내게 거짓말하는 법을 잘 가르쳐주었다. 소비에트의 심문관들은 내게서 레지스탕스 조직에 대해 아무것도 알아내지 못했다. 오래 전 테르노폴에서 심문을 받은 이후로 나는 거짓말의 챔피언이 되었다. 나는 다시 위기를 맞았지만 버틸 수 있을 거라 생각했다.

내가 그들에게 말한 것은 나의 이름과 고향, 그리고 나치 치하에서 받은 끔찍한 수모—독일군 장교의 정부가 될 것을 강요받은 수치스러운 기억—에 대한 이야기뿐이었다. 나는 사실과 상상을 섞어서 가련한 폴란드인 처녀가 사악한 독일군 장교에게 당할 수 있는 모든 이야기를 해방군 심문관들에게 쏟아냈다. 그 어떤 여배우도 레지스탕스라는 혐의를 받고 억울하게 붙잡혀 온 여자의 역할을 나보다 더 잘할 수는 없었을 것이다.

하지만 그들은 내 말을 믿지 않았다.

사흘째가 되면서 나는 조금씩 지치기 시작했다. 기적적이라고밖에 할 수 없었던 나의 운도 이젠 다한 것 같았다. 뿐만 아니라 나는 새로운 수모를 당해야 했다. 그들은 나에게 바닥을 닦고 화장실을 청소하는 일을 시켰다. 밤에는 심문이 계속되었다. 나는 기운이 완전히 소진되었다. 만일 그때까지 독약 캡슐을 가지고 있었다면 나는 주저하지 않고 그것을 삼켰을 것이다. 나는 점점 혼란스러웠고 결국 버티다 못해 동지들을 위험에 빠뜨리게 되지 않을까 두려웠다.

"다른 조직의 지도자는 누구야?"

"그들은 지금 어디 있어?"

"런던과는 어떻게 연락을 주고받았지?"

"조직원들은 모두 몇 명이었어?"

"무기는 어디에 보관하고 있나?"

"우리 해방군을 상대로 어떤 계획을 꾸미고 있지?"

"다른 조직 지도자들의 이름을 대라니까."

나는 머릿속에 어떤 장면을 그리려 애를 썼다. 부모님의 모습은 아니었다. 두 분을 떠올리면 늘 눈물부터 났기 때문이다. 동생들도 마찬가지였다. 야넥도 아니었다. 아, 결코 야넥은 아니었다. 나는 보체크를 떠올렸다. 어린 시절 우리가 구해 준 그 거칠고 무시무시한 황새, 보체크를. 보체크는 날개를 다쳐서 잡혀 왔지만 우리를 노려보며 날카로운 부리와 반짝거리는 검은 눈으로 끝까지 저항을 했다. 우리는 겨우내 보체크를 지하실에 두고 개구리와 물고기와 생쥐를 가져다주며 길들여 보려 했지만 녀석은 끝까지 길들여지기를 거부했다. 봄이 돌아오고 날개가 다 나았을 때 녀석은 문을 열어 주자마자 날아가 다시는 돌아오지 않았다.

"보체크가 누구지?" 심문관이 나지막한 목소리로 물었다.

나는 깜짝 놀랐다. 내가 말을 내뱉었다는 사실조차 의식하지 못하고 있었기 때문이다. 그가 몸을 굽히며 내게 보체크가 누구냐고 다시 물었을 때 나는 픽 웃지 않을 수 없었다.

"황새예요." 나는 새로운 힘을 얻으며 말했다. "날개가 부러진 녀석을 동생들과 품에 안고 집으로 데리고 왔죠. 아주 고약한 녀석이었어요. 한번은 제 손을 부리로 쪼아서 피가 난 적이 있어요. 저는 감염이 되면 어쩌나 걱정했는데 다행히도 별 문제 없었어요. 여기 좀 보세요." 나는 손을 내밀어 보체크의 부리에 쪼인 흉터를 보여 주었다. 내 손은 조금도 떨리지 않았다.

"이거 아주 악질이군. 데리고 나가!" 심문관은 내게 침을 뱉으며 소리를 쳤다.

행운은 아직 내 곁에 있었다. 다음날 아침, 경비병이 나를 2층으로 데려가 복도 바닥 청소를 시켰다. 나는 복도 창문에 가로로 설치된 쇠막대의 틈이 나처럼 체구가 작은 사람은 충분히 빠져나갈 만하다는 것을 발견했다. 경비병은 내게 복도 끝에 있는 방을 가리키며 그 방을 청소하고 나오라고 지시했다. 그 방에 들어선 순간 나는 군복을 갈아입고 있는 열 명 안팎의 병사들과 눈이 마주쳤다. 그들은 눈을 휘둥그레 뜨고 나를 쳐다보았다.

나는 겁에 질려서 양동이와 대걸레를 내던지다시피 하고 황급히 방에서 나왔다. 문을 닫고 숨을 돌리려는 찰나 나는 경비병이 어디론가 사라졌음을 발견했다. 나는 거의 반사적으로 창문으로 달려가 쇠막대 밑으로 몸을 밀어 넣었다. 끈적거리는 쇠막대를 잠시 붙잡고 있다가 나는 손을 놓았다. 그리고 뛰기 시작했다.

절뚝거리는 걸음으로 할러 부부가 사는 공동주택을 향해 걸어가는 동안 발목이 멜론처럼 부어올랐다. 뼈가 부러지진 않았지만 뛰어내리면서 실핏줄들이 터진 것 같았다. 랍비로부터 들은 주소가 가까워지면서 아드레날린이 마구 분출되었다. "이다를 찾아가는 거야.” 나는 연신 혼잣말을 하며 발목의 통증을 참아냈다. “이다를 찾아가는 거야.”

나는 건물 출입구에 몸을 기댄 채 초인종 옆에 줄지어 붙어 있는 세대주의 이름을 확인했다. 이름을 짚어 내려가던 손가락이 “할러”라고 쓰여 있는 곳에서 멈췄을 때 나는 크게 심호흡을 했다. 초인종을 누른 뒤 나는 발목의 통증을 참으며 눈을 감았다. 어디선가 쇼팽을 연주하는 피아노 소리가 들렸다.

누군가 현관문으로 나오는 소리를 들으며 나는 눈을 떴다. 손잡이가 딸깍했다. 다음 순간 눈앞에 러시아군 제복을 입은 남자가 서 있었다.

“저, 혹시 여기 할러 부부가 사시지 않나요?” 나는 곁눈질로 도주로를 찾으며 말을 더듬었다.

“혹시 이레네라는 분이세요?”

“네?” 나는 깜짝 놀라며 그 군인을 쳐다보았다.

“저는 피닉스라고 합니다. 이다가 제 동생이에요. 제가 입은 옷 때문에 놀라지 마십시오. 의용군으로 독일군에 맞서 싸울 때 입었던 겁니다. 들어오세요.”

나는 걸음을 옮기려 했으나 극심한 통증으로 발이 떨어지지 않았다. 피닉스는 내 발목 상태를 살피더니 고양이를 안아 올리듯 나를 사뿐히 안아서 건물 안으로 들어갔다. 발이 복도 벽에 부딪쳤을 때 눈앞에 별이 와르르 쏟아지며 기절을 할 것 같았다.

“당신이 체포되었다는 이야기를 들었습니다. 랍비로부터 당신이 이곳으로 출발했다는 얘기를 들었는데 아무리 기다려도 당신이 나타나지 않아서 여기저기 알아보았거든요. 그런데 어떻게 빠져나오셨습니까?" 그가 물었다.

그는 나를 건물 지하실로 데리고 갔다. 희미한 전등이 계단을 비추고 있었다. "창문에서 뛰어내렸어요. 발목을 그때 다쳤어요." 나는 주위를 두리번거리며 말했다. "그런데 이다와 라자르가 여기에 있나요?"

"네, 여기 잠깐만 계세요. 제가 이다를 데리고 올게요." 그는 내가 벽에 몸을 기댈 수 있도록 조심스럽게 내려놓았다.

그가 계단을 뛰어올라간 뒤 나는 주위를 천천히 살펴보았다. 그곳은 지하 세탁실이었다! 나는 작업대 앞으로 다가가서 두 손으로 모서리를 짚고 작업대 위에 걸터앉았다. 잠시 후 계단을 내려오는 발자국 소리가 들리더니 이다가 나에게 뛰어왔다.

"이레네! 세상에, 무사했군요!" 그녀가 나를 와락 끌어안았다.

나는 작업대에 앉은 채로 얼굴을 그녀의 어깨에 갖다 댔다.

"우리는 항상 지하실에서 만날 운명인가 봐요." 그 말을 하며 내가 울었는지 웃었는지 잘 모르겠다.

"오, 이레네! 하느님께서 이런 장난을 좋아하시는가 보죠." 그녀 역시 우는 건지 웃는 건지 알 수 없었다.

"이다, 당신과 라자르 그리고 아기를 보러 이곳에 왔다가 그만 러시아군에……."

"알아요, 이레네. 그나저나 당장 이곳을 빠져나가야 해요. 일단 크라쿠프로 가세요. 오빠가 당신을 차로 그곳까지 데리고 가서 안전한 장소로 안내해 줄 거예요."

나는 그녀를 밀어내며 그녀
의 얼굴을 쳐다보았다. "하지
만 아기는요? 그 애를 볼 수
없단 말이에요?"

그녀의 얼굴이 일그러졌다.
"이레네, 매일 밤 하느님께 우
리 아기를 지켜 준 당신에게
축복을 내려달라고 기도하고
있어요."

"아기를 볼 수 있냐고요?"

"그럴 시간이 될지 모르겠
어요." 그녀가 문을 쳐다보며
말했다. "발은 어떻게 된 거예
요?"

"별것 아니에요."

라자르와 이다 부부 그리고 아들 로만,
1948년.

피닉스가 문틈으로 고개를 내밀었다. "준비됐어요?"

나는 낙담했다. 피닉스가 나를 다시 옮기기 위해 기다리는 동
안 나는 이다의 손을 꼭 잡았다.

"하느님께서 당신의 가족을 지켜 주셨어요. 이다, 이번엔 제가
가족을 찾도록 도와주세요." 나는 그녀에게 절박한 심정으로 부
탁했다. "가족이 오버슐레지엔의 코즈워바 구라에 살고 있어요.
도와줄 수 있겠어요? 러시아군이 계속해서 저를 쫓는다면 아마
당분간 저는 숨어 지내야 할 것 같아요."

"걱정 마세요, 이레네. 우리가 당신 가족을 찾아볼게요." 이다가 내 볼에 입을 맞추었다. 피닉스는 나를 안아서 다시 위층으로 올라갔다. 그는 나를 자동차의 뒷좌석에 눕히고 담요로 내 몸을 덮었다.

나는 2주 동안 모이스 리프쉬츠와 그의 아내 폴라의 정성스러운 간호로 발목의 부상에서 완전히 회복되었다. 그 부부는 테르노폴 게토에 있다가 외부에서 전달된 경고를 듣고 게토를 탈출했다고 했다. 그들은 나에게 카토비체에서 전해진 소식을 들려주었다. 소비에트의 방첩부대는 나에게 수배령을 내리고 나를 추적하고 있었다.

유대인 생존자들은 각지에 퍼져 있는 그들의 연락망을 통해 내 가족의 생사와 소재지를 파악하기 위해 분주히 움직였다. 그들이 전해 준 소식은 나를 또다시 깊은 절망에 빠뜨렸다. 첫 번째 소식은 아버지가 몇 달 전 독일군 장교의 총을 맞고 돌아가셨다는 것이었다. 아버지는 술에 취해 비틀거리는 두 명의 장교에게 길을 제때 비켜 주지 않았다는 이유로 거리에서 비참한 최후를 맞으셨다. 두 번째 소식은 어머니와 동생들이 나 때문에 소비에트 비밀경찰에 의해 체포되었다는 것이었다. 수배를 피해 도주 중인 위험인물의 가족이라는 이유에서였다. 나는 동지들을 지키기 위해 가족을 위험에 몰아넣고 만 것이다.

나는 넋이 나간 사람처럼 침대에 누워 천장을 바라보았다. 눈물이 뺨을 타고 흘러 베개를 적셨다. 몇 년 동안 나는 가족을 다시 만나겠다는 일념으로 모든 어려움을 이겨낼 수 있었다. 그런데 이제 그 소망조차 물거품이 되고 말았다. 어머니와 동생들을 떠올리며 나는 깊은 비탄과 자책에 빠졌다.

나는 내가 살아 있다는 사실을 믿을 수가 없었다. 목숨을 잃을 뻔한 위기를 숱하게 넘겼기 때문이 아니라, 가슴에 그토록 많은 상처를 받고도 여전히 숨을 쉬고 있었기 때문이다. 나는 가족을 풀어달라는 조건으로 자수를 할 결심을 했다. 그때 새로운 소식이 전해졌다. 가족들이 풀려났고 그 직후 어디론가 자취를 감추었다는 것이다. 아무도 그들이 어디로 갔는지 알지 못했다. 가족들로서는 아는 사람들이 없는 곳으로 도피하는 것만이 위험을 피할 유일한 방법이었는지도 모른다.

이제 폴란드에는 내가 돌아갈 곳이 없었다. 그렇다면 어디로 가야 한단 말인가? 나는 길을 잃은 아이의 심정이었다. 나의 투쟁은 끝이 났다. 그리고 더 이상 내가 할 수 있는 일은 없었다. 여러 달 동안 나는 이곳저곳을 옮겨 다니며 유대인 친구들의 보살핌으로 건강을 완전히 되찾았다. 아무것도 하지 않고 시간을 보내는 일은 끔찍하기만 했다. 아픈 기억들이 그 시간을 메웠기 때문이다. 시간은 무심히 흘렀지만 나 자신에게 던져지는 한 가지 질문은 머릿속을 떠나지 않았다. 두려움 없이 내가 살 수 있는 곳은 어디인가?

독일 땅에서

친구들이 나를 위해 그들의 랍비에게 증언을 했다. 이 문서는 현재 크라쿠프의 유대인역사위원회에 보존되어 있다. 그리고 또한 부의 문서가 여권을 만들기 위해 발급되었다. 새로운 삶이 나를 기다리고 있었지만 나는 여전히 무엇을 해야 할지, 어디로 가야 할지 몰랐다. 내 주위를 뒤덮은 짙은 안개가 걷히지 않는 가운데 하루하루 시간이 흘렀다. 나는 이레네를 알지 못했다.

마침내 유대인 친구들이 나를 그들의 동족으로 만들어 내가 앞으로 나아가도록 해주었다. 그들은 유럽 전역에서 국적을 상실한 사람들을 위해 연합군이 송환 캠프를 만들었다는 사실을 알고 있었다. 수백만 명의 사람들이 집과 고향을 송두리째 잃고 사방으로 흩어져 있었다. 송환 캠프는 그들을 위한 난민 캠프였다. 의식주와 기본적인 의료 혜택이 주어졌고 고아들을 위한 학교와 보호 대책이 마련되었으며 각국의 이민국 관리들이 새로운 정착지를 찾는 사람들을 돕기 위해 파견되었다. 송환 캠프는 폴란드인, 헝가리인, 라트비아인, 이탈리아인, 우크라이나인, 세르비아인, 네덜란드인 난민들을 위해 설치되었으나 무엇보다 유대인들을 위해 만들어진 시설이었다. 모든 것을 잃고 갈 곳조차 잃은 수많은 유대인들이 송환 캠프로 보내졌다. 이런 가운데 나를 유대인으로 만드는 것이 친구들의 계획이었다.

친구들은 내 머리를 검정색으로 염색하게 했다. 그들은 소니아 소피어슈타인이라는 유대인 가명이 적힌 통행증과 기차 승차권을 내 손에 쥐어 주었다. 나는 독일의 리흐트나우를 향하는 기차에 올랐다. 유대인으로 가장을 하고 독일에서 정착지를 찾아야 한다는 사실은 또 하나의 웃지 못 할 아이러니였다. 나는 운명이 내게 보여 주는 유머감각에 이미 익숙해져 있었다.

기차여행이 설레던 때—소녀 시절—가 있었다. 나는 승객들을 관찰하면서 그들이 여행을 하는 목적—새로 태어난 아기를 할머니께 보여드리기 위해, 약혼자의 부모님께 인사를 드리기 위해, 대학 입학을 위해, 휴가를 즐기기 위해, 집으로 돌아가기 위해—을 추측해 보곤 했다. 기차는 철커덩철커덩 소리를 내며 철교 위를 달렸고 철로변의 나뭇가지를 흔들며 삼림지대를 지났지만, 이제는 그런 상상을 해보는 것이 불가능했다. 우리는 모두 도망을 치고 있었다.

나는 무엇으로부터 도망을 치고 있었던 것일까? 러시아의 비밀경찰? 아니, 그것만은 아니었다. 가끔씩, 기차가 울창한 삼림지대를 지나는 동안 차창에 고개를 기대고 멍하니 밖을 내다보다가 언뜻 무엇인가를 본 것 같다고 느껴지는 그런 순간, 머릿속에는 날개가 꺾인 한 마리의 새처럼 공중에 던져져 총을 맞은 그 아기의 모습이 떠올랐다. 그럴 때마다 내 심장은 다시 쿵쾅거렸고 목젖까지 올라온 비명을 나는 언제나 속으로 질러야 했다. 그 순간을 영원히 보아야 하는 것은 아닐까? 그 순간으로부터 과연 내가 도망칠 수 있을까?

나는 같은 칸에 탄 승객들의 얼굴에서 똑같은 질문들을 읽을 수 있었다. 온기를 잃은 그들의 시선, 창백한 얼굴, 앙상한 몸, 침묵. 이 모든 것들이 증거였다. 그들 모두가 도망치지 못하고 거듭 붙들리는 하나의 순간을 가지고 있었다. 생명이 있던 몸뚱이가 땅바닥에 고꾸라지는 순간, 나이든 부모가 희생되는 순간, 배신의 순간, 끔찍한 예감의 순간. 우리는 그 순간들을 기억해야 할 운명이었다.

나는 차창을 스쳐가는 풍경을 내다보았다. 1946년 5월이었다. 또 한 번의 생일이 지나갔다. 내 행복한 세계의 종언을 지켜본 지 거의 7년이 지났다. 나는 어디로 가는 것일까? 나는 어디에 발을 디뎌야 하는 것일까?

리흐트나우의 송환 캠프는 해답을 주지 않았다. 사람들은 모두 자신의 내면을 향해 웅크리고 있었다. 어떤 이들은 몽유병 환자와 다를 바가 없었다. 아이들의 놀이마저 조용했다. 그들은 먹잇감을 찾아 배회하는 침착한 짐승들처럼 조용히 떼를 지어 다녔다. 그들은 도무지 설명을 해줄 수 없는 세상에서 자라 왔고 그들 중 일부는 야생의 짐승과 다를 게 없었다. 그들은 어떠한 친절과 배려도 믿지 않았다.

랍비에게 나의 신분을 밝히고 유대인역사위원회에서 발급해 준 문서를 보여 준 뒤 나는 가명을 벗어던질 수 있었다. 나는 사람들에게 도움이 되고 내가 잘 할 수 있는 일을 찾았다. 오래 전 간호학교에서 배운 내용을 기억 속에서 더듬으며 나는 캠프의 진료소에서 일을 하기 시작했다. 나는 바쁘게 일했다. 나는 새 친구들을 사귀었고 귀속감을 얻었다고 스스로를 속였다.

한 무리의 젊은이들이 캠프에 새로 도착했다. 그들은 건강하고 생기가 넘쳤으며 히브리어에 능통했다. 그들은 팔레스타인에서 온 유대인들이었고 스스로를 이스라엘인이라 불렀다. 그들의 조직은 '하가나'라는 이름으로 불렸다. "오라. 새로운 국가, 이스라엘을 위해 싸우자." 그들은 목청껏 외치며 사람들과 접촉했다.

이스라엘이 내게 적합한 정착지가 될 수 있을지 진지하게 고민하던 중 나는 디프테리아에 감염되었다. 나는 몇 주를 진료소에 누워 있었고 완전히 회복될 때까지는 몇 달이 걸렸다. 의사는 디프테리아가 내 심장 박동을 빠르게 만들었다고 말했다. 나는 이스라엘의 기후에 부적합했다. 하가나는 건강한 젊은이를 원했고 나는 그들에게 쓸모가 없었다. 나는 젊은 유대인 생존자들이 히브리어 수업을 받는 모습을 지켜보며 다시 한 번 좌절했다.

다시 여러 달이 지났다. 캠프 생활을 시작한 지 1년이 되어가고 있었다. 사람들은 조금씩 활기를 되찾았다. 우리의 몸이 기력을 회복해 가는 동안 아름다운 전원의 풍경이 우리의 정신을 치유해 주었다. 리흐트나우의 송환 캠프는 유대인 생존자들의 공동체였다. 우리의 축제는 점차 시끌벅적해졌고 사람들은 큰소리로 웃기 시작했다. 많은 이들이 팔레스타인으로 떠났다.

나는 독일의 한 마을에 정착해 그곳에서 3년을 살았으나 마음의 뿌리를 내리지 못하고 다시 캠프로 돌아왔다. 1949년 여름, 홀로코스트 생존자들을 인터뷰하기 위해 UN에서 대표단이 파견되었다. 캠프의 랍비가 나에게 이다로부터 온 편지를 건넸다.

"이레네, 당신이 만나봐야 할 분이 계세요. 아마 당신의 이야기에 관심을 가질 것 같아요. 스턴 랍비께도 말씀을 드렸어요."

나는 편지를 봉투에 접어 넣고 그를 따라 식당으로 갔다. 큰 키에 뿔테 안경을 쓴 신사가 서류가방을 옆에 두고 앉아 있었다. 랍비가 나에게 손짓으로 그의 앞에 가서 앉도록 했다. "이레네 구토브나 양입니다." 랍비가 그 신사에게 고개를 까딱하며 말했다.

옵다이크 씨는 자리에서 일어나 미소를 지으며 내게 자리를 권했다. 나는 랍비가 나가는 모습을 보면서 그의 맞은편에 앉았다.

"Hello. How do you do?(안녕하세요?)" 그가 영어로 말했다.

"Dzień dobry. Czy pan mówi po polsku?(안녕하세요. 폴란드어 할 수 있으세요?)" 나는 그에게 폴란드어로 물었다.

"Parlez-vous français?(프랑스어를 하십니까?)" 그가 프랑스어로 되물었다.

나는 고개를 가로저으며 독일어를 시도해 보았다. "Sprechen Sie Deutsch?(독일어는 할 수 있으세요?)"

이번엔 그가 고개를 가로저었다. 나는 러시아어와 이디시어도 시도해 보았다. 여섯 개의 언어가 나왔지만 서로 소통할 수 있는 언어는 하나도 없었다. 웃음만이 우리가 사용하는 공용어였다. 우리는 키득댈 수밖에 없었다. 그는 대표단의 동료를 불러 무슨 말을 주고받았고, 잠시 후 독일어를 할 줄 아는 미국인이 들어왔다.

통역관을 통해 나는 옵다이크 씨에게 내 이야기를 들려주었다. 짧은 질문을 하기 위해 몇 차례 끼어든 것을 제외하고는 그는 묵묵히 내 이야기를 듣고만 있었다. 이야기는 두서가 없었고 북받치는 감정을 추스르기 위해 나는 잠깐씩 이야기를 멈춰야 했다. 한 시간의 인터뷰가 끝날 즈음 나는 그에게 중요한 사건들을 중심으로 내가 겪은 일들을 모두 이야기했다. 아마 나는 이 번지르르한 미국인에게 보잘것없는 폴란드 여자가 어떤 일을 할 수 있었는지 보여 줌으로써 그를 놀라게 해주고 싶었던 것 같다.

처음에 그는 내 이야기를 수첩에 기록하면서 들었다. 그러다 어느 순간 그는 펜을 내려놓고 나를 똑바로 쳐다보며 이야기를 듣고 있었다. 나는 그가 내 얘기를 믿지 않는다고 생각했다. 그가 퉁명스러워 보이는 표정으로 통역관에게 뭐라고 말을 건네자 통역관이 나를 쳐다보며 말했다.

"당신을 만나게 되어 영광입니다. 그리고 미합중국은 당신을 시민으로 맞아들이는 것을 자랑스럽게 여깁니다."

"저를요? 미국이요?"

옵다이크 씨가 나에게 악수를 청했다.

나는 그의 손을 잡았다. 우리가 마주잡은 손을 말없이 흔드는 동안 그가 말했다. "America."

미국.

보석

그 시절 나에게 무슨 일이 있었던 걸까? 이레네 구토브나가 어떻게 그런 사람이 되었을까? 나는 둥지에서 떠밀린 새끼 새처럼 날아오르는 법을 스스로 익혀야 했다. 높은 하늘에서 지상을 내려다보듯 나는 폐허가 된 유럽—황폐해진 들판과 만신창이가 된 도로를 따라 끝없이 이어지는 피난민의 행렬, 불타는 도시—을 목도했다. 확실한 것은 아무것도 없었다. 전쟁이 끝난 뒤, 모두에게 보여 주고 들려주어야 할 증언의 시간은 주어지지 않았다. 우리는 그것을 보려 하지 않았으며 슬픔을 가슴에 묻고 입을 굳게 닫아 버렸다.

노년에 접어든 지금 그 시절을 돌이켜보며 나는 그 섬광에 눈이 부셔 한 손을 눈썹 위에 가져다 댄다. 그리고는 나의 과거를 받아들인다. 이제는 스스로를 바라볼 수 있다. 그리고 말할 수 있다. 그래, 그건 나였다. 나는 호박琥珀 묵주를 꼭 움켜쥐듯 자유의지 말고는 손에 쥔 것이 아무것도 없는 젊은 처녀에 불과했다. 하느님께서는 내게 자유의지를 보석으로 주셨다. 이제는 그랬다고 말할 수 있다. 이제는 그것을 이해하고 있다. 그 전쟁은 수많은 사람들이 내린 선택으로 이루어져 있었다. 어떤 선택은 인류 역사상 다시 찾아보기 힘들만큼 사악하고 수치스러웠다. 그러나 우리 가운데 어떤 이들은 다른 방식의 선택을 했다. 나 역시 나의 선택을 했다.

지금도 거울에 비친 나를 똑바로 바라보지 못할 때가 있다. 마치 안개 속에서처럼, 공중에 던져진 갓난아기의 모습이 보일 것 같기 때문이다. 나는 이제 스스로 그 장면을 바꿔 보려 한다. 무엇인가가 공중에 던져진다. 그것은 한 마리의 새이다. 새장을 빠져나온 한 마리의 작은 새이다. 새는 나무 꼭대기와 지붕 위로 높이 날아오른다. 어린 소녀는 새의 모습이 보이지 않을 때까지 창가에서 하늘을 올려다본다. 그것은 가볍게 날아오르는 작은 새이다. 작은 참새 한 마리이다.

이것이 나의 뜻이다. 옳은 일을 하고, 여러분에게 이야기를 하고 그리고 기억하는 것.

하느님과 함께.

후기

1949년 말, 이레네는 유럽에서 난민을 태우고 출발한 미 해군 수송선 존 뮤어호의 갑판에서 자유의 여신상을 바라보았다. 유대인 재정착 기구의 관계자가 그녀를 맞아 브루클린에 거처를 마련해 주었다. 얼마 지나지 않아 그녀는 의류 공장에서 일자리를 얻었고 영어를 배우기 시작했다. 그녀의 새로운 인생이 시작되었다. 몇 년이 지나 그녀는 UN 본부 인근의 어느 커피숍에서 윌리엄 옵다이크와 우연히 마주치게 되었다.

그는 그녀를 생생하게 기억했고—어떻게 잊을 수 있었겠는가?—곧 그녀에게 구애를 했다. 그들은 몇 개월 후 결혼을 했다. 뉴욕 항에 도착한 지 5년째 되는 해에 그녀는 미국 시민권을 얻었다. 그녀와 윌리엄은 딸을 하나 낳아 야니나라는 이름을 붙여 주었다. 그들은 따뜻한 남 캘리포니아의 오렌지 농장 근처에 정착했다.

결혼식 날의 이레네와 윌리엄 옵다이크, 1956년 11월 14일.

철의 장막이 폴란드를 가로막고 있었기 때문에 그녀가 폴란드에 두고 온 가족과 친구들의 소식을 듣기란 쉽지 않았다. 그러나 여러 경로를 통해 단편적인 소식들이 전해졌다. 뤼게머 소령은 이레네와의 관계를 알게 된 가족들로부터 배척을 당해 뮌헨에 사는 할러 부부의 보살핌을 받으며 여생을 보냈다. 그녀의 친구들 대부분은 이스라엘에 정착해서 새로운 인생을 시작했다. 또한 그녀는 어머니가 종전 직후 돌아가셨다는 소식을 뒤늦게 들었다. 폴란드에서 공산주의 체제가 언제 끝날지 알 수 없는 상황에서 그녀는 사랑하는 동생들을 영영 만나지 못하게 될까 두려웠다.

많은 전쟁 난민들처럼 이레네 역시 자신의 기억을 잊어버리려 애썼다. 하지만 미국 내에서 유대인 대학살이 과장된 사실이며 이스라엘에 대한 지원을 합리화하기 위해 꾸며낸 거짓말이라는 주장이 나오기 시작하면서 그녀는 오랜 침묵을 깨고 자신이 겪은 일을 사람들에게 이야기하기 시작했다. 그녀는 종교기관과 많은 지역 공동체에서 강연을 했으며, 특히 고등학생들을 대상으로 하는 강연을 좋아했다. 그녀는 변화를 이끌어낼 능력과 악에 맞서 싸울 힘이 그들에게 있다는 사실을 일깨워 주고 싶었다.

1982년, 이스라엘의 야드 바솀Yad Vashem 홀로코스트 기념관은 그녀의 영웅적인 행동을 공식적으로 인정하고 그녀를 '열방의 의인(The Righteous Among the Nations)'으로 선정했다. 이 행사에 참석하러 이스라엘에 가는 길에 그녀는 로만 할러를 만날 수 있었다. 그녀의 도움으로 세상에 태어날 수 있었던 그 아기는 30대 후반의 신사가 되어 있었다.

1984년, 폴란드에서 공산주의 체제가 무너진 뒤 이레네는 종전 이후 처음으로 고국을 방문해서 야니나를 포함한 네 명의 동생과 그들의 가족들을 만났다.

제니퍼 암스트롱

---

* 이 책은 이레네 구트 옵다이크의 구술과 정리를 바탕으로 제니퍼 암스트롱이 집필했다.

이 책에 등장하는 몇몇 용어들은 독자들에게 익숙하지 않을지도 모른다.

1939년 히틀러의 군대가 폴란드를 침공했을 때, 그들은 폴란드 서부 지역(코즈워바 구라를 포함하여)을 독일 영토에 편입시키는 한편 폴란드의 나머지 지역은 총독부 관할 구역으로 남겨 두었다. 많은 수의 강제수용소와 집단 처형장이 총독부 관할 지역에 설치되었다. 총독부는 폴란드인의 노예화와, 독일인들이 정착할 땅을 확보하기 위한 대학살을 노골적으로 자행했다. 독일 영토에 편입된 지역에 살고 있던 폴란드인들(이레네의 가족들처럼)이라고 사정이 낫지는 않았다. 두 명의 군인에게 길을 비켜 주지 않았다는 이유로 총을 맞고 사망한 브와디스와브 구트의 경우가 이를 잘 보여 준다.

오늘날 많은 사람들이 제2차 세계대전 당시 모든 독일인들이 나치 당원이었다고 알고 있지만, 나치당(국가사회주의 독일노동자당)

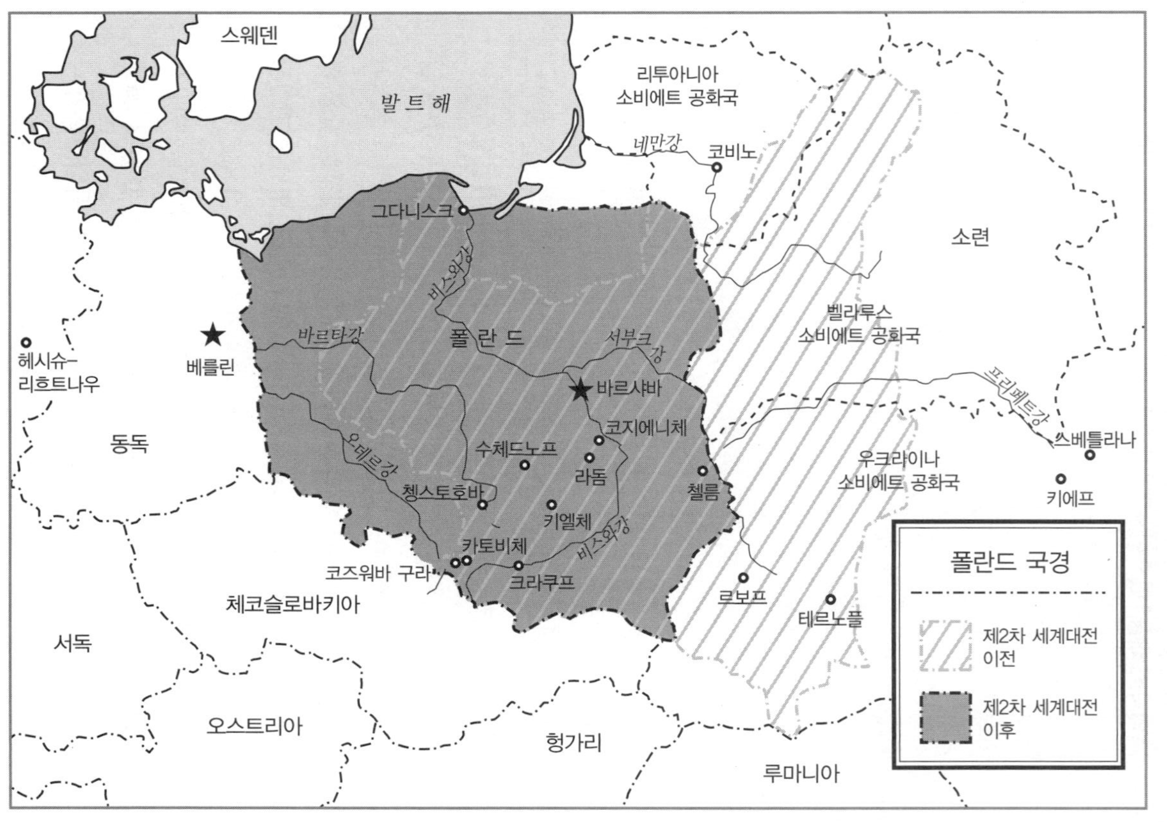

스웨덴
발트 해
리투아니아 소비에트 공화국
네만강
코비노
소련
그다니스크
비스와강
벨라루스 소비에트 공화국
헤시슈-리흐트나우
베를린
바르타강
폴란드
서부크 강
프리페트강
스베틀라나
동독
바르샤바
코지에니체
우크라이나 소비에트 공화국
오데르강
수체드노프
라돔
첼름
키에프
첸스토호바
키엘체
비스와강
카토비체
코즈워바 구라
크라쿠프
체코슬로바키아
르보프
테르노플
서독
오스트리아
헝가리
루마니아
폴란드 국경
제2차 세계대전 이전
제2차 세계대전 이후

은 정치 조직이었으며 모든 사람이 가입하지도 않았다. 하지만 독일군 장교에겐 나치 당원이 되는 것이 승진의 필수 조건이었기 때문에 히틀러의 정책에 적극적으로 동조하지 않으면서도 출세를 위해 나치 당원이 된 장교들도 많았다. 뤼게머 소령이 나치 당원이었던 반면에 슐츠 씨는 아니었다는 사실도 이렇게 설명될 수 있다.

독일은 폴란드를 두 가지 조직—군사적 그리고 정치적—으로 통제했다. 먼저 군사 조직은 정규군이었다. 정규군 장병들의 경우 모두가 나치 당원은 아니었다. 친위대(SS)는 원래 나치당의 경비대였다. 정규군은 전쟁을 수행했고, 친위대는 히틀러의 엘리트 친위 부대로서 유대인의 강제이송과 처형, 그리고 나치당의 정치적 "적들"을 제거하는 임무를 수행했다. 게슈타포(국가 비밀경찰)는 원래 별개의 나치 조직이었으나 개전 직전 친위대에 통합되었다. 많은 사람들이 "친위대"와 "게슈타포"를 혼용하는 것도 이 때문이다.

로키타는 친위대 장교였고 뤼게머는 정규군 장교였다. 이 두 집단은 서로 다른 지휘체계를 가지고 있었으며 종종 갈등을 빚기도 했다. 정규군은 군수물자 생산 등 군사작전 지원을 위해 유대인의 노동력을 이용할 필요가 있었던 반면에, 친위대는 유대인의 씨를 말리려는 히틀러의 계획을 충실히 이행했다.

전쟁 후 연합군은 폴란드의 국경을 다시 그어서 서부 지역의 대부분은 되찾았으나 동부의 많은 지역은 소비에트 연합에 넘기고 말았다. 현재 테르노폴은 독립국가 우크라이나의 영토가 되어 있다.

옮긴이 **송제훈**

서울에서 태어나 한양대학교 영어교육학과를 졸업하고 현재 서울 원묵고등학교에서 학생들을 가르치고 있다. 『러셀 베이커 자서전: 성장』(한국간행물윤리위원회 추천도서), 『센스 앤 센서빌리티』, 『오프라 윈프리의 특별한 지혜』 등을 번역하는 한편 EBS와 교학사에서 영어 교재와 교과서를 집필하고 있다.

내 이름은 이레네

2011년 10월 5일 초판 1쇄 인쇄
2011년 10월 10일 초판 1쇄 발행

지은이 | 이레네 구트 옵다이크
옮긴이 | 송제훈
펴낸이 | 권오상
펴낸곳 | 연암서가
등　록 | 2007년 10월 8일(제396-2007-00107호)
주　소 | 경기도 고양시 일산서구 대화동 2232번지 장성마을 402-1101
전　화 | 031-907-3010
팩　스 | 031-912-3012
이메일 | yeonamseoga@naver.com

ISBN 978-89-94054-20-9 03840

값 13,000원